KJB

Foto: privat

Olivia Tuffin lebt auf einer Farm in Dorset, England. Sie reitet am allerliebsten mit einem ihrer drei Palominos aus. Genau wie Georgia hat sie früher ausgemistet und im Stall geholfen, um sich ihre Reitstunden zu verdienen. Dass sie heute eigene Pferde hat und genau die Geschichten schreiben kann, die sie selbst schon immer gern lesen wollte, macht sie zum glücklichsten Menschen der Welt.

Alle Bände der Serie »Redgrove Farm«:

Band 1: »Auf vier Hufen ins Glück«
Band 2: »Das neue Fohlen«
Band 3: »Die große Chance«
Band 4: »Der Traum vom Sieg«
Band 5: »Turnier der Entscheidung«
Band 6: »Für immer unzertrennlich«

Weitere Informationen zum Kinder- und Jugendbuchprogramm der S. Fischer Verlage finden sich auf *www.fischerverlage.de*

Olivia Tuffin

Redgrove Farm

Auf vier Hufen ins Glück
&
Das neue Fohlen

Aus dem Englischen
von Angelika Eisold Viebig

KJB

MIX
Papier aus verantwortungsvollen Quellen
FSC® C083411

Sammelband

Erschienen bei FISCHER KJB

Dieser Doppelband enthält folgende Einzelbände:
»Redgrove Farm – Auf vier Hufen ins Glück«

Die englische Originalausgabe erschien 2014
unter dem Titel ›The Palomino Pony Comes Home‹ bei
Nosy Crow Ltd, London, England

»Redgrove Farm – Das neue Fohlen«

Die englische Originalausgabe erschien 2014
unter dem Titel ›The Palomino Pony Rides Out‹ bei
Nosy Crow Ltd, London, England

Umschlaggestaltung: Birgit Gitschier, Augsburg
Umschlagfoto: Shutterstock (BestPhotoStudio, Vera Zinkova)
Satz: Fotosatz Amann, Memmingen
Druck und Bindung: CPI books GmbH, Leck
Printed in Germany
ISBN 978-3-7373-4125-7

Olivia Tuffin

Redgrove Farm

Auf vier Hufen ins Glück

Besonderen Dank an Michelle Misra

Für Pip, Clive und Mossy –
meinen Lieblingshund,
meinen Lieblingsmenschen
und mein Lieblingspony!

O.T.

Prolog

»Na los, Lily. Geh endlich weiter!« Die blauen Augen der Reiterin des Ponys – ein Palomino mit goldenem Fell und cremefarbener Mähne – funkelten ärgerlich. Erneut blickte sie auf ihr Handy, doch vorher versetzte sie der kleinen Stute noch einen kräftigen Stoß mit den Fersen.

Das Pony blähte die Nüstern und schnaubte, weigerte sich aber nach wie vor weiterzugehen. Zögernd und mit zuckenden Ohren musterte es die Büsche.

»Jetzt reicht es aber«, schrie das Mädchen ungeduldig. »Wirst du wohl gehorchen?« Mit einem lauten Schlag sauste die Reitgerte auf die Hinterhand des Ponys.

Klatsch!

Schmerzhaft getroffen fuhr die Stute herum und wieherte so laut, dass es in der ganzen Umgebung widerzuhallen schien. Genau in diesem Moment flatterte laut krächzend ein Fasan vor ihnen hoch. Das Pony erschrak und kam auf dem harten, gefrorenen Asphalt ins Rutschen. In einem verzweifelten Versuch, Halt zu finden, schabten die Hufe über den Boden.

»Los jetzt, hab ich gesagt!«, schrie die Reiterin. Noch einmal versetzte sie dem Pony einen harten Schlag in die Flanke, wodurch das Tier nur noch mehr erschrak. In blinder Panik bäumte es sich auf, riss den Kopf nach oben und verdrehte die Augen, so dass das Weiße darin sichtbar wurde.

Das Mädchen wurde abgeworfen und rollte über die Straße. Auch das Pony selbst stürzte und musste wegen des Gestrüpps neben der Straße kämpfen, um wieder auf die Beine zu kommen.

»Jemma ... Jemma ... alles okay mit dir?«, schallte eine Stimme aus dem Handy, das auf der Straße lag.

Während das Mädchen nach Luft schnappte und vor Schmerzen das Gesicht verzog, schaffte es das Pony, sich wieder auf die Beine zu stemmen. Der Sattel war zur Seite gerutscht, und die Zügel waren gerissen.

Das Pony wollte jedoch nur verzweifelt dem Mädchen entkommen. Es drehte um und galoppierte mit Höchstgeschwindigkeit die leere Straße entlang. Beim nächsten Seitenpfad bog es in das dahinter liegende Moor ab. Nun, da es durch nichts und niemanden mehr aufgehalten wurde, galoppierte das Pony, als hinge sein Leben davon ab.

Nach etwa drei Kilometern wurde es schließlich langsamer. Es schnaubte erleichtert, und sein Atem hing in der frischen, klaren Luft wie eine silberne Wolke. Hier fühlte sich das Palomino endlich wieder sicher.

Kapitel eins

»Puh, das war vielleicht ein Tag!« Georgia ließ sich auf ihren Sitzplatz zurückfallen, während der dunkelgrüne Pferdetransporter das Turniergelände verließ. Zum ersten Mal während des ganzen Tages hatte sie Gelegenheit, sich auszuruhen. Bisher war sie damit beschäftigt gewesen, das Turnierpferd zu striegeln, seine Mähne zu flechten oder sein Zaumzeug zu polieren. Dabei war sie selbst gar nicht geritten. Doch sie beschwerte sich nicht. Georgia liebte alles, was mit Pferden zu tun hatte, und es war toll, bei einem Turnier aus nächster Nähe zusehen zu dürfen.

Ganz besonders liebte sie Wilson, den Vollblutwallach, der auf jeden Fall der Star dieses Turniers gewesen war!

»Danke noch einmal für all deine Hilfe heute, Georgia«, sagte Melanie, während sie mit dem Transporter den holprigen Weg entlangfuhr und sich in eine lange Reihe von Pferdeanhängern und -transportern einfädelte, die sich auf den Heimweg machten. »Ohne dich hätten wir es bestimmt nicht geschafft, stimmt's, Soph?« Sie drehte sich zu ihrer Tochter um.

»Ähm, was hast du gesagt?« Sophie blickte von ihrem Handy auf, während sie eine SMS schrieb.

»Ich sagte, ohne Georgias Hilfe hätten wir es heute nicht geschafft, stimmt's?« Melanie runzelte die Stirn, weil ihre Tochter immer noch mit ihrem Handy beschäftigt war.

»Ähm, nein«, murmelte Sophie. Sie saß zwischen ihrer Mutter und Georgia, eine Handvoll Preisschleifen und Rosetten lag in ihrem Schoß.

Sophie klang zwar nicht gerade interessiert, doch Georgia wusste, dass das nicht böse gemeint war. Sophie hatte nur eben nicht besonders viel für die Versorgung und die Pflege von Pferden übrig, jedenfalls nicht so viel wie Georgia. Sophie würde im nächsten Jahr zur Uni gehen. Da war ihr im Augenblick ihr Freundeskreis wahrscheinlich wichtiger, als bei einem Turnier zu gewinnen.

Schließlich steckte sie das Handy jedoch weg und grinste Georgia an. »Ich wette, du freust dich heute auf dein Bett, was, Georgie?«

»Das kannst du laut sagen!« Georgia lachte. Sie war wirklich müde, aber es war eine gute Art von Müdigkeit. Nirgends war sie lieber als auf dem Hof der Haydens, auch wenn sie nicht immer selbst reiten konnte und oft nur zusah, wie Sophie auf Wilson ritt. Sophie war siebzehn, drei Jahre älter als Georgia und bereits eine unglaublich gute Reiterin. Georgia hoffte, eines Tages genauso gut zu werden.

»Tja, ich denke, ihr habt heute beide ausgezeichnete Arbeit geleistet«, meinte Melanie mit einem Lächeln. »Wir sind ein gutes Team!«

Georgia freute sich über das Lob und schaute versonnen aus dem Fenster auf die vorbeiziehenden Dörfer und Felder. Heute war ein toller Tag gewesen – die Wadebridge Show: ein ganzer Tag auf dieser riesigen jährlichen Veranstaltung in Cornwall, an dem sie nur mit Pferden zu tun hatte. Würde es nach Georgia gehen, hätte der Tag ewig dauern können – nicht zuletzt, weil sie wusste, was zu Hause auf sie wartete: Lernen für die Schule. Morgen begannen die letzten Prüfungen des Jahres, und sie hatte sich leider nicht annähernd genug darauf vorbereitet. »Wie lange brauchen wir denn für die Rückfahrt?«, fragte sie und kaute nachdenklich auf der Unterlippe.

»Bei diesem Verkehr wahrscheinlich ein paar Stunden«, antwortete Melanie.

Georgia nickte. Das hatte sie bereits befürchtet. Und sobald sie angekommen waren, müsste sie Sophie noch helfen, Wilson zu versorgen, außerdem den Transporter ausräumen und alles an seinen Platz zurückbringen, bevor sie überhaupt ans Lernen denken konnte. Dennoch war es für sie die Mühe wert. Auf dem Hof der Haydens zu helfen war Georgias einzige Möglichkeit, etwas mit Pferden zu tun zu haben, und sie genoss jeden einzelnen Moment. Das Geld war knapp bei den Blacks, seit Georgias Vater die Familie vor einigen Jahren verlassen hatte. Georgias Mutter konnte das Geld für Reitstunden leider nicht aufbringen. An den Unterhalt für ein Pferd war gar nicht zu denken. Wenn Melanie sie nicht im Austausch für die Hilfe im Stall immer reiten ließe, würde Georgias Pferdeglück nur in ihren Träumen stattfinden!

Georgia drehte sich zu Sophie, um ihr etwas zu sagen, doch Sophies Handy piepte wieder, und im nächsten Moment war sie erneut mit dem Schreiben einer SMS beschäftigt.

Georgia seufzte. Ach, wenn sie doch auch in Sophies Welt leben dürfte, wo Ponys immer dazugehörten …

Kapitel zwei

Zwei Stunden später fuhr der Pferdetransporter die Einfahrt der Haydens hinauf. Redgrove Farm bestand aus einem großen modernen Haus mit daran anschließenden Ställen. Dahinter erstreckten sich Felder und Weiden, so weit das Auge reichte. Als der Wagen im Hof anhielt, trat ein großer dunkelhaariger Mann aus der Haustür.

»Na, wie lief es?«, fragte Simon Hayden.

»Super, Dad«, antwortete Sophie, sprang aus dem Wagen und eilte an ihm vorbei, nachdem sie ihn liebevoll angestupst hatte.

Sophies Vater verdrehte die Augen und blickte mit einem vielsagenden Grinsen zu Georgia, die nun aus dem Auto stieg.

»Hallo, Schatz.« Melanie winkte ihrem Mann zu und unterdrückte nach der langen Fahrt ein Gähnen. Drei laut bellende Terrier versammelten sich um ihre Füße. »Platz, Jungs, Platz!«

Georgia streckte sich – ihre Arme und Beine waren steif und schmerzten. Es war ein herrlicher warmer Abend, die Hitze des Tages lag noch immer in der Luft.

»Na komm, Wilson, ganz ruhig.« Melanie sprach beruhigend mit dem braunen Vollblut, während sie ihn die Rampe herunter in den Hof führte. »Kannst du übernehmen, Georgia?«, bat sie, nachdem sie sich vergeblich nach Sophie umgesehen hatte.

»Klar.« Georgia nahm das Führseil. »Komm mit, Wilson.«

Sobald der Wallach in seinem Stall untergebracht war, lief Georgia hinüber zur Scheune, um ein Heunetz zu holen. Nachdem sie Wilson noch einmal gebürstet und sich überzeugt hatte, dass er mit Futter und Wasser versorgt war, brachte sie ihn für die Nacht hinaus auf die Koppel. Sie nahm sein Halfter ab, legte die Arme um seinen Hals und atmete den wunderbaren Duft ein – eine Mischung aus Pferdegeruch und Zitronenshampoo. »Und ab mit dir, mein Junge«, sagte sie leise mit einem Tätscheln.

Callie, Sophies altes Pony, trottete erwartungsvoll herüber.

»Hallo, du«, begrüßte Georgia es lächelnd und gab dem graubraunen Pony einen Kuss auf die Nase.

Callie war früher ein erstklassiges Turnierpony gewesen, das viele Preise gewonnen hatte, doch seit kurzem war es pensioniert. Georgia liebte das kleine Exmoor-Pony, auf dem sie einst selbst reiten gelernt hatte.

Melanie und Georgias Mutter waren alte Freundinnen. Als Lucy Black damals von ihrem Mann verlassen worden war, hatte sie gedacht, dass Redgrove eine gute Ablenkung für Georgia wäre. Georgia hatte die Ponys von Anfang an geliebt, und sobald ihre Mutter sie für alt genug hielt, hatte Melanie sie auf Callie reiten lassen. Anfänglich war das Pony dabei natürlich noch geführt worden. Der Rest war Geschichte! Redgrove war schnell ein zweites Zuhause für Georgia geworden.

»Du siehst nachdenklich aus.« Melanie trat zu Georgia und holte sie aus ihren Gedanken.

»Ach«, antwortete Georgia mit einem Lächeln. »Mir ist nur gerade eingefallen, wie du mich zum ersten Mal auf Callie gesetzt hast.«

Melanie tätschelte liebevoll ihren Arm. »Es kommt mir vor, als sei es erst gestern gewesen!« Sie lächelte Georgia an. »Hör mal, ich kann dich zu Hause absetzen, wenn du möchtest.«

»Wirklich? Das wäre toll, danke«, sagte Georgia. »Du weißt doch noch, dass ich diese Woche nach der Schule nicht vorbeikommen kann, oder? Wir schreiben die letzten Prüfungen.«

»Ja, ich weiß«, antwortete Melanie seufzend. »Was sollen wir nur ohne dich machen?«

»Ihr kommt bestimmt bestens klar.« Georgia lächelte und freute sich natürlich insgeheim über Melanies Worte.

»Wenn die Prüfungen vorbei sind, dann hast du Wilson übrigens ein paar Tage ganz für dich, hab ich dir das schon erzählt?«, fuhr Melanie fort.

»Wirklich?« Georgia war überrascht.

»Ja«, versicherte Melanie. »Es sind zwar nur ein paar Tage in der ersten Ferienwoche, aber immerhin. Sophie hat einen Job in einem Sommercamp hier in der Nähe. Also kannst du Wilson jeden Tag bewegen, wenn du magst.«

»Wenn ich mag?«, rief Georgia aus und umarmte Melanie spontan. »Ich kann es kaum erwarten!«

Melanie lächelte. »Simon«, rief sie ihrem Mann über die Schulter zu. »Ich bringe Georgia noch schnell nach Hause.« Sie zog die Autoschlüssel aus ihrer Tasche und ging zu einem glänzenden neuen Geländewagen, der im Hof parkte.

Georgia seufzte. Ach, wenn man so wie die Haydens leben könnte! Nicht nur, dass sie schöne Ställe für ihre Pferde hatten, sie hatten auch noch einen eigenen Swimmingpool und einen Tennisplatz. Allerdings arbeiteten sie dafür auch schwer und blieben dennoch sehr bodenständig und freundlich.

Während das Auto die Straße entlangfuhr, dachte Georgia an ihr eigenes Zuhause. Was würde ihre Mutter wohl gerade machen? Wahrscheinlich immer noch malen, denn sie hatte gerade einen sehr wichtigen Auftrag. Georgias Mutter war Künstlerin und arbeitete jede freie Minute, damit sie über die Runden kamen. Als Georgia an diesem Morgen das Haus verlassen hatte, um mit zur Wadebridge Show zu fahren, war ihre Mutter bereits auf und in ihr neuestes Werk vertieft gewesen.

Das Auto bog am Ende des unbefestigten Zufahrtswegs in die Hauptstraße ein, und die Scheinwerfer durchschnitten die anbrechende Dämmerung. Nach etwa eineinhalb Kilometern hielten sie vor einem kleinen Häuschen an.

»Dankeschön, Melanie«, bedankte sich Georgia, während sie aus dem Auto stieg. Sie winkte ihr noch einmal zu, bevor sie sich umdrehte und den Weg hochlief.

Im Haus war es still, als Georgia die Haustür öffnete. Beim Betreten der Küche konnte sie leise Radiomusik hören, die aus dem Schuppen am Ende des Gartens kam, wo ihre Mutter arbeitete.

Georgia ließ ihre Sachen auf dem Küchentisch zurück und rannte über die kleine Wiese. Pip, ihr treuer schwarzweißer Spaniel, der in der letzten Abendsonne ein Nickerchen gemacht hatte, sprang auf, um sie mit wedelndem Schwanz zu begrüßen.

Dann streckte Georgia den Kopf in den Schuppen und rief: »Hallo, Mama!«

»Oh, hallo, mein Liebes.« Georgias Mutter blickte auf. »Ich muss ganz die Zeit vergessen haben.« Sie streifte eine Haarsträhne aus dem Gesicht und strich über ihre farbverspritzte Schürze. »Hattest du einen guten Tag?«

»Ja, es war einfach toll, danke.« Georgia ging zu ihrer Mutter und gab ihr einen Kuss. »Hast du schon gegessen?«

»Nur ein Sandwich«, antwortete ihre Mutter. »Was ist mit dir?«

»Ich hab in Wadebridge schon etwas gegessen«, sagte Georgia.

»Und? Wie habt ihr euch geschlagen?«, wollte ihre Mutter wissen.

»Zwei erste und drei zweite Plätze.« Georgia strahlte.

»Super!«, freute sich ihre Mutter. »Aber du siehst auch ziemlich kaputt aus, Liebes. Du solltest bald zu Bett gehen, damit du morgen in der Schule fit bist.«

Schule! Georgia stöhnte, doch ihre Mutter hatte natürlich recht. »Klar, Mum.«

»Hast du wie versprochen während der Fahrt noch ein wenig gelernt?«, fragte ihre Mutter.

»Ja«, antwortete Georgia und kreuzte die Finger hinter dem Rücken.

»Gut.« Lucy Black nickte, und Georgia beeilte sich, zurück ins Haus und ins obere Stockwerk zu kommen.

Sobald sie in ihrem kleinen Zimmer war, in dem jede

freie Wand entweder mit Fotos und Postern von Pferden oder Gemälden ihrer Mutter bedeckt war, spürte sie, wie die Erschöpfung sich in ihr breitmachte. Es hatte keinen Sinn – jetzt konnte sie beim besten Willen nicht mehr lernen. Sie musste morgen einfach früher aufstehen. Georgia versuchte, nicht zu dem Stoß von Schulbüchern zu blicken, der sich auf ihrem Schreibtisch gefährlich stapelte. Schnell machte sie sich bettfertig, schlüpfte in ihren Schlafanzug und ließ sich dankbar ins Bett fallen.

Sie schlief auf der Stelle ein und träumte schon bald von dem, was sie am liebsten auf der Welt mochte: Ponys! Sie war umgeben von wunderschönen, mutigen Jagdpferden, eleganten Turnierpferden mit geschmeidigem Gang und herausgeputzten Springpferden, die ihre Hindernisse mit einem eleganten Satz nahmen …

Kapitel drei

»Georgia!«, ertönte die Stimme ihrer Mutter am nächsten Morgen. »Bist du fertig für die Schule?«

Stöhnend öffnete Georgia ein Auge und streckte die Hand nach ihrem Wecker aus. Wie spät war es denn? Was? Schon acht Uhr! Es war überhaupt keine Zeit mehr, sich noch irgendwelche Schulbücher anzusehen. Wenn sie Pech hatte, kam sie womöglich sogar noch zu spät zur Schule!

Sanft leckte Pip ihr über die Wange, während Georgia aufstand und versuchte, sich auf den vor ihr liegenden Tag zu konzentrieren. Sie hatte nur noch fünf Minuten, um sich anzuziehen und zu frühstücken.

Rasch schlüpfte sie in ihre marineblaue Schuluniform, putzte sich im Eiltempo die Zähne und band ihr Haar zurück, bevor sie die Treppe hinunterstürmte.

Der Geruch von gebratenem Speck lag in der Luft. Ihre Mutter stand in der Küche. Sie sah müde aus und hatte dunkle Ringe unter den Augen.

»Du hast doch nicht die ganze Nacht durchgearbeitet, Mum, oder?«

»Guten Morgen, Liebes.« Georgias Mutter lächelte sie an und antwortete nicht auf die Frage, was bedeutete, dass sie auf jeden Fall durchgearbeitet hatte. »Bist du bereit?«

»So bereit, wie ich nur sein kann«, antwortete Georgia, streichelte Ralphy, ihre große getigerte Katze, und schnappte sich dann ein Stück Toast. Sie trank noch einen Schluck Tee und gab ihrer Mutter einen Kuss auf die Wange. »Tschüs, Mum.«

»Nimm wenigstens noch einen zweiten Toast!«, rief Lucy Black. »Du brauchst Energie …«

Doch Georgia war bereits aus der Tür und rannte, ohne anzuhalten, zur Straße hinunter. Der Schulbus, in dem sich Georgias beste Freundin Emma befand, ratterte schon um die Ecke.

»Hierher, Georgie.« Emma strahlte sie an, während Georgia sich durch den Gang schob. Die beiden Mädchen waren schon seit ihrem ersten Schultag Freundinnen, auch wenn sie nicht unterschiedlicher hätten sein können. Emma war immer schick gekleidet, und ihre braunen Haare waren stets ordentlich gekämmt. Georgia dagegen kümmerte sich überhaupt nicht um ihr Aussehen, und ihr langes blondes Haar hing die meiste Zeit achtlos über ihre Schultern.

»Ich bin so nervös, Georgie«, sprudelte es aus Emma heraus, sobald Georgia sich zu ihr gesetzt hatte, und sie verzog besorgt die Stirn.

»Ach komm, du machst das doch bestimmt super, Em«, sagte Georgia und umarmte ihre Freundin. »Du brauchst dir keine Sorgen zu machen.«

Während der Bus seine Route abfuhr, begann Georgia, wie verrückt ihre Notizen durchzublättern, um sich verzweifelt in letzter Minute noch ein paar Dinge einzuprägen, bevor sie bei der Schule ankamen.

Als der Bus anhielt, stiegen Georgia und Emma aus und liefen die Treppe zu dem modernen Schulgebäude aus rotem Backstein hinauf. Schüler strömten durch alle Flure, und nervöses Geplapper erfüllte die Luft.

»Bis später dann, Em«, rief Georgia über ihre Schulter, als sie das Klassenzimmer betraten. Schnell hatte sie ihren Platz gefunden und setzte sich. Unruhig drehte sie ihren Stift, starrte auf ihre abgebissenen Fingernägel und warf Emma noch einmal einen Blick zu.

»Viel Glück!«, flüsterte sie, bevor der Lehrer ihnen befahl, die vor ihnen liegenden Blätter umzudrehen.

Die Prüfungen waren eine Katastrophe. Georgia wusste es in der Sekunde, in der sie die Fragen sah. Als sie den Raum verließ und um sie herum aufgeregt geredet wurde, war ihr fast schlecht. Wie hatte sie nur glauben können, es mit so wenig Aufwand schaffen zu können? Und wahrscheinlich würde es mit jedem Tag nur noch schlimmer werden.

Ihre Befürchtung stellte sich leider als wahr heraus. Nach den Prüfungen am Mittwoch, Donnerstag und Freitag konnte Georgia nicht mehr klar denken, und alles verschwamm ineinander. Sie war einfach bloß froh, als endlich alles vorbei war. Am Freitagnachmittag, als sie aus dem Schulgebäude in den hellen Sonnenschein heraustraten, verspürte sie nur noch Erleichterung.

»Puh! Gott sei Dank ist das jetzt vorbei!« Georgia drehte sich zu Emma und hatte nur noch einen einzigen Gedanken: Sie musste zu den Ponys! Die ganze Woche war sie nicht dort gewesen, und das hatte sie fast umgebracht.

»Komm doch mit mir nach Redgrove, Em«, bat Georgia.

Emma verdrehte die Augen. »Ich weiß nicht … Ich möchte eigentlich lieber nach Hause und überlegen, was ich zum Mittsommertanz anziehe.«

»Der Mittsommertanz!«, rief Georgia aus. »Aber bis dahin dauert es ja noch ewig. Der ist doch erst ganz spät am Ende der Ferien. Kannst du denn an nichts anderes denken?«

»Ist aber besser, als die ganze Zeit an Pferde zu denken!«, zog Emma sie auf.

»Ich weiß nicht«, antwortete Georgia nachdenklich. »Aber hör mal, wenn ich am Wochenende mit dir shoppen gehe, kommst du dann jetzt mit mir zu den Ponys?«

Emma tat einen Moment lang, als müsse sie überlegen. Dann grinste sie ihre Freundin an. »Abgemacht«, antwortete sie.

Die beiden Mädchen rannten lachend zum Bus.

»Redgrove ... wir kommen!«, rief Georgia.

Kapitel vier

Auf dem Hof war an diesem Nachmittag nicht viel los, und so dauerte es nicht allzu lange, bis Georgia und Emma die ganzen Arbeiten erledigt hatten, die während der Woche liegengeblieben waren. Es war schön gewesen, die Pferde zu sehen, aber Georgia war erschöpft, als sie zu Hause ankam – und dankbar, endlich ins Bett zu können. Es war eine anstrengende Woche gewesen.

Am nächsten Tag, als Georgia aufwachte, kamen ihr als Erstes die Prüfungen in den Sinn … und dann fiel ihr ein, dass sie vorbei waren! Juhu! Und nicht nur das, es war auch noch Samstag. So wie die Sonne durch den Spalt zwischen den Vorhängen schien, sah es so aus, als wäre es der perfekte Tag zum Reiten!

Georgia stieg aus dem Bett und zog die Vorhänge auf. Nach einem Abstecher ins Badezimmer schlüpfte sie in rosa Shorts und ein gestreiftes T-Shirt. Als Nächstes packte sie ihre marineblaue Reithose, die braunen Reitstiefel, die Beinschützer und ihren Reithelm obenauf, bevor sie den Reißverschluss ihres ausgebeulten Rucksacks zuzog.

Ihre Mutter war noch nicht wach, also schlich sie auf Zehenspitzen nach unten und machte sich Frühstück. »Morgen, Pip!«, flüsterte sie und tätschelte den kleinen Spaniel, nachdem sie ihrer Mutter einen Zettel geschrieben hatte. Dann trat sie in den Sonnenschein hinaus.

Im Handumdrehen fuhr sie mit dem Rad die Hauptstraße entlang zur Redgrove Farm.

Melanie war gerade dabei, die Blumen in den Hängetöpfen zu gießen, als Georgia ihr Fahrrad am Zaun abstellte. Sie winkte ihr zu.

»Du bist ja früh dran«, rief sie lachend. »Bist du so lieb und bringst Wilson herein? Das wollte ich eigentlich gerade machen, aber ich muss noch die Blumen gießen, bevor es zu heiß wird. Sophie hat um neun eine Reitstunde bei Janey Meadon.«

»Klar«, sagte Georgia. Sie mochte Sophies Reitlehrerin. Janey stellte ein Team für das Springturnier im Round-Barrow-Ponyclub zusammen, und Sophie war eine der vier ausgewählten Reiterinnen. Georgia ging so oft wie möglich mit zu den Übungsstunden des Teams, in der Hoffnung, vielleicht ein paar Tipps aufzuschnappen. »Wo ist Sophie denn?«, fragte sie.

»Sie liegt noch im Bett.« Melanie verdrehte die Augen

und drehte das Wasser des Gartenschlauchs ab. »Sie war gestern bei irgendeiner Party ... und erst nach zwölf zu Hause.«

»Klingt, als hätte sie Spaß gehabt«, meinte Georgia lachend und holte Wilsons weiches Lederhalfter und das Führseil. Wobei sie sich in Wirklichkeit eigentlich nichts Schlimmeres vorstellen konnte. Sie selbst stand lieber zeitig auf, um bei den Pferden zu sein, statt abends wegzugehen. Sie und Melanie tauschten ein wissendes Lächeln, dann ging Georgia auf die Koppel, um Wilson zu holen.

Sobald sie ihn in den Hof gebracht hatte – Callie durfte weiter friedlich auf der Weide grasen –, machte Georgia sich an die Arbeit. Wilson hatte sich anscheinend ausgiebig auf der Erde gewälzt, so dass er mit einer dicken Staubschicht überzogen war. Georgia bürstete ihn gründlich, bevor sie seine schwarze Mähne mit Wasser anfeuchtete. Sobald er wieder am ganzen Körper glänzte und seine Hufe ausgekratzt und mit Huföl eingepinselt waren, machte sie einen Schritt zurück, um ihre Arbeit zu bewundern. »Na also, mein Junge«, murmelte Georgia zufrieden. »Jetzt bist du wieder schön.«

Wilson stand still da, seine Augen waren halb geschlossen, und vor Zufriedenheit ließ er seine Unterlippe schlaff herunterhängen.

Georgia wollte ihm gerade seine Bandagen für die kurze Fahrt im Transporter umlegen, als Sophie auftauchte. »Hi«, grüßte sie lustlos.

Sie sah müde aus, die Wimperntusche vom gestrigen Abend war um die Augen verschmiert, und ihr Haar hatte sie in einem unordentlichen Knoten auf dem Kopf zusammengebunden. Ihre Freundin Tory begleitete sie und starrte Georgia abfällig an.

Georgia runzelte die Stirn. Sie mochte Tory nicht. Sophie und Tory waren schon seit einigen Jahren befreundet, doch Georgia verstand überhaupt nicht, warum, denn sie selbst hielt Tory für ziemlich eingebildet und unhöflich. Das einzig Gute an ihr war ihr Pony Nightingale!

»Oh, schau mal, Sophie, deine kleine Stallmagd ist schon bei der Arbeit«, sagte Tory.

Georgia seufzte innerlich. *Geht das schon wieder los!*

»Tory ...«, Sophie kicherte nervös und sah verlegen aus, doch das schien das andere Mädchen nicht abzuhalten.

»Da hätten wir gut noch ein wenig länger schlafen können«, fuhr Tory fort. »Georgia ist hier draußen bei der Dreckarbeit ja in ihrem Element.«

»Sei nicht so gemein, Tory«, sagte Sophie und wurde nun doch rot.

Georgia errötete ebenfalls und drehte sich weg. Sie war sich sehr wohl bewusst, dass sie nicht zu Sophies vornehmen Schulfreundinnen passte, aber war das wirklich ein Grund, so gemein zu sein?

Tory grinste hämisch. »Wir müssen los, Sophie«, drängte sie. »Meine Mutter will uns bei Janey treffen, sie kommt mit Nightingale direkt dorthin. Harry wird auch da sein.« Sie warf Sophie mit hochgezogenen Augenbrauen ein vielsagendes Lächeln zu.

»Harry?«, fragte Sophie. »Harry Blake?«

»Gibt es einen anderen Harry?«, fragte Tory, woraufhin Sophie errötete und kicherte.

Also wirklich! Georgia verdrehte die Augen. Diese zwei dachten ja an nichts anderes als an Jungs. Georgia verstand beim besten Willen nicht, was das ganze Theater um Harry Blake sollte. Um ehrlich zu sein, fand sie ihn ziemlich langweilig. Allerdings hatte er ein schönes Pferd – einen großen gescheckten Wallach namens Hector.

»Also, was glaubst du, wird Harry sagen, wenn …«

Die beiden Freundinnen unterhielten sich leise, und Georgia brachte Wilson in den Anhänger. Sobald er sicher darin untergebracht war, suchte sie nach Melanie.

»Wilson ist fertig«, sagte sie, während sie ihren Kopf durch die Küchentür streckte.

»Wunderbar, Georgia.« Melanie lächelte sie dankbar an. »Wollen wir dann los?«

»Klar.« Georgia nickte, froh, dass sie dabei sein durfte. »Ich bin so weit.«

Janey Meadon wartete bereits an den Ställen auf sie, als der Pferdeanhänger in den Hof fuhr. Harry war ebenfalls dort, zusammen mit einem anderen Mädchen, Lottie Fisher, die Georgia bereits kannte. Harry und Lottie waren die beiden anderen Mitglieder im Round-Barrow-Springreitteam.

Sobald alle aufgesessen waren und das Training begann, sah Georgia interessiert zu, wie die Reitschüler zum Aufwärmen durch die Arena trabten oder galoppierten, bevor sie schließlich einer nach dem anderen gekonnt über die farbigen Stangen und Hindernisse sprangen, die Janey aufgestellt hatte.

»So ist es gut, jetzt die Kombination, Sophie«, rief Janey. »Versuch ein In-Out.«

Georgia schaute Wilson für ihr Leben gern beim Springen zu. Seinem intelligenten, freundlichen Gesicht sah man die Begeisterung beim Bewältigen der Hindernisse an. Meist nahm er sie mit Leichtigkeit, und niemals verweigerte oder umging er sie.

»Eines Tages kann ich das auch … hoffe ich jedenfalls«, flüsterte Georgia vor sich hin.

Als das Training zu Ende war, winkte Janey die Reiter zu sich. »Kommt zu mir in die Sattelkammer. Teambesprechung«, ordnete sie an.

Georgia ging zu Sophie und nahm Wilsons Zügel, sobald ihre Freundin abgestiegen war, und führte den Wallach herum, damit er abkühlen konnte. Wilson sah zwar kaum ermüdet aus, aber Georgia wollte dennoch sichergehen, dass er sich ordentlich abgekühlt hatte, bevor sie ihn abrieb und ihm seine Schweißdecke überwarf. Dann band sie ihn am Pferdeanhänger fest.

Die Teambesprechung war anscheinend kurz ausgefallen, da Sophie und Tory vor der Sattelkammer herumhingen und sich mit Harry unterhielten, der sich gegen seine Pferdebox lehnte und versuchte, lässig und erwachsen zu wirken.

Georgia musste insgeheim lachen und tätschelte Wilson. »Also ich hätte jedenfalls lieber ein Pony statt irgend so einen blöden Freund«, sagte sie zu dem Pferd, das prompt aufhörte, Heu aus seinem Netz zu ziehen, um stattdessen den Kopf an ihrem T-Shirt zu reiben, was fast wie ein stillschweigendes Einverständnis wirkte. Auch wenn Georgia ein klein wenig enttäuscht war, dass sie den ganzen Tag nicht selbst hatte reiten können, tröstete sie sich mit dem Gedanken, dass die Sommerferien vor der Tür standen – und damit auch die Woche, in der sie die Pferde alle für sich allein haben würde. Sie konnte es kaum erwarten. Nur noch eine Woche Schule überstehen, dann wäre es geschafft. Die gesamten Sommerferien lagen vor ihr, und damit durfte sie sich auf all die Wochen freuen, die sie mit nichts anderem als den Ponys verbringen konnte.

Kapitel fünf

Doch einige Tage später platzte Georgias Traum. Sie saß im Direktorat – zusammen mit ihrer Mutter, die zu dem Gespräch dazu gebeten worden war – und versuchte, sich auf das zu konzentrieren, was Mrs Jenkins gerade sagte.

»Die Prüfungsergebnisse waren leider nicht sehr gut, Georgia.« Mrs Jenkins blickte von ihrem Schreibtisch auf und spähte über ihre Lesebrille. »Ich mache mir Sorgen, dass du das Schuljahr vielleicht wiederholen musst, wenn du bereits so startest, verstehst du?«

Georgia bekam regelrechte Panik. Wiederholen wollte sie ganz bestimmt nicht! Aus den Augenwinkeln sah sie ihre Mutter die Stirn runzeln.

Mrs Jenkins fuhr fort: »Aber es gibt noch eine andere Möglichkeit. Du könntest in deinen schwächsten Fächern einen Intensivkurs an einer Ferienschule in Wales belegen. Wir haben in der Vergangenheit festgestellt, dass Schüler dabei im Nu wieder aufgeholt haben.«

»Ferienschule?« Georgia sah zu ihrer Mutter.

»Wenn du dich nur etwas besser auf die Aufgaben konzentrieren würdest, Georgia«, fuhr Mrs Jenkins fort. »Deine Lehrer sagen, dass du während des Unterrichts häufig vor dich hin träumst. Dabei bist du ein kluges Mädchen, und es wäre ein Jammer, wenn du das Jahr wiederholen müsstest. Wenn du wenigstens eine Woche lang einen solchen Ferienkurs absolvieren würdest, könntest du sicher in Geographie und Geschichte aufholen, und deine Noten würden sich rasch verbessern.«

Mrs Jenkins drehte sich zu Georgias Mutter. »Keine Sorge, Mrs Black. Der Kurs wird subventioniert. Sie müssten nur für das Essen und die Unterkunft zahlen, und das ist recht preiswert.«

Georgia schluckte schwer. Sie fühlte sich furchtbar. Das Geld war so schon knapp genug, ohne dass ihre Mutter noch Geld für einen Kurs aufbringen musste, der eigentlich gar nicht nötig sein sollte. Georgia konnte den besorgten Gesichtsausdruck ihrer Mutter kaum ertragen.

Mrs Black räusperte sich. »Mrs Jenkins«, fragte sie dann zögernd, »wann würde der Kurs denn beginnen?«

»Nächste Woche«, antwortete Mrs Jenkins. »Gleich in der ersten Ferienwoche.«

Georgia spürte Tränen in ihre Augen steigen. Das war

die Woche, in der sie Wilson ganz für sich allein hätte haben sollen!

»Tja, das hört sich für mich nach einer guten Idee an«, sagte Georgias Mutter. »Wir möchten doch beide nicht, dass du die Klasse wiederholen musst, Georgia, oder?«

Georgia stöhnte innerlich und ließ sich gegen die Lehne ihres Stuhls fallen.

Mrs Jenkins wurde etwas nachsichtiger. »Gib dir einen Stoß, Georgia«, sagte sie freundlich. »Es ist doch nur eine Woche, und man versucht dort, alles so unterhaltsam wie möglich zu gestalten. Selbstverständlich gibt es auch schriftliche Arbeiten, aber es werden auch Ausflüge gemacht, und Brecon ist ein sehr hübscher Ort …«

Das konnte Georgias Laune natürlich auch nicht heben, aber sie bemühte sich um ein Lächeln. »Also gut.«

»Wunderbar!« Mrs Jenkins strahlte. »Vergiss aber nicht, genug Regenkleidung mitzunehmen, ja? Leider meldet die Wettervorhersage Regen.«

Na toll, noch besser, dachte Georgia, und auf einmal hatte sie einen Kloß im Hals, als sie daran dachte, wie viel wunderbare Zeit mit den Pferden ihr dadurch entgehen würde.

Und so saß Georgia am Montagmorgen bei strömendem Regen im Bus, unterwegs zu einem Ferienkurs, zu dem sie eigentlich gar keine Lust hatte. Aber sie hatte keine Wahl. Sie wollte ganz sicher nicht das Jahr wiederholen und dadurch von Emma oder ihren anderen Freundinnen getrennt werden. Also hatte sie ihrer Mutter versprochen, sich in der Schule mehr anzustrengen. Oder vielmehr hatte ihre Mutter ihr klargemacht, dass sie sich entweder von nun an mehr auf die Schule konzentrieren müsste oder sie noch einmal darüber reden würden, wie viel Zeit Georgia bei den Pferden verbringen durfte.

Als Georgia an jenem Abend ins Bett gegangen war, hätte sie sich am liebsten unter ihrer Daunendecke zu einem kleinen Ball zusammengerollt. Natürlich waren die Pferde bei ihrer Rückkehr immer noch da, doch Georgia hatte ihre Chance verpasst, Wilson ganz allein für sich zu haben. Vor ihrer Abreise hatte sie ihn noch gestreichelt und dabei – so kam es ihr zumindest vor – stundenlang in seine dunkle Mähne geweint.

Während sie jetzt so allein nach draußen in den Regen starrte, fiel es Georgia schwer, zuversichtlich zu sein. Als sie eine große Brücke überquerten und sich nun laut einem Straßenschild Wales näherten, verdunkelte sich der Himmel noch mehr, noch dickere Regentropfen prasselten auf den Bus herab und versetzten Georgia in eine noch düsterere Stimmung.

Es schienen Stunden vergangen zu sein, als der Bus

schließlich im Schatten einer großen Bergkette anhielt und alle im strömenden Regen stöhnend und jammernd ausstiegen.

Der Kurs begann noch am gleichen Tag. Bereits eine Stunde nach ihrer Ankunft wurden sie, als es einmal eine Regenpause gab, auf eine Geographie-Exkursion geschickt, um so viele Wildpflanzen wie möglich zu bestimmen. Das war gleichzeitig als eine Art Eisbrecher gedacht, da sie alle zusammen in der Gruppe arbeiten sollten.

Georgia hatte jedoch das Gefühl, als könnte es nicht mehr viel schlimmer werden. Sie murrte vor sich hin, während sie über den schlammigen Pfad marschierte. Plötzlich unterbrach eine Stimme, die ihr bekannt vorkam, ihre vor Selbstmitleid triefenden Gedanken.

»Hey, du bist doch in Emma Clarks Klasse, oder?«

Georgia sah sich um und entdeckte einen Jungen mit aschblondem Haar, einer leicht schiefen Nase und jeder Menge Sommersprossen. Es war Daniel Coleman, der Sohn eines Farmers aus ihrer Gegend. Sie kannte ihn nicht sehr gut, aber sie wusste, dass er in ihrem Jahrgang an der Schule war.

»Ja, stimmt.« Georgia zögerte. »Sie ist meine beste Freundin.«

»Ich mag Em.« Er grinste. »Hör mal, wir brauchen für diese Übung einen Partner, also wie wär's? Allerdings bin ich bei diesem Kram ziemlich schlecht, muss ich zugeben.«

Georgia lachte. »Du verkaufst dich aber nicht besonders gut«, sagte sie. »Obwohl ich wahrscheinlich beim Bestimmen auch nicht viel besser bin. Die einzigen Pflanzen, die ich kenne, sind diejenigen, die für Pferde giftig sind!«

»Ach genau«, sagte Daniel mit einem Lächeln. »Dann bist du wohl das Mädchen, das verrückt nach Ponys ist. Ich persönlich kann das ja nicht wirklich verstehen, ich mag Kühe viel lieber!« Aber er grinste dabei, und Georgia merkte, dass ihre Laune schon etwas besser wurde.

Die Übung dauerte lange und war ganz schön anstrengend, aber Georgia gab sich große Mühe. Bis zur Essenspause hatten sie und Daniel siebzehn von zwanzig Pflanzen bestimmt und waren selbst überrascht, als sie die höchste Bewertung bekamen. Daniel gab Georgia ein High Five und brachte sie gleich wieder zum Lachen, während sie sich mit der restlichen Gruppe zu einem Spaziergang aufmachten. Der Ferienkurs stellte sich leider dennoch als genauso langweilig heraus, wie sie befürchtet hatte, aber zumindest hatte sie einen unterhaltsamen Leidensgenossen.

Ihr Ausflug führte sie durch die Berggegend. Nach einem kurzen Regenschauer schimmerte der allgegenwärtige Farn im Sonnenlicht, und kleine Gebirgsbäche plätscherten über die Felsen. Georgia musste zugeben, dass die Gegend hier wirklich schön war.

»Also gut, alle zusammen. Ich denke, wir sind jetzt weit genug gelaufen«, verkündete einer der Lehrer, als sie sich schließlich ein paar über Hügeln verstreuten alten Farmhäusern näherten. »Wir machen eine kleine Rast, bevor wir mit der nächsten Übung beginnen.«

Dankbar breitete Georgia ihren Regenmantel aus und setzte sich darauf, bevor sie die Wasserflasche aus ihrer Tasche holte.

»Fünfzehn Minuten Pause, dann geht's weiter. Dieser Farn zeichnet sich nicht von allein«, rief der Lehrer.

Georgia stöhnte. Sie wollte gerade ihr Gesicht in die Sonne drehen und die Augen schließen, als sie plötzlich auf eine Bewegung in der Ferne aufmerksam wurde. War es das, was sie glaubte? Ein Pony? Hier draußen in den Bergen?«

Georgia kniff die Augen zusammen und sah genauer hin. Und tatsächlich, ein Stückchen weiter den Hügel hinauf stand ein Pony auf einer Koppel neben einem verlassen aussehenden Farmhaus.

»Bin gleich wieder da«, sagte sie schnell zu Daniel und stand auf.

»Wo willst du denn hin, Georgia? Georgia ...?«

Doch Georgia antwortete nicht mehr. So schnell sie

konnte, lief sie den Pfad hoch zu dem Pony. Als sie sich dem Tier näherte, wurde sie jedoch langsamer, um es nicht zu verschrecken.

Ein paar Schritte entfernt, neben einem Tor, blieb sie stehen, während das Pony – ein Palomino – zu ihr nach unten sah. Es war gewiss das hübscheste Pony, das Georgia je gesehen hatte, auch wenn es etwas verwahrlost aussah. Es hatte ein goldenes Fell mit einem kleinen rosa Fleck zwischen den zitternden Nüstern und riesige goldbraune Augen, aus denen es Georgia genau beobachtete. Seine cremefarbene Mähne reichte bis über die Schultern und der Schweif bis zum Boden, doch beide waren schmutzig und voller Kletten. Das Pony hatte einen kleinen, hübschen Kopf, starke Beine und eine rundliche, muskulöse Hinterhand. Auch wenn es dringend gepflegt und gebürstet werden musste, war es einfach wunderschön.

Georgia erinnerte sich daran, dass sie ein Pfefferminz in ihrer Tasche hatte, holte es heraus und hielt es auf ihrer ausgestreckten flachen Hand dem Pony hin.

»Hier, Kleines«, rief sie leise.

Einen Moment lang sah es so aus, als wollte das Pony zu ihr herüberkommen und es nehmen. Georgia sah ihm fest in die Augen. »Komm schon, meine Schöne«, lockte sie.

Doch dann drehte das Palomino mit einem Schnauben und einem Schweifschlagen ab und galoppierte in die am weitesten entfernte Ecke der Koppel.

»Schade«, murmelte Georgia und sah ihm nach. Seufzend blickte sie auf die Uhr. Die Viertelstunde war wie im Fluge vergangen.

Sie machte kehrt, musste dabei aber immer an das Palomino denken. Was machte es nur hier draußen? Warum sah es so ungepflegt aus, und wo war sein Besitzer? Ein Pony war das Letzte, was Georgia auf dieser Exkursion erwartet hatte, und eine gewisse Aufregung machte sich in ihr breit.

»Dan ... Daniel!«, rief sie, als sie schwer atmend von ihrem kleinen Sprint wieder bei der Gruppe ankam. »Du wirst nie erraten, was ich gerade entdeckt habe.«

»Doch hoffentlich nicht noch ein tolles Exemplar vom Stechginster?«, antwortete Daniel und verdrehte die Augen.

»Nein, du Scherzkeks.« Georgia lachte und rempelte ihn spielerisch mit der Schulter an. »Komm mit und schau es dir selbst an. Schnell!« Sie zog ihn auf die Füße und eilte mit ihm zurück den Pfad hinauf, hinüber zu der Stelle, wo das kleine Pony jetzt stand und sie misstrauisch ansah.

»Was macht es nur so ganz allein hier draußen?«, fragte Daniel.

Georgia hatte nicht mehr die Zeit, darauf zu antworten, denn nun tauchte einer der Lehrer auf dem Weg auf und rief zu ihnen hoch: »Kommt schon, ihr zwei! Es ist Zeit weiterzugehen. Wir müssen noch ein paar Zeichnungen anfertigen und dann unsere heutigen Funde analysieren.«

Daniel zuckte mit den Schultern und drehte sich zu Georgia. »Macht nichts. Wir können ja ein andermal wieder hierher zurückkommen. Aber jetzt sollten wir lieber gehen.«

Georgia seufzte. Sie wusste, dass sie keine andere Wahl hatte, doch als sie da stand und das Palomino ansah, zerriss es ihr fast das Herz. Sie konnte es kaum ertragen wegzugehen, besonders da sie wusste, dass sie den restlichen Tag für den Unterricht im Hause bleiben musste. Und sie hatte ihrer Mutter versprochen, sich bei diesem Kurs richtig anzustrengen.

Georgia warf dem hübschen Pony noch einen letzten Blick zu und versprach ihm flüsternd: »Ich komme morgen wieder. Du wirst schon sehen.«

Kapitel sechs

»Schreib für mich mit und denk dir eine Entschuldigung für mich aus, wenn jemand fragt, okay?«, bat Georgia am nächsten Tag ihren Freund Daniel.

Sie hatten bereits einen Vormittag voller Aktivitäten hinter sich, und Georgia hatte sich voll und ganz darauf konzentriert, auch wenn es sie die ganze Zeit eigentlich drängte, nach dem Palomino zu schauen. Es war kaum auszuhalten, dass sie einen Teich abmessen musste, wenn es doch gleichzeitig ganz in der Nähe ein so wunderbares Pony gab. Ihr war bewusst, dass sie ihr Versprechen ihrer Mutter gegenüber brach, aber das Palomino sah nicht so aus, als würde sich jemand um es kümmern, und Georgia musste einfach mehr herausfinden. Ihre Mutter hatte ein weiches Herz, wenn es um Tiere ging, und Georgia wusste, dass sie es in ihrem tiefsten Inneren verstehen würde. Nun, zumindest hoffte sie das. Und schließlich konnte sie auch mit Daniels Aufzeichnungen lernen. Also war das doch gar nicht so schlimm, oder? Georgia hatte Melanie gestern Abend noch eine SMS geschickt und ihr von der kleinen Stute erzählt, und Melanie hatte ihr interessiert geantwortet.

»Warte, Georgia ... Was soll ich denn sagen?«, rief Daniel.

Doch er bekam keine Antwort mehr. Georgia hatte gesehen, wie sich der Lehrer über eine Karte beugte, und die Gelegenheit ergriffen, nach einem kurzen Blick über ihre Schulter den Hügel hinunterzulaufen. Diesmal waren sie weiter nach oben gestiegen, doch Georgia hatte immer darauf geachtet, die Orientierung zu behalten. Sie hatte es sogar geschafft, am Morgen beim Abwasch ein paar Karotten aus der Küche mitzunehmen.

So schnell Georgia konnte, rannte sie einen sich schlängelnden Pfad hinab, über ein paar kleine Buckel und an schmalen Bächen vorbei.

Nach etwa fünf Minuten blieb sie stehen und sah sich um. Sie hätte schwören können, das Pony sei irgendwo hier gewesen, aber im Moment konnte sie nichts mehr wiedererkennen. Schweren Herzens wollte Georgia schon aufgeben und zurückgehen, als sie ein schwaches Geräusch in der Ferne hörte. Es war wirklich nur ganz leise, aber Georgia erkannte es sofort – ein Wiehern!

Sie wirbelte herum und nahm eiligst den Pfad zu ihrer Linken, bis sie im offenen Moorland war. Und da, vor ihr, lag die schiefe kleine Hütte, und daneben erstreckte sich eine Wiese, die als Pferdekoppel diente.

»Da bist du ja«, murmelte sie, während das kleine Pony den Kopf hob und sie anstarrte. Jemand musste gestern oder heute hier gewesen sein, denn am Zaun hing ein Heunetz, und auch ein Eimer mit sauberem Wasser stand da. Das Palomino selbst war noch genauso schmutzig wie gestern. Wie gern hätte Georgia es gebürstet, wenn sie nur nahe genug herankommen würde.

Vorsichtig ging sie auf das Pony zu und blieb dann am Zaun stehen.

Das Pony blieb ebenfalls stehen, mit weitgeöffneten Nüstern schüttelte es unruhig den Kopf, während es den Neuankömmling beobachtete.

»Alles gut, meine Schöne«, sagte Georgia beruhigend. »Ich tu dir nichts. Ich will deine Freundin sein.« Sie zog eine der Karotten aus ihrer Tasche und legte sie auf ihre Hand.

Im ersten Moment dachte Georgia, dass das Palomino stehen bleiben würde, doch während sie wartete, begann das Pony zögernd auf sie zuzukommen.

»So ist es gut«, sagte Georgia leise. »Lass dir ruhig Zeit.«

Doch dann, ein paar Schritte vor ihr, blieb das Tier wieder stehen. »Komm schon«, lockte Georgia es.

Doch es schien, als wolle sich ihr das Pony nur genau bis dahin und nicht einen Schritt weiter nähern.

Georgia lockte und redete ihm gut zu und sprach die ganzen nächsten zwanzig Minuten auf das Pony ein, dennoch bewegte es sich keinen Schritt weiter. Georgia musste sich geschlagen geben. Sie konnte nicht von Daniel verlangen, dass er sie noch länger deckte, denn sie war bereits eine halbe Stunde weg.

Sie warf ihren Bund Karotten über den Zaun und ging widerstrebend zurück, dabei drehte sie sich noch einmal um.

Jetzt, da Georgia sich in ausreichender Entfernung befand, senkte das Palomino den Kopf und begann, an den Karotten zu knabbern.

Georgia lächelte. »Na also. Das war doch schon mal ein Anfang, oder?«

Kapitel sieben

An den nächsten Tagen stand Georgia immer zeitig auf, um das Palomino zu besuchen. Sie konnte einfach nicht anders. Um ehrlich zu sein, konnte sie zwischen all den Exkursionen und Unterrichtsstunden nur noch an das Pony denken.

Sie hatte es noch nicht geschafft, der kleinen Stute näher zu kommen, doch am zweiten Morgen, als Georgia den Pfad zur Hütte hinauflief, hatte das Pony ein leises Wiehern hören lassen. Es war, als hätte es sie erwartet!

Georgias Herz machte einen Sprung. »Hallo, du schönes Palomino«, antwortete sie und streckte die Hand nach dem Tier aus, während sie sich über den Holzzaun beugte. Das Palomino war nur wenige Zentimeter entfernt, schien jedoch sehr angespannt zu sein, als wolle es jeden Augenblick umdrehen und fliehen.

Vorsichtig und langsam beugte Georgia sich weiter vor und streckte eine Hand aus.

Das Pony schnaubte und machte sofort einen Schritt

zurück. Doch dann passierte etwas Merkwürdiges. Es streckte noch einmal den Hals aus und berührte ganz kurz Georgias Hand mit der Nase. Sofort spürte Georgia, wie ein warmes Gefühl sie durchdrang und sie sich entspannte.

»Soso.« Eine Stimme hinter ihr ließ Georgia zusammenzucken.

Die Worte durchbrachen den Zauber des Moments, und das Pony wirbelte herum und galoppierte davon, so dass Georgia mit einem feinen Nebel aus Schlamm und Wasser besprüht wurde. Dennoch war dieser Moment ausreichend gewesen, um Georgia etwas wirklich Besonderes empfinden zu lassen. Es hatte eine Verbindung zwischen ihr und dem Palomino gegeben.

Nun drehte Georgia sich um und stand einem älteren Mann gegenüber, der altmodische Tweedkleidung trug. Sein Gesicht war wettergegerbt, und gleichzeitig sah er sehr zerbrechlich aus. »Du hast also Lily kennengelernt, wie ich sehe«, stellte er fest.

»Lily«, wiederholte Georgia atemlos. Das war also der Name des geheimnisvollen Ponys. Er passte wunderbar zu ihm.

»Du bist seit langer Zeit der erste Mensch, der sich ihr nähern darf«, bemerkte der alte Mann. »Abgesehen von mir natürlich.« Er sprach mit einem starken Akzent, der sich wie eine Art Singsang anhörte.

»Ich dachte schon, ich hätte etwas falsch gemacht«, antwortete Georgia lächelnd, »weil es so lang gedauert hat, bis ich mich mit ihr anfreunden konnte.«

»Nein, nein, du hast nichts falsch gemacht«, versicherte der alte Mann. »Sie ist einfach nur sehr misstrauisch. Sie hat ein paar schlechte Erfahrungen gemacht. Aber ich vergesse ganz meine guten Manieren. Wenn ich mich vorstellen darf.« Der alte Mann streckte die Hand aus. »Mein Name ist Eric.«

»Und ich, ähm, bin Georgia«, antwortete Georgia, ergriff seine Hand und schüttelte sie. »Ich bin in einem Ferienkurs gleich hier in der Nähe.«

»Ah, dachte ich mir doch, dass du nicht aus der Gegend bist«, sagte Eric. »Dann magst du also Ponys, ja?«

»Ob ich sie mag? Ich *liebe* sie.« Georgia wurde rot. »Gehört Ihnen Lily? Warum ist sie denn so scheu?« Georgia hatte so viele Fragen.

»Ja, man könnte wohl sagen, dass sie mir gehört«, antwortete der alte Mann rätselhaft. »Ich bin gerade erst aus dem Krankenhaus gekommen«, fuhr er fort und musste gleich darauf heftig husten.

Georgia nickte. Das erklärte zumindest, warum das Pony so verwahrlost aussah, allerdings erklärte es nicht, warum es so furchtbar nervös war. Und wer es gefüttert hatte.

Der alte Mann streckte seine Hand nach dem Pony

aus, und prompt kam Lily auf ihn zu und legte ihren Kopf in seine Hand. Eric streichelte liebevoll ihren Hals.

»Ich habe sie selbst gezüchtet«, erklärte Eric. Er beugte sich über den Zaun und blies in die Nüstern des kleinen Ponys. »Sie hätte ein Weltklasse-Turnierpony werden sollen.«

Das Palomino hatte sich sichtlich entspannt, und die beiden standen zufrieden einen Moment zusammen, bis der alte Mann einen Schritt zurück machte.

»Hätte sollen?«, fragte Georgia schließlich.

»Ja«, bestätigte Eric. »Sie stammt von einer meiner besten Stuten ab. Doch dann bekam Jemma, meine Enkelin, sie, und ... nun ja, sagen wir einfach der Rest ist Geschichte. Das war das Ende von Lilys Karriere.«

»Wieso denn?« Georgia sah ihn aus großen Augen an. »Was ist passiert?«

»Ein Unfall«, antwortete der alte Mann mit einem abfälligen Schnauben. »Auch wenn es nicht Lilys Schuld war.«

Als Georgia das hübsche kleine Pony mit dem zierlichen Kopf und den großen braunen Augen betrachtete, wusste sie genau, dass es keinesfalls Lilys Schuld gewesen sein konnte.

»Aber was ist denn dann genau passiert?«, hakte Georgia nach. Sie wollte alles über das Palomino wissen.

»Sie hat Jemma abgeworfen.« Eric schüttelte den Kopf. »Jemma hatte mal wieder mit ihrem Handy telefoniert und versuchte, Lily anzutreiben, obwohl Lily unsicher war. Lily war immer schon etwas nervös und vorsichtig, aber sie ist nicht bösartig. So ist sie eben veranlagt. Dann hat sie etwas erschreckt, und sie rannte davon. Ich fand sie schließlich draußen in den Bergen. Meine Schwiegertochter, Jemmas Mutter, wollte, dass sie sofort getötet wird, aber damit war ich nicht einverstanden. Stattdessen brachte ich sie hierher zu mir. Hier wohne ich, seit ich das Gestüt verlassen habe.« Er deutete in die ungefähre Richtung eines großen Gehöfts in der Ferne. »Carlamu«, sagte er.

»Carlamu?« Georgia wiederholte das Wort zögernd.

»Ja, das ist Walisisch und bedeutet *Galopp*. Danach ist das Carlamu-Gestüt benannt«, erklärte Eric. »Ich war früher der Besitzer – aber inzwischen gehört es meinem Sohn und meiner Schwiegertochter. Als ich schwerkrank wurde, blieb mir nichts anderes übrig, als das Geschäft zu übergeben.« Eric musste zwischendurch immer wieder husten. »Jetzt bin ich müde und erschöpft.« Er streckte die Hand aus, Lily schnupperte kurz daran und stupste ihn dann liebevoll an. »Deshalb muss sie leider auch weg. Ich werde sie sehr vermissen.«

»Weg?«, wiederholte Georgia.

»Ja«, sagte der alte Mann. »Morgen Nachmittag um vier Uhr. Jemma und ihre Cousins werden sie abholen. Sie soll am Samstag bei der Landwirtschaftsausstellung in Builth versteigert werden. Ich kann mich leider nicht mehr länger um sie kümmern.«

Der Mann sah ziemlich aufgewühlt aus und schüttelte traurig den Kopf.

Georgia spürte Panik in sich aufsteigen. Eine Versteigerung? Das bedeutete, sie würde das Pony vielleicht nie mehr wiedersehen! Das durfte sie einfach nicht zulassen! In diesem kurzen Augenblick, als sie sich berührten, hatte es diese besondere Verbindung zwischen ihnen gegeben. Georgia wusste genau, dass sie intuitiv den wahren Geist und die Seele des Ponys erkannt hatte, und das Palomino hatte ihr endgültig das Herz gestohlen.

Sie biss sich auf die Unterlippe. Das Pony konnte an jeden verkauft werden – bei dem Zustand, in dem es war, sogar an einen Pferdemetzger! Diesen Gedanken konnte Georgia nicht ertragen.

»Bitte«, sagte sie. »Bitte, lassen Sie Lily nicht wegbringen. Bitte kümmern Sie sich hier um sie.«

»Ich wünschte, das könnte ich«, antwortete der alte Mann, und in seinen blauen Augen standen Tränen. »Aber ich kann leider nichts mehr dagegen tun. Ich bin nicht mehr stark genug. Es ist nicht das, was ich mir für

Lily gewünscht hätte. Ich werde morgen nicht hier sein, um mich von ihr zu verabschieden. Ich hasse Abschiede.« Er lächelte schwach. »Also, junges Fräulein, es war nett, dich kennenzulernen. Genieß deinen Aufenthalt hier.«

Und damit drehte er sich um, humpelte den Weg zurück und ließ Georgia allein und gedankenverloren an der Koppel stehen…

Kapitel acht

Georgia stand wie versteinert da und sah dem alten Mann nach, wie er mit seinem Stock mühsam den Weg entlanghumpelte. Ein Kloß bildete sich in ihrem Hals.

Plötzlich hörte sie hinter sich ein Geräusch, und jemand rief nach ihr. Daniel!

»Georgia! Komm schon! Du hast gesagt, du wärst nur zehn Minuten weg. Wir müssen zurück!«

»Zurück?« Georgia sah sich fragend um, die Gedanken an die Unterrichtsstunden waren völlig vergessen. Unmöglich konnte sie Lily ihrem Schicksal überlassen. Sie musste einfach etwas unternehmen. »Daniel, es geht um Lily«, rief sie. »Ich ... ähm ... wir brauchen einen Plan!«

»Lily?« Daniel sah sie verständnislos an.

»Das Pony«, erklärte Georgia ungeduldig und deutete auf die kleine Stute vor ihnen. »Sie soll am Wochenende verkauft werden!« Rasch erzählte Georgia ihm alles, was der alte Mann ihr erzählt hatte – dass Lily eigentlich gezüchtet worden war, um bei Turnieren zu gewinnen, dann aber schlecht behandelt worden war. Und sie berichtete schließlich auch, dass das Palomino schon am Nachmittag des morgigen Tages abgeholt werden sollte.

Daniel machte große Augen. »Aber was sollen wir denn tun?«

»Ich weiß ja auch nicht!«, erwiderte Georgia geknickt. »Ich muss zurück und nachdenken!«

»In Ordnung«, sagte Daniel. »Ich helfe dir. Ich bin ganz gut im Ideensammeln und Plänemachen. Auch wenn ich zugeben muss, dass ich bis jetzt noch keinen blassen Schimmer habe, was wir tun könnten.«

Georgia nickte. Sie hatte ebenfalls keine Ahnung, aber sie war erleichtert, dass zumindest Daniel mit seiner Tierliebe und seiner mitfühlenden Art an ihrer Seite war.

Sie verabschiedeten sich von Lily, dann liefen sie den Hang hinunter und weiter zur Lichtung, wo die restliche Gruppe mit den Aufgaben ihrer Exkursion beschäftigt war. Prompt rannten sie auch gleich einer Lehrerin in die Arme.

»Miss ... Miss«, reagierte Daniel spontan. »Georgia fühlt sich nicht besonders gut. Darf ich sie zurück in die Unterkunft bringen?«

»O Georgia, was ist denn mit dir?« Die Lehrerin schaute sie besorgt an und streckte die Hand aus, um ihre Stirn zu fühlen. »Du scheinst tatsächlich leicht erhöhte Temperatur zu haben.« Sie zögerte. »Also gut, dann geht zurück. Du solltest dich lieber hinlegen. Und vielleicht ist es besser, wenn du auf sie aufpasst, Daniel, wenn ihr nicht gut ist.«

Daniel warf Georgia einen vielsagenden Blick zu, und die beiden beeilten sich wegzukommen.

Zurück im Haus, schnappte Georgia sich ihr Handy und scrollte schnell durch ihre Kontakte zu Melanies Nummer.

»Komm schon, Melanie … bitte geh ran«, murmelte sie, als sie auf Anrufen gedrückt hatte.

Praktisch sofort meldete sich eine vertraute Stimme am anderen Ende der Leitung. »Hallo, Georgia! Das ist ja eine nette Überraschung!«

»Ach Melanie!« Georgia war so erleichtert, dass sie sofort anfing zu schluchzen. »Es geht um das Pony. Das, von dem ich dir schon geschrieben habe … es soll morgen für den Verkauf abgeholt werden.« Die Worte sprudelten nur so aus ihr heraus. »Und ich mache mir solche Sorgen, dass ein Pferdemetzger es kauft, weil es momentan nicht gerade in guter Verfassung ist. Aber Melanie, es ist ein so besonderes Pony. Wenn du es nur sehen könntest …«

»Okay, okay, beruhige dich erst mal, Georgia«, antwortete Melanie besänftigend. »Ganz ruhig.«

»Kannst du nicht kommen und es dir ansehen? Bitte? Glaub mir, es hat etwas ganz Besonderes an sich ...«

Sie hörte, wie Melanie tief Luft holte.

»Moment mal, Georgia, langsam«, sagte Melanie. »Wann, sagtest du, soll es verkauft werden?«

»Am Samstag«, antwortete Georgia. »Aber morgen Nachmittag soll es schon abgeholt werden.«

Am anderen Ende der Leitung herrschte Schweigen. Es war klar, dass Melanie nachdachte. Die Sekunden schienen Georgia wie Stunden. Die Zeit hing in der Luft, so zart wie ein Spinnennetz. Auch Lilys Leben hing am seidenen Faden.

Schließlich sprach Melanie wieder. »Also gut, hier ist der Plan«, sagte sie. »Simon sagt mir ja immer, ich sei waghalsig und würde viel zu oft nur meinem Herzen folgen, aber du hast mir in der Vergangenheit so viel geholfen. Pass auf, ich werde kommen und sehen, was ich tun kann. Ich vertraue deinem Instinkt, du hast ein Auge für ein gutes Pferd, und ich hätte liebend gern ein Palomino auf Redgrove. Aber wenn ich es nicht für geeignet halte, musst du akzeptieren, dass es verkauft wird.«

Georgia schnappte nach Luft. Sie konnte kaum glauben, was sie da hörte.

»Ich werde morgen früh mit dem Anhänger losfahren«, sagte Melanie jetzt. »Also sollte ich gegen Nachmittag bei euch sein. Könntest du vielleicht so lange bei dem Pony bleiben? Damit du alles erklären kannst, wenn jemand es holen will, bevor ich da bin. Wann ist dein Kurs denn zu Ende?«

»Ähm ...«, Georgia überlegte fieberhaft. »Ich glaube, wir sind gegen Mittag fertig und haben dann einen freien Nachmittag. Ich gehe zu Lily und pass auf sie auf, sobald ich kann.«

»Super. Ich melde mich morgen, sobald ich in der Nähe bin«, sagte Melanie. »Jetzt rufe ich noch deine Mutter an und gebe ihr Bescheid.«

»Danke, vielen, vielen Dank«, stieß Georgia atemlos hervor. »Ich weiß gar nicht, was ich sagen soll.«

Wieder herrschte am anderen Ende der Leitung ein kurzes Schweigen, bevor Melanie sprach. Sie holte tief Luft. »Du brauchst dich nicht zu bedanken ... *noch* nicht ...«

»Wow!«, rief Daniel aus, als Georgia das Gespräch beendet und ihm von Melanies Antwort erzählt hatte. »Wow, das ist ja toll! Wir können Lily tatsächlich retten!«

»Ganz genau!«, antwortete Georgia mit einem breiten Grinsen.

»Und ohne weiter nachzudenken, warf Georgia die Arme um Daniel und umarmte ihn ganz fest. Sobald ihr klarwurde, was sie da tat, zog sie sich verlegen wieder zurück. Aber sie hatte einfach nicht anders gekonnt. Es bestand eine echte Chance, dass sie das wunderschöne Palomino retten konnten – und zumindest darüber war sie überglücklich!

Kapitel neun

Am nächsten Nachmittag, als Daniel und Georgia auf einer Wiese am Hügel saßen, von der sie beim Warten Lilys Koppel überblicken konnten, war alles ruhig. Niemand war zu sehen, während die Sonne wacker versuchte, sich durch die dunklen Wolken zu kämpfen. Georgia hatte mit ihrer Vermutung des freien Nachmittags recht gehabt, was bedeutete, dass sie noch nicht einmal Unterricht schwänzen mussten.

Lily schien nichts gegen ihre Gesellschaft zu haben und stand ganz ruhig nur ein paar Meter entfernt, beobachtete sie jedoch immer mit einem Auge. Daniel streckte seine langen Beine aus.

»Ehrlich, Georgia, du und deine Ponys! Das werde ich wohl nie verstehen!« Doch er lächelte, als er das sagte.

»Was meinst du denn damit? Sie sind einfach die schönsten und treuesten Tiere auf der ganzen Welt«, erwiderte Georgia entschieden.

Daniel lächelte. Er fand es gut, wie nachdrücklich sie

ihren Standpunkt vertrat. »Ich würde ja eigentlich selbst ganz gern reiten lernen, weißt du«, erzählte er. »Meine Mutter hatte früher auch ein Pferd, doch dann starb sie, und es wäre schön, damit wieder irgendwie eine Verbindung zu ihr zu haben.«

Georgia sog voller Mitgefühl die Luft ein. »O Daniel, das tut mir leid. Das wusste ich nicht.«

Daniel schüttelte den Kopf. »Mach dir keine Gedanken«, sagte er. »Wir kommen schon klar, mein Dad, mein Bruder Ben und ich. Wir kriegen das mit der Farm ganz gut hin.«

Georgia wusste nicht, was sie sagen sollte. Die ganze Woche hatte sie sich dauernd selbst bemitleidet, und dabei hatte Daniel viel Schlimmeres zu bewältigen. Spontan fasste sie seine Hand, ließ sie aber verlegen sofort wieder fallen.

»Hör doch mal!«, sagte Daniel plötzlich, als Stimmen in der Stille zu hören waren. In diesem Augenblick tauchten drei Personen auf, ein Mädchen und zwei ältere Jungen kamen über die Hügelkuppe.

Das Mädchen war in teure Reitkleidung gekleidet und hielt eine Reitgerte in der Hand. Ihr blondes Haar war modisch geschnitten, und Georgia schätzte sie auf etwa vierzehn, also vielleicht nur ein Jahr älter als sie selbst. Sie strahlte eine gewisse Selbstsicherheit aus, die schon fast an Hochmut grenzte, so als würde sie immer ihren Willen durchsetzen. Das musste Jemma, Erics Enkelin sein.

Die beiden Jungen waren wohl ein paar Jahre älter. Beide trugen regenfeste Kleidung und hatten Seile dabei und zu Georgias Erstaunen etwas, das nach einem Bleirohr aussah.

»Also du bist wohl die, die sich bei *meinem* Pony rumgetrieben hat, ja?«, sagte das Mädchen schnippisch zu Georgia, sobald sie näher kam. »Mein Opa meinte, du hättest dich mit Lily angefreundet oder so. Tja, vielen Dank auch.« Ihre Stimme triefte nur so vor Sarkasmus. »Aber du kannst dich jetzt verziehen.« Jemma machte eine entsprechende Handbewegung. »Wir holen Lily ab, damit sie versteigert werden kann.«

»Deshalb wollte ich ja mit dir reden«, erwiderte Georgia entschieden, ballte die Hände zu Fäusten und ließ sie dann wieder locker. Innerlich zitterte sie.

»Ach ja?« Das Mädchen richtete einen eiskalten Blick aus ihren blauen Augen auf Georgia.

»Ja, äh, genau. Wir möchten sie gern kaufen, ähm, bevor sie ...« Die Worte kamen nicht ganz so flüssig, wie Georgia sich gewünscht hätte.

»Du?« Jemma musterte sie lachend.

»Ja«, stieß Georgia hervor. »Na ja, nicht ich direkt, aber eine Freundin. Sie ist schon auf dem Weg mit einem Pferdetransporter.«

»Ach ja?« Das Mädchen lachte wieder, es klang grausam spöttisch. »Aber ich will sie gar nicht privat verkaufen. Ich will, dass sie versteigert wird – mal sehen, was sie einbringt. Bei ihrer Abstammung zieht sie bestimmt die besten Käufer an.«

»Oh.« Georgia zögerte. Lily war in einem so fürchterlichen Zustand, dass sie das nicht erwartet hatte, doch andererseits war sie ja tatsächlich als Turnier-Pony gezüchtet worden, oder? Vielleicht war sie ja immer noch sehr viel wert. »Tja, dann müssen wir wohl zur Versteigerung gehen«, sagte sie plötzlich verunsichert.

»Genau«, erwiderte Jemma knapp. »Auch wenn du nicht so aussiehst, als könntest du dir einen Hamster leisten, geschweige denn ein Pony!«

»He, das reicht jetzt!«, mischte Daniel sich ein, doch das Mädchen achtete gar nicht mehr auf sie. Entschlossen marschierte sie auf Lily zu, die bei ihrem Anblick zurückwich. Als sich Jemma dem Pony noch weiter näherte, wieherte Lily ängstlich und galoppierte davon, die Ohren flach an den Kopf angelegt.

»Dieses blöde Vieh!«, schimpfte einer der Jungen. »Ich hab doch gesagt, so geht das nicht. Also gut, Andy, hol den Transporter. Wir müssen sie hineintreiben.«

Georgia blickte zu Jemma, die rot vor Wut war und sich ungeduldig mit der Gerte gegen den Stiefel schlug.

Lily zitterte jetzt, ihre rosa Nasenflügel waren weit aufgebläht.

Georgia und Daniel sahen zu, wie der Transporter rückwärts bis zum Tor fuhr. Daniel musste Georgia zurückhalten, als sie hinlaufen wollte. »Es ist nicht unser Pony, vergiss das nicht«, erinnerte er sie leise.

Die drei Jugendlichen begannen damit, das Pony in Richtung des Lasters zu treiben, einer der Jungen schlug mit dem Rohr auf Lilys Hinterbeine, als sie ausbrechen wollte.

»Nein!«, rief Georgia und riss sich aus Daniels Griff los und eilte hinüber. »Tut ihr nicht weh!«

Doch es war zu spät. Jemma schlug Lily kräftig mit ihrer Gerte über die Kruppe. Lily wieherte laut vor Schmerz, sie bäumte sich auf und stieß Jemma dabei zu Boden. Blitzschnell sprang Jemma wieder auf, und mit einem wütenden Schrei packte sie das Rohr, das der Junge hielt.

»Also bitte, du Miststück«, schrie sie. »Mal sehen, wie dir das gefällt!« Sie hob das Rohr, als wolle sie Lily auf den Kopf schlagen, doch das Palomino hatte sich instinktiv bereits gedreht. Bevor Georgia wusste, was geschah, unternahm Lily einen neuerlichen Fluchtversuch. Sie sprang über das Schafgitter, das am Anhänger lehnte und als Gatter dienen sollte, hinaus aufs Feld.

Als sie nach dem Sprung wieder auf dem Boden aufkam, strauchelte sie jedoch und stürzte.

Georgia und Daniel rannten auf sie zu. Lily versuchte aufzustehen, doch sie war offensichtlich außer Atem.

»Schnell!«, kreischte Jemma. »Legt ihr ein Halfter um. Sofort!«

Beim Klang von Jemmas Stimme sprang das Pony jedoch auf und galoppierte blindlings den Hügel hinauf. Bevor irgendjemand sie aufhalten konnte, war sie frei und preschte so schnell davon, dass man bald nichts mehr von ihr sehen konnte.

Kapitel zehn

»Das ist alles deine Schuld!« Jemma richtete ihre Wut jetzt auf Georgia, der inzwischen Tränen über die Wangen liefen. Daniel berührte Georgias Arm beruhigend. »Vergesst das Pony«, sagte Jemma zu den beiden Jungen. »Wir hätten es sowieso nur an den Metzger verkauft. Es ist bösartig und gemein.«

»Nein, ist es gar nicht!«, schluchzte Georgia. »*Du* bist es. Du bist diejenige, die gemein und bösartig ist! Wenn Lily so panisch davonrennt, könnte sie sich verletzen.«

Jemma lachte. »Tja, das geschähe ihr ganz recht!«

Und damit stiegen Jemma und die beiden Jungen in den Laster und fuhren davon. Zurück blieben nur noch tiefe Reifenspuren im feuchten Boden.

»Was sollen wir denn bloß tun?«, jammerte Georgia. »Wir können doch jetzt nicht einfach weggehen. Lily hatte solche Angst, und wer weiß, ob sie sich bei ihrer Raserei verletzt. Wir müssen sie unbedingt suchen!«

»In Ordnung«, sagte Daniel zögernd. »Aber vielleicht rufst du erst mal Melanie an? Frag sie doch, wo sie ist.«

»Du hast recht.« Georgia zog ihr Handy heraus und drückte die entsprechenden Tasten. »Anscheinend geht sie beim Fahren nicht ans Telefon«, sagte sie nach einem Moment, als niemand sich meldete. »Komm, Daniel, gehen wir los.«

Sie folgten den Hufabdrücken, so schnell sie konnten, bis sie in ein bewaldetes Tal gelangten. Der Boden wurde sumpfiger, mit großen Grasbüscheln dazwischen, die das Fortkommen erschwerten. Bald waren sie im Wald, wo immer noch deutliche Hufabdrücke im Boden zu erkennen waren.

Nachdem sie den Spuren vielleicht eine Viertelstunde lang im Laufschritt gefolgt waren, hob Daniel schwer atmend eine Hand. »Georgia, ich bin ganz außer Atem. Lass uns mal fünf Minuten Pause machen, okay?«

»In Ordnung«, stimmte Georgia zu und ließ sich gegen den nächsten Baum fallen. Ihre Lungen brannten, und ihr Herz hämmerte wie verrückt. Georgia bezweifelte, dass sie selbst noch viel länger so hätte weiterrennen können.

Auf einmal begann es zu regnen – anfänglich fielen die dicken, fetten Tropfen nur langsam. Dann öffnete der Himmel seine Schleusen, und sehr schnell waren Georgia und Daniel völlig durchnässt. Georgias dünne

Hose klebte an ihren Beinen, und das Haar klatschte an ihren Kopf, und der Regen lief unablässig in ihre Augen. Sie begann leise zu weinen. Das Ganze war hoffnungslos! Lily konnte sich in die Berge geflüchtet haben oder, noch schlimmer, auf der Hauptstraße überfahren worden sein. Der Gedanke, dass das wunderschöne Palomino von einem Auto angefahren worden sein könnte, verursachte Georgia regelrecht Schmerzen.

In diesem Augenblick berührte Daniel ihren Arm und legte einen Finger auf seine Lippen. »Ich habe etwas gehört«, flüsterte er drängend. »Komm mit, ich glaube, es war unten am Fluss!«

Sie rannten, so schnell es ihnen das unwegsame Gelände erlaubte, hinunter zum steil abfallenden Flussufer. Georgia entfuhr ein entsetzter Schrei. Sie konnte das Pony sehen! Lily versuchte, den Fluss zu überqueren! Das Wasser reichte bereits bis zu ihren Sprunggelenken, und zögernd versuchte sie, sich einen Weg durchs tiefere Wasser zu bahnen.

Georgia stürmte das Flussufer hinunter, rutschte dabei aus und riss sich die Hände auf. Daniel war dicht hinter ihr. Lily schrak zusammen und verfiel wieder in Panik. Bevor Georgia sie noch aufhalten konnte, hatte sich Lily ins Wasser gestürzt und paddelte mit aller Kraft gegen die Strömung an.

Daniel legte eine Hand auf Georgias Schulter. »Sie

schafft es vielleicht allein, Georgia. Und sieh mal, die andere Seite ist eingezäunt, also kann sie nicht weg.«

Georgia beobachtete Lilys Anstrengungen voller Sorge und betete, dass das kleine Pony es schaffte.

»Schau ... dort drüben können wir den Fluss überqueren.« Daniel deutete auf einen schmalen Teilabschnitt ein Stück weiter oben, über den ein riesiger, quer liegender Baumstamm als behelfsmäßige Brücke führte.

Ohne groß zu überlegen, stapfte Georgia das Flussufer entlang zu dem Baumstamm und kletterte vorsichtig darüber, ohne das Pony aus den Augen zu lassen. Als Daniel den Fluss ebenfalls sicher überquert hatte, rannten die beiden am anderen Ufer entlang zu Lily, die jetzt ungefähr zwei Drittel des Weges durch den Fluss zurückgelegt hatte. Ihre Nüstern waren aufgebläht vor Anstrengung, die Augen vor Furcht weit aufgerissen.

»Komm schon, Lily«, sprach Georgia ihr gut zu. »Du schaffst es!«

Doch im nächsten Moment verschwand das Pony unvermittelt aus ihrer Sicht. Anscheinend hatte es in der starken Strömung den Halt verloren. Georgia stieß einen entsetzten Schrei aus.

Zum Glück tauchte Lily kurz darauf wieder auf und versuchte panisch, gegen die Strömung anzukämpfen, doch sie wurde immer schwächer und vom Wasser mitgerissen.

Georgia und Daniel rannten neben ihr am Ufer entlang, bis zu einer Stelle, wo der Fluss sich erneut verschmälerte. Sofort machte Georgia sich daran, ihren Regenmantel und ihre Schuhe auszuziehen.

»Was machst du denn?«, rief Daniel.

»Ich gehe rein!«, antwortete Georgia und rutschte das Ufer hinunter zum Wasser.

»O nein, das tust du nicht«, entgegnete Daniel. »Ich bin der Stärkere von uns beiden!«

Und bevor Georgia ihn aufhalten konnte, tastete er sich brusttief ins Wasser hinein.

Lily wurde jetzt zum Glück nicht mehr vom Sog weggetragen und schaffte es, aus der Flussmitte herauszukommen. Doch dann konnte sie anscheinend nicht mehr weiter. Inzwischen hatte Daniel die Stute erreicht, benötigte jedoch seine ganze Kraft, um sich gegen die Strömung zu behaupten. Lily war zu erschöpft, um panisch zu reagieren, als er in ihre Mähne griff und ihren Kopf über Wasser zog. Mit aller Kraft zerrte er sie Richtung Ufer.

In diesem Augenblick klingelte Georgias Telefon. Schnell griff sie danach, doch ihre Hände waren eiskalt, und als sie auf den Knopf drückte, um das Gespräch anzunehmen, fiel ihr das Gerät aus der Hand.

»Ich bin gleich da«, schallte es knisternd aus der Hörmuschel. Das war Melanie, die über die Freisprechanlage im Auto sprach. »Ich folge deinen Richtungsangaben und bin auf der Hauptstraße kurz vor Brecon.«

Georgia hob das Handy schnell auf und hielt es zitternd an ihr Ohr. »O Melanie, wie gut, aber bitte beeil dich!« Sie blickte sich um. Wie sollte sie die ihr unbekannte Umgebung beschreiben? »Das Pony ist weggelaufen und steckt jetzt im Fluss fest!« Georgia konnte das schwache Rauschen des Verkehrs auf der Straße über sich hören und hoffte, es war die Route, die Melanie nahm. »Ich weiß nicht genau, wo wir sind«, stieß sie zwischen Schluchzern hervor. »Irgendwo unterhalb der Hauptstraße im Wald.« Gehetzt blickte sie sich nach irgendwelchen Orientierungspunkten um. »Da ist eine Art Scheune mit einem Metalldach links von mir … hoffentlich findest du uns!«, fügte sie hinzu.

»In Ordnung, Georgia, ich bin ja gleich da. Haltet durch!« Kurz bevor Georgia ihr Handy zuklappte, hörte sie, wie Melanie Gas gab.

In diesem Augenblick rief Daniel nach ihr, und in seiner Stimme klang leichte Panik mit. »Georgia, Georgia, komm schnell. Ich kann sie nicht mehr länger halten!«

Ohne zu zögern, preschte Georgia ins Wasser. Auch wenn sie mit den Füßen den steinernen Untergrund des Flussbettes erreichte, war die Strömung nicht zu unterschätzen. Der Schock des eiskalten Wassers ließ sie nach Luft schnappen. Ihre Kleidung hing schwer an ihr herunter, während sie sich halb schwimmend, halb gehend zu Daniel und dem Pony vorkämpfte. Als ihr Wasser ins Gesicht schwappte, musste sie heftig husten.

Sobald sie die beiden erreicht hatte, legte sie die Arme um Lilys Hals und hielt sie fest, während Dan versuchte, dem seitlich liegenden Pony auf die Füße zu helfen.

Zumindest schien Lily zu begreifen, dass Georgia und Daniel nur ihr Bestes wollten, und kämpfte nicht mehr gegen sie an. Sie ruderte im flachen Wasser mit den Beinen, bis sie es schließlich schaffte, sich zu drehen, wieder Boden unter die Füße zu bekommen und zum Ufer zu gehen. Nur noch bis zu den Fesseln im Wasser, blieb sie schließlich mit gesenktem Kopf und schwer atmend stehen. Ihre schöne Mähne und der Schweif klebten am Körper.

Georgia und Daniel schleppten sich selbst zum Ufer und ließen sich erschöpft auf den feuchten moosigen Boden neben dem Pony fallen.

Kapitel elf

»Georgia! Georgia, wo seid ihr?«

Georgia kam es so vor, als hätte es ewig gedauert, bis sie schließlich Melanies Stimme in der Ferne hörte.

»Hier unten!«, rief Georgia erleichtert zurück. »Hier sind wir!«

Und endlich stieg Melanie das Ufer zu ihnen hinunter. In einer Hand hielt sie ein Halfter, das sie Lily blitzschnell umlegte. Lily war zu schwach, um noch einmal wegzulaufen oder sich zu wehren. Melanie wollte das Pony so schnell wie möglich ins Warme und Trockene bringen und führte es vorsichtig zur Hauptstraße hinauf, wo sie den Transporter geparkt hatte.

Melanies Erscheinen verlieh Georgia neue Energie. Langsam stieg sie mit Dan hinauf zur Straße und ergriff dabei seine Hand, um nicht wieder abzurutschen. Der Anblick des vertrauten Pferdetransporters der Haydens war ausgesprochen beruhigend. Georgia kam es vor, als sei es das Beste, was sie je gesehen hatte, vor allem, als Melanie auch noch drei Wolldecken herausholte.

Gekonnt rieb sie Lily mit einer der Decken trocken und reichte die beiden anderen Georgia und Dan, die sich dankbar hineinwickelten. »Also gut, was war denn nun hier los?«, fragte Melanie, während sie Lily begutachtete und ihre Beine auf Verletzungen untersuchte.

Atemlos erklärte Georgia alles, was geschehen war – Jemmas Auftauchen und die bösen Worte, die gefallen waren, bevor sie beschrieb, wie Jemma das Pony geschlagen hatte und Lily deshalb fortgelaufen war.

»Donnerwetter, was für eine Geschichte«, sagte Melanie kopfschüttelnd. »Lily scheint so weit in Ordnung zu sein, aber wir sollten sie trotzdem noch zu einem Tierarzt bringen, der sie untersuchen muss.«

»Aber was ist mit Jemma? Und mit dem Verkauf?«, fragte Georgia. »Wenn wir sie einfach mitnehmen, ist das dann nicht Diebstahl?«

»Das mit dem Kauf regeln wir, sobald der Tierarzt sie sich angesehen hat und wir sie versorgt haben«, sagte Melanie entschlossen. »Fürs Erste ist es wichtig, dass das Tier in Sicherheit ist und dass ihr beide auch ins Warme und Trockene kommt. Mach dir keine Sorgen. Alles wird in Ordnung kommen. Aber wir müssen schnell handeln.«

»Danke, Melanie«, stieß Georgia hervor, erleichtert, dass eine Erwachsene die Verantwortung für die ganze Situation übernahm.

Sobald Lily sicher im Anhänger verstaut war, stiegen die drei ins Auto, und Melanie ließ den Motor an.

In diesem Augenblick fiel Georgia etwas ein. »Die Schule!«, rief sie entsetzt aus.

Daniel schluckte. »Ob sie wohl inzwischen bemerkt haben, dass wir weg sind?«

»Hm.« Melanie überlegte und verzog die Stirn. »Am besten ruft ihr sofort eure Eltern an und fragt, ob ihr vielleicht gleich heute mit mir nach Hause kommen dürft ... ihr solltet doch sowieso morgen mit dem Bus nach Hause fahren, oder? Dann fahren wir in eurer Unterkunft vorbei, erklären alles und holen euer Gepäck ab. Das dürfte eigentlich kein Problem sein, oder?«

Dan und Georgia sahen sich verblüfft an. Georgia konnte sich zwar nicht vorstellen, dass irgendjemand Melanie jemals etwas abschlagen konnte, doch sie fragte sich, was ihre Mutter wohl dazu sagen würde, dass ihre Tochter eine Pferderettungsaktion gestartet hatte, obwohl sie sich doch aufs Lernen konzentrieren sollte. Diesen Gedanken verdrängte sie allerdings gleich wieder. Sie hatte einfach nicht anders handeln können, und sie würde es ihrer Mutter gegenüber eben wiedergutmachen müssen, indem sie ihr zeigte, dass sie ihr Versprechen hielt und fleißig lernte.

»Was Lily betrifft«, fuhr Melanie fort, und ihr Lächeln verschwand jetzt, »wie sollen wir denn diese Jemma ausfindig machen, die angeblich die Besitzerin ist? Hmm.« Man konnte ihr ansehen, dass sie konzentriert nachdachte. »Ich weiß ... wenn ich zu Hause bin, könnte ich beim Auktionator anrufen. Dort müsste das Pony im Katalog gelistet sein, und wir werden herausfinden können, welche Ponys noch nicht eingetroffen sind.«

»Danke, Melanie!« Georgia lächelte Melanie dankbar an. »Du wirst doch nicht zulassen, dass Jemma sie abholt, oder? Sie war so gemein zu ihr.«

»Auf keinen Fall.« Melanie drehte sich zu Georgia und erwiderte ihr Lächeln. »Nach dem, was du mir erzählt hast, geht Lily nirgendwohin, nicht nach all dem, was sie durchgemacht hat. Keine Sorge.«

Sie hielten bei der Ferienschule an, um alles zu erklären, trockene Kleidung anzuziehen und um ihre Sachen zu packen. Auf dem Heimweg machten sie noch einmal an einer Raststätte halt und bestellten sich heiße Schokolade.

Als sie nach Lily sahen, stand sie ruhig im Transporter. Georgia streckte vorsichtig die Hand aus, um sie zu streicheln, und obwohl das Pony zusammenzuckte, zog es zumindest den Kopf nicht weg. Georgia konnte das

Palomino sogar am Hals streicheln, der immer noch etwas feucht vom Abenteuer im Fluss war.

Melanie musterte sie durch die Tür des Transporters. »Sie ist wirklich eine Schönheit«, urteilte sie. »Trotz all dem Schlamm und Schmutz.«

Glücklicherweise war auf der Autobahn nicht viel los, als sie sich wieder auf den Weg machten, und ein paar Stunden später fuhr der Transporter in die Einfahrt der Redgrove Farm.

Sophie kam neugierig heraus, um sie zu begrüßen. Zu Georgias Erleichterung war Tory nirgends zu sehen.

Als sie die Rampe herunterklappten, wieherte Lily erschreckt. Georgia näherte sich ihr langsam und führte sie vorsichtig heraus. Sie brachte sie in den Stall, wo sie die Wassereimer auffüllte und das Strohbett auflockerte.

»Ich habe den Tierarzt angerufen«, sagte Melanie, als sie ein paar Minuten später ihren Kopf hereinstreckte. »Er kommt in der nächsten halben Stunde vorbei, um Lily zu untersuchen.«

»Danke«, sagte Georgia. »Bitte darf ich noch bei ihr bleiben, damit sie nicht solche Angst hat?«

Melanie lächelte. »Natürlich, aber pass auf. Vergiss nicht, dass sie nervös ist, also könnte sie vielleicht etwas Unerwartetes tun.«

»Klar«, antwortete Georgia leise. Wilson und Callie

waren für die Nacht in den Stall gebracht worden, also war Lily nicht alleine im Stall. Die beiden heimischen Pferde standen da und starrten den Neuankömmling interessiert an.

Daniel gähnte. »Hör mal, ich denke, ich gehe jetzt nach Hause«, sagte er, »und hau mich in die Wanne.«

»Klar doch«, antwortete Georgia. »Ich kann dir gar nicht genug danken, Daniel.« Sie stand auf und lächelte ihren neuen Freund an.

»Okay, dann sehen wir uns morgen?«, sagte Daniel und sah ein klein wenig verlegen aus. »Vielleicht schau ich mal vorbei, nachdem ich mich um die Kühe gekümmert habe?«

»Das wäre toll.« Georgia strahlte von einem Ohr zum anderen. »Du hast Lily das Leben gerettet. Bestimmt freut sie sich, dich zu sehen.« Sie senkte den Kopf, und den Rest murmelte sie mehr in Lilys Mähne: »Und ich freu mich auch …«

Nachdem sie sich von Dan verabschiedet hatte, fuhr auch schon ein zerbeulter alter Landrover in den Hof, und ein großer, drahtiger Mann stieg aus. Der Tierarzt war da.

»Hallo, zusammen«, grüßte er, während er die Stalltür öffnete. »Also, wen haben wir denn nun hier?«

»Das ist Lily. Sie ist ziemlich nervös«, erklärte Georgia.

»Das ist sie wohl, nicht wahr?«, sagte er nachdenklich, fuhr mit den Händen über Lilys Beine und hörte sie mit dem Stethoskop ab, bevor er schließlich ihre Temperatur maß. Lily zitterte heftig, doch sie wehrte sich nicht. Sie spürte offensichtlich, dass der Tierarzt es gut mit ihr meinte.

»Sie ist in Ordnung, aber nach dem schweren Schock sollte sie heute Nacht unter Beobachtung bleiben,« riet der Tierarzt. »Ich komme morgen wieder vorbei und sehe sie mir noch einmal an.« Er lächelte Georgia an, die immer noch in die Pferdedecke gewickelt war. »Du siehst auch ziemlich erschöpft aus. Wenn ich du wäre, würde ich jetzt ebenfalls schlafen gehen. Nimm ein heißes Bad und geh bald ins Bett.«

Georgia wollte protestieren, doch Melanie, die gerade hinter ihm aufgetaucht war, stimmte ihm zu. »Komm schon, Georgia. Du musst auf dich achten. Und deine Mutter möchte dich bestimmt auch gern sehen.«

»Also gut.« Georgia seufzte. »Wenn ich dafür gleich morgen früh zurückkommen darf.«

»Aber natürlich darfst du das«, sagte Melanie. »Und in der Zwischenzeit kümmern wir uns gut um Lily.«

Georgia stieß einen zufriedenen Seufzer aus, als sie in die Badewanne stieg. Zum Glück hatte ihre Mutter verstanden, warum Georgia nicht anders gekonnt hatte, als das Pony zu retten, nachdem sie die ganze Geschichte gehört hatte. Selbst wenn sie immer noch beunruhigt über Georgias schulische Leistungen war, konnte auch sie es nicht ertragen, wenn ein Tier so schlecht behandelt wurde.

Georgia war noch nie so dankbar für ein heißes Bad gewesen. Sie musste mindestens eine Stunde im heißen Wasser gelegen haben und hatte es genossen, wieder im Warmen und sauber zu sein. Sie hatte ihr Haar gewaschen und war – eingehüllt in ihren flauschigen Bademantel – gerade dabei, es zu föhnen, als ihre Mutter die Treppe hochrief. Sie klang besorgt. »Georgia, Melanie ist am Telefon!«

Schnell eilte Georgia nach unten und nahm den Hörer. Nachdem sie kurz zugehört hatte, antwortete sie entschlossen. »Okay, ich bin gleich da.«

Ihre Mutter sah sie verblüfft an, als sie auflegte. »Georgia, du gehst um diese Uhrzeit nicht noch einmal aus dem Haus! Du musst ins Bett!«

»Aber es geht um Lily!«, protestierte Georgia. »Sie ist krank! Melanie musste noch einmal den Tierarzt holen. Ach Mum, bitte! Ich *muss* einfach zu ihr!«

Kapitel zwölf

Nachdem Georgia ihre Mutter überzeugt hatte, sie gehen zu lassen, zog sie sich schnell etwas an, eilte aus dem Haus und schnappte sich ihr Fahrrad. Schnell radelte sie zur Redgrove Farm. Dort führte Melanie das Palomino im Hof im Kreis herum. Lilys Flanken waren schweißnass.

»Sie hat Koliken, Georgia.« Melanie klang besorgt. »Nach deinem anstrengenden Tag wollte ich dich zuerst nicht anrufen. Doch dann dachte ich, dass du es bestimmt wissen willst. Der Tierarzt müsste jeden Moment zurückkommen.«

Georgia überlief es eiskalt. Sie wusste, dass Koliken zwar nichts Ungewöhnliches bei Pferden waren, allerdings konnten sie manchmal auch tödlich sein. *Nicht auch noch das, nach allem, was Lily bereits durchgemacht hat!*, betete sie.

»Sie muss zu viel Flusswasser geschluckt haben«, vermutete Melanie. »Oder vielleicht ist es auch ein verspäteter Schock. Führ sie weiter im Kreis herum. Ich sehe nach, wo der Tierarzt bleibt. Lass auf keinen Fall zu, dass sie sich auf dem Boden wälzt.«

Georgia nahm das Seil, das Melanie ihr entgegenhielt, und führte Lily weiter im Kreis herum. Der Bauch des kleinen Ponys gab ein beunruhigendes Grummeln von sich. Lily hatte offensichtlich furchtbare Schmerzen und versuchte immer wieder, an ihrem Bauch zu scharren. Sie sah Georgia aus riesigen, angsterfüllten Augen an und begann, sich auf die Knie niederzulassen.

»Nein!«, bettelte Georgia und zog mit aller Kraft am Seil. Sie hatte Angst, dass Lily tatsächlich anfing, sich auf dem Boden zu wälzen, was das Gefährlichste war, was ein Pferd mit einer Kolik tun konnte.

»Bitte, Lily. Gib nicht auf!« Schluchzend drückte Georgia sich gegen ihre Schulter und drängte sie, immer weiter im Hof herumzugehen. Gerade als sie dachte, ihre Beine gäben nach, kam der Tierarzt im Laufschritt durch das schmiedeeiserne Tor. Nach einem kurzen Blick auf Lily öffnete er sofort seinen Arztkoffer und holte eine Spritze heraus.

»Führ sie weiter!«, ordnete er an, während er eine Dosis Schmerzmittel abmaß.

Nachdem er Lily schnell das Medikament verabreicht hatte, nahm er Georgia das Seil aus der Hand. Lily rollte inzwischen wild mit den Augen, die Ohren hatte sie vor

Schmerz und Furcht eng an den Kopf angelegt. Georgia merkte, wie ein Schluchzen in ihrer Kehle aufstieg. Der Tierarzt war stärker als sie und schaffte es, das Pony zum Weiterlaufen zu bewegen. Georgia kam es so vor, als sei eine Ewigkeit vergangen, bis Lily sich allmählich wieder beruhigte.

»Ich werde ihr ein paar Kohletabletten geben, um das, was noch immer in ihrem Magen lauert, zu beseitigen«, erklärte der Arzt Georgia, während er Lilys Bauch mit dem Stethoskop abhörte. »Ich denke aber, sie wird wieder gesund. Zum Glück hat Melanie es rechtzeitig bemerkt, bevor sie sich auf dem Boden wälzen und ihre Innereien verdrehen konnte.«

Erleichterung machte sich in Georgia breit.

»Sie ist allerdings noch nicht völlig über den Berg«, warnte der Tierarzt. »Aber sie ist ein kräftiges Pony und jung und fit. Jetzt bringt sie zurück in den Stall, und ich kümmere mich um alles Weitere.«

Eine Stunde später zeigte Lily langsam Zeichen der Besserung. Georgia hielt sie mit einer Wolldecke warm. Auch wenn es Hochsommer war, war die Nacht doch etwas kühl, und Lily hatte heftig geschwitzt. Melanie harkte den aufgewühlten Boden, während Georgia Lilys Hals streichelte und ihre weißen Wimpern und winzigen Ohren betrachtete.

»Du bist so perfekt«, flüsterte sie, und das Pony gab ein leises Wiehern von sich.

»Sie hat viel durchgemacht, das arme Ding«, sagte Melanie, während sie Lilys Wassereimer füllte.

»Darf ich heute Nacht bei ihr bleiben?«, bat Georgia. »Ich kann auf sie aufpassen!« Flehend sah sie Melanie an.

Melanie zögerte. »Ich weiß nicht recht, Georgia. Wir müssen erst mal hören, was deine Mutter dazu sagt.«

»In Ordnung, aber wenn sie einverstanden ist, darf ich?«, bettelte Georgia.

»Dann schon.« Melanie lächelte. »Ich rufe sie gleich mal an. Ich denke, ich könnte die Haustür unverschlossen lassen, falls du mich brauchst.«

Leise schloss Melanie die untere Hälfte der Stalltür hinter sich und ging zurück ins Haus, um zu telefonieren. Kurz darauf kehrte sie mit einer dunkelblauen Decke zurück. »Ich habe mit deiner Mutter gesprochen«, sagte sie. »Sie ist nicht gerade begeistert, aber sie hat es schließlich doch erlaubt.«

»Ach, wie gut, danke!« Georgia strahlte glücklich durch eine Haarsträhne, die widerspenstig vor ihrem Gesicht hing, hindurch.

»Unter einer Bedingung«, fügte Melanie hinzu. »Dass du dein ganzes Abendessen aufisst. Sie ist damit gerade auf dem Weg hierher.«

»Ich denke, das schaffe ich«, sagte Georgia. Ans Essen hatte sie zwar gar nicht gedacht, aber jetzt, wo sie daran erinnert wurde, merkte sie, dass sie tatsächlich ziemlich hungrig war.

»Lily wird bestimmt sehr dankbar sein, wenn du bei ihr bleibst«, sagte Melanie. »Aber vergiss nicht, du musst mir Bescheid geben, wenn ich übernehmen soll. Ruf einfach nach mir, wenn du mich brauchst.«

»Danke, Melanie, das tu ich«, versprach Georgia und machte es sich im Stroh bequem.

Als Georgias Mutter etwa zehn Minuten später kam, brachte sie einen Behälter mit Suppe, ein knuspriges Brötchen und einen kleinen selbstgebackenen Kuchen mit.

Vorsichtig zog sie die Stalltür zurück. »Das ist ja ein Engelchen«, sagte sie flüsternd noch von der Türe aus.

»Ja, Mum, nicht wahr?«, stimmte Georgia ihr stolz zu. »Sie ist wunderschön und hat etwas ganz Besonderes an sich. Ich liebe sie jetzt schon.«

»Was soll ich nur mit dir machen, Georgia Black?« Ihre Mutter stellte das Abendessen auf die blaue Decke und beugte sich zu ihrer Tochter hinunter, um sie zu umarmen. »Bist du sicher, dass du hier heute Nacht klarkommst, Liebes?«, fragte sie.

»Auf jeden Fall«, antwortete Georgia entschlossen. »Ich muss einfach bleiben, Mum.«

Ihre Mutter lächelte. »Das dachte ich mir schon fast.«

Sie setzte sich zu Georgia, während diese ihr Abendessen verzehrte, und fragte sie über den Ferienkurs aus. Georgia beantwortete die Fragen, so gut sie konnte, und wurde nur ein ganz klein wenig rot, als Daniels Name fiel. Als dann schließlich alles aufgegessen war, stand ihre Mutter auf und fuhr ihrer Tochter noch einmal liebevoll durchs Haar. »Und dass du mir auch wirklich Melanie holst, wenn du sie brauchst«, bat sie, bevor sie den Stall verließ. Sie blieb noch einmal stehen und blickte über die Tür. »Und versuch, trotzdem etwas zu schlafen, Liebes.«

»Mach ich. Danke, Mum.« Georgia lächelte sie dankbar an.

Nachdem ihre Mutter gegangen war, kuschelte Georgia sich ins Stroh und zog die Decke über sich. Sie konnte gar nicht glauben, wie ruhig die Nacht war, nach der ganzen Aufregung des Tages. Lily stand reglos ganz hinten in der Box, ein Bein angehoben. Sie kam nicht näher, aber sie sah auch nicht mehr ängstlich aus.

Georgia war nach den ereignisreichen letzten vierundzwanzig Stunden erschöpft. Obwohl sie gegen den Schlaf ankämpfte und wach bleiben wollte, um das Pony zu beobachten, wurden ihre Augenlider immer schwerer und schwerer. Schließlich, als Lily mit einem kleinen Seufzer ihre Augen schloss, erlaubte auch Georgia sich einzuschlafen. Und getröstet durch die Gegenwart des Mädchens, das so freundlich zu ihr gewesen war, legte sich das Palomino-Pony zum ersten Mal seit Monaten hin und schlief.

Kapitel dreizehn

Bei Morgendämmerung schliefen sowohl das Mädchen als auch das Pony immer noch tief und fest. So fand Melanie sie, als die ersten Sonnenstrahlen auf Lilys Fell fielen und es in ein dunkles Pink verwandelten. Georgias goldblondes Haar, das in langen Wellen um ihren Kopf herum lag, war voller Stroh.

»Georgia ... Georgia ... Zeit aufzuwachen«, flüsterte Melanie.

Lily erschrak beim Klang ihrer Stimme und erhob sich sofort. Georgia rieb sich die Augen und blickte sich schlaftrunken um.

»Der Tierarzt kommt vorbei, noch bevor er seine Praxis öffnet«, berichtete Melanie. »Wenn ich dir ein Schinkensandwich mache, kannst du dann die Ponys füttern?«

»Klar.« Georgia nickte, und bei dem Gedanken an ein Schinkensandwich lief ihr das Wasser im Mund zusammen. Auch wenn ihre Mutter ihr am vergangenen Abend noch etwas zu essen gebracht hatte, hatte sie bereits wieder großen Appetit.

Sie verließ Lilys Stall und machte sich an die Arbeit. Wilson bekam seine übliche Mischung Kraftfutter und Callie eine kleine Handvoll Pferdemüsli, bevor sie einen Brei aus Haferkleie für Lily machte. Dann brachte sie Wilson und Callie hinaus auf die Koppel und sah lächelnd zu, wie sie sich zusammen auf der Erde rollten.

Lily machte sich hungrig über ihre Kleie her, behielt jedoch Georgia dabei immer im Auge. Umgekehrt sah Georgia ihr ein paar Minuten zu, bevor sie sich ans Ausmisten der Ställe machte. Schließlich lockerte sie noch das frische Stroh auf und wusch die Futterschüsseln aus. Sie war gerade fertig, als Melanie mit dem Schinkensandwich und einer dampfenden Tasse Tee aus dem Haus kam. Georgia nahm beides dankbar entgegen, da fuhr auch schon der Tierarzt in den Hof.

»Wie geht es unserer Patientin denn?«, fragte er, noch während er aus dem Auto stieg.

»Ganz gut, denke ich«, antwortete Melanie. »Georgia war die ganze Nacht bei ihr.«

»Na, wenn das keine Hingabe ist«, lachte der Tierarzt. »Dann sehen wir sie uns mal an.« Er schob den Riegel an der Tür zurück und trat ein. »Gestern Abend war ihr Zustand sehr instabil«, sagte er, während er ihren Puls überprüfte. »Hat sie ihre Kleie gefressen?«

»Hat sie.« Georgia grinste. »Und zwar alles.«

Der Arzt nickte beifällig, während er Lilys Atmung und Temperatur überprüfte, bevor er schließlich mit dem Stethoskop ihren Bauch abhörte.

»Tja, ihr Zustand hat sich sehr verbessert«, erklärte er. »Ihr könnt sie rauslassen, wenn ihr wollt.«

»Dann bring sie doch in die kleine Koppel neben Wilson und Callie, ja, Georgia?«, bat Melanie.

Vorsichtig ließ Georgia das Pony heraus und achtete darauf, es nicht zu erschrecken. Sobald sie auf der Koppel waren, löste sie das Führseil und sah zu, wie Lily zögernd den ersten Schritt machte. Aber schon im nächsten Moment fing sie an, neugierig das Gelände zu erkunden.

»Ich denke, man könnte durchaus sagen, dass sie anfängt, sich hier heimisch zu fühlen«, meinte der Tierarzt mit einem Lächeln, bevor er in sein Auto stieg.

Als er weg war, drehte Melanie sich zu Georgia um. »Tja, ich habe gute und schlechte Neuigkeiten«, verkündete sie und sah sie vielsagend an.

»Okay«, sagte Georgia langsam. Sie holte tief Luft. »Dann fangen wir mit den guten Nachrichten an.«

»Also«, Melanie machte eine kurze Pause. »Ich habe bei dem Auktionator in Builth angerufen.« Sie machte es spannend und sprach nicht sofort weiter. »Schließlich habe ich es geschafft, Lilys Eigentümer ausfindig zu machen, einen Mr Williams. Er war sehr wütend auf seine Enkelin. Ihre Version der Geschichte war, dass Lily auf sie losgegangen wäre und ihr dadurch fast das Bein gebrochen hätte, bevor sie wegrannte. Aber da er Lily kannte, hatte er seine Zweifel. Also war er nicht wirklich überrascht, als ich ihm von deinen Erlebnissen berichtete.«

»Als ob Lily so etwas machen würde!« Georgia schnaubte empört.

»Ich weiß ... eine nicht sehr glaubhafte Geschichte, was?«, pflichtete Melanie ihr bei. »Jedenfalls ist die gute Nachricht, dass Mr Williams sich an dich erinnert hat. Und er möchte, dass wir Lily bekommen! Wir haben uns auf einen Preis geeinigt, und ich werde ihm einen Scheck schicken.«

Georgia schnappte nach Luft. »Wow ... das ist ja toll!« Dann sah sie Melanie kleinlaut an. »Ich hoffe, du musstest nicht allzu viel bezahlen.«

»Sie war nicht gerade billig, aber sie hat mich nicht ruiniert!« Melanie lächelte und legte einen Arm um Georgias Schulter. »Und ich denke, sie ist es auch wert!«

»Vielen, vielen Dank, Melanie!« Georgia war völlig überwältigt. Dann erinnerte sie sich, dass es noch eine Neuigkeit gab. »Und was ist dann die schlechte Nachricht?«, fragte sie atemlos.

»Nun«, Melanie zögerte, »dabei geht es um das Mädchen, Mr Williams' Enkelin Jemma. Er scheint zu befürchten, dass sie Schwierigkeiten machen könnte, wenn sie erfährt, dass du Lily bekommen hast. Er meinte, wir sollten uns bei Turnieren lieber vorsehen. Anscheinend kann sie ziemlich schwierig sein.«

»Aber sie kann doch nichts mehr machen, oder?«, fragte Georgia, in der auf einmal Besorgnis aufstieg.

»Nein, gar nichts«, versicherte Melanie. »Und schon gar nicht, sobald der Scheck eingelöst wurde. Er wollte uns nur warnen.« Da sie Georgias besorgten Gesichtsausdruck bemerkte, lächelte sie. »Keine Sorge, Lily geht nirgendwohin. Und jetzt komm, lass uns zum neuesten Mitglied unserer Familie gehen und es näher kennenlernen!«

Später an diesem Tag schob Emma, die neonblaue Leggings und ein weites lila T-Shirt trug, ihr Fahrrad in den Hof. »Na, was sagst du?«, fragte sie ihre beste Freundin und drehte sich vor ihr auf der Stelle.

»Wozu?«, fragte Georgia verblüfft und sah von dem Halfter auf, das sie säuberte. Sie hatte Emma morgens eine SMS geschickt und sie gebeten, so bald wie möglich nach Redgrove zu kommen.

»Zu mir«, sagte Emma. »Ich habe neue Klamotten.«

»Ach, Em!« Georgia lachte und hängte das saubere Halfter an seinen Haken. »Du siehst doch immer toll aus!« Sie strahlte ihre Freundin an. »Und jetzt komm mal mit. Ich möchte dir unseren Neuzugang vorstellen.«

»Neuzugang?«, wiederholte Emma. »Die Haydens haben ein neues Pony?«

»Genau!«, sagte Georgia. »Und sie ist das Allerbeste. Ach, Em, ich hab dir so viel zu erzählen.«

In der ganzen Aufregung um Lilys Ankunft hatte Georgia gar keine Gelegenheit gehabt, ihrer besten Freundin alles zu berichten, was geschehen war. Deshalb hatte sie ihr, sobald es ging, eine SMS geschickt.

»Na, das muss ja ein toller Ferienkurs gewesen sein, wenn du so glücklich zurückkommst«, meinte Emma.

»Es war wirklich überhaupt nicht langweilig.« Georgia hakte sich bei ihrer Freundin unter. »Na ja, das stimmt so vielleicht nicht ganz, aber es ist jedenfalls auch etwas total Verrücktes passiert.«

»Ich will sofort alles wissen«, forderte Emma neugierig.

Und Georgia erzählte.

Emmas Augen waren groß wie Suppenteller, als ihre Freundin schließlich zu Ende berichtet hatte. »Ich kann gar nicht glauben, dass du mir das alles nicht schon früher erzählt hast!«, rief sie aus.

»Ich weiß, und es tut mir auch leid«, antwortete Georgia. »Aber alles ging so schnell. Und Daniel war echt total nett und hat mir geholfen. Er hat Lily sogar praktisch das Leben gerettet. Er ist ein richtiger Held.«

»Und er ist zufällig auch der süßeste Junge an unserer Schule«, merkte Emma mit vielsagend erhobenen Augenbrauen an.

»Ach ja?«, erwiderte Georgia unbekümmert. »Na ja, jedenfalls ist er nett. An etwas anderes denke ich bei ihm gar nicht.« Sie überlegte kurz. Stimmte das denn wirklich? Wenn sie an Daniel dachte, fiel ihr vieles ein – dass er nicht nur nett, sondern auch tapfer und heldenhaft war. Aber Jungs standen im Moment wirklich nicht ganz oben auf ihrer Prioritätenliste, nicht, wenn sie ihre Zeit mit Ponys verbringen konnte. »Und nun komm mit«, sagte sie und führte ihre Freundin zur Koppel. »Du musst unbedingt Lily kennenlernen.«

Als sie am Gatter vor der kleinen Koppel standen, stieß Emma einen anerkennenden Pfiff aus. »Wow!«, sagte sie und streckte die Hand in Richtung des Ponys aus, das in der Nähe graste. Lily drehte sofort ab und trottete zum Zaun am anderen Ende der Koppel. Georgia erinnerte Emma daran, warum Lily so scheu war.

»Wie kann man nur so gemein sein?«, rief ihre Freundin daraufhin mit Tränen in den Augen. »Aber jetzt ist Lily doch vor ihr sicher, oder? Jemma wird sie nicht mehr zurückbekommen!«

»Das hoffe ich jedenfalls«, sagte Georgia grimmig,

und sie kehrten wieder um. Georgia blieb noch einmal stehen, um über ihre Schulter auf das wunderschöne Pony zu blicken, das im Schatten des alten Rosskastanienbaumes stand. Kaum zu glauben, was dieses Tier schon durchgemacht hatte.

»Ich werde nicht zulassen, dass du noch einmal Angst haben musst oder schlecht behandelt wirst, Lily«, flüsterte Georgia. »Das verspreche ich dir. Bei mir bist du in Sicherheit.«

Georgia und Emma gingen schweigend zurück in den Hof, und als Daniel wie versprochen eine halbe Stunde später auftauchte, fing Emma an zu kichern.

Georgia wurde rot und bemerkte zum ersten Mal, dass Emma recht hatte – Daniel sah wirklich ziemlich gut aus! Plötzlich überkam sie eine gewisse Schüchternheit, und sie nahm ihn rasch mit zu Lilys Koppel. Er stieß einen leisen Pfiff aus, als sie dort waren. Das Pony hob den Kopf und wieherte, als wolle sie ihm antworten.

»Da siehst du! Sie erinnert sich an dich!«, rief Georgia glücklich aus und vergaß auf der Stelle ihre Nervosität. »Sie weiß, dass du sie gerettet hast!«

»Mit dir zusammen.« Daniel lächelte. »Sie ist wirklich ein schönes Pony«, stellte er fest. »Ich kann es kaum erwarten zu sehen, wie du sie reitest.«

Emma räusperte sich, und Georgia errötete noch mehr.

»Stimmt, das wäre wirklich toll«, sagte sie. »Aber wir müssen uns damit Zeit lassen, nach allem, was sie durchgemacht hat.«

Daniel nickte. »Tja, wenn du mich brauchst, weißt du ja, wo ich bin«, sagte er, bevor er dann Emma fragte, ob er ihr auf den Rücken klopfen sollte. »Du hast wohl einen bösen Husten«, meinte er mit einem Augenzwinkern. Diesmal war es Emma, die rot wurde.

Kapitel vierzehn

Die Sommertage vergingen wie im Fluge. Nach und nach erholte Lily sich und gewöhnte sich an das Leben auf Redgrove. Georgia machte sich nicht mehr so viele Sorgen. Sie schaffte es inzwischen, Lily ohne Probleme einzufangen – allerdings nahm sie einen großen Futtereimer zu Hilfe. Georgia liebte es, Lily zu bürsten, dabei sprach sie immer leise mit ihr.

Eines Samstagmorgens, als sie wieder die cremefarbene Mähne und den Schweif kämmte, musterte sie das Pony nachdenklich. »Ich wüsste zu gern, wann jemand zum ersten Mal auf dir reiten darf, Lily«, sagte sie. »Wer wird es wohl sein? Es wäre so toll, wenn ich es sein dürfte. Aber vielleicht ist Sophie ja auch besser geeignet. Sie hat viel mehr Erfahrung als ich, verstehst du.«

Lily antwortete mit einem Schnauben und schlug mit dem Schweif. Georgia lachte.

»Du möchtest wohl lieber, dass ich es bin, ja?« Sie lächelte, bevor sie weiterging. »Tja, ich muss jetzt Wilson fertigmachen, aber ich komme bald wieder. Versprochen.«

Georgia drehte sich noch einmal zu dem Palomino um, das ihr unverwandt nachsah. Sie lächelte. Inzwischen ritt sie Wilson fast jeden Tag, da Sophie die meiste Zeit mit ihren Freundinnen zu verbringen schien. Entweder gingen sie shoppen oder lagen in der Sonne, aber Georgia beschwerte sich gewiss nicht darüber.

Trotzdem hatte sie heute viel zu tun. Wilson hatte morgen ein großes Turnier und musste gewaschen werden. Sobald sie ihn gebürstet hatte, musste sie noch sein Halfter säubern und Melanie helfen, den Transporter vorzubereiten, da sie zeitig aufbrechen wollten. Das Turnier war eines der größten um diese Jahreszeit, und Georgia wusste, dass Wilson in seiner Klasse viele Konkurrenten aus dem ganzen Land hatte.

»Ruhig, mein Junge, ganz ruhig«, sprach Georgia in beruhigendem Singsang, während sie den rotbraunen Wallach einseifte. Wilson liebte es, gewaschen zu werden, und stand ganz still, während Georgia ihn abspritzte. Er genoss sichtlich das kühle Wasser, nachdem Georgia seine elfenbeinfarbene Mähne shampooniert hatte. In der heißen Sonne trockneten Wilsons Fell und Mähne in kürzester Zeit, und Georgia sprühte noch Conditioner auf seinen Schweif und kämmte ihn anschließend aus. Schließlich trug sie mit einem weichen

Tuch ein Glanzmittel auf, das sein Fell besonders schimmern ließ.

»Jetzt siehst du wirklich wie ein Star aus«, sagte sie und gab ihm einen Kuss auf die Nase.

Zum Schluss polierte Georgia Wilsons Geschirr und bereitete seine ganze Ausrüstung vor – Bürsten, Wasserbehälter und Bandagen. Außerdem dachte sie noch daran, ein paar kleine Belohnungen einzupacken.

Lily schob den Kopf über ihre Stalltür und verfolgte all die Vorbereitungen recht interessiert. »Keine Sorge, mein Mädchen«, rief Georgia, als sie mit einem Armvoll Schutzmanschetten an ihr vorbeilief. »Eines Tages wirst du es sein, die in der Arena zeigt, was sie kann!«

Am nächsten Morgen herrschte die übliche Hektik, um rechtzeitig fertig zu werden, doch dank all der Vorbereitung, die Georgia bereits am Vortag geleistet hatte, konnten sie pünktlich losfahren.

Sophie schlief auf dem Beifahrersitz. Georgia saß neben ihr und aß eines der Sandwiches, die ihre Mutter am Vorabend für sie vorbereitet hatte.

»Ach, bevor ich es vergesse, ich habe etwas für dich, Georgia.« Melanie beugte sich vor und holte einen kleinen Button aus dem Handschuhfach.

»Turnierhelfer!« Georgia las das Wort laut und steckte sich den Button stolz an. »Danke, Melanie!«

»Du hast ihn dir verdient«, sagte Melanie.

Die Zeit verging wie im Fluge, und bald war der grüne Pferdetransporter angekommen.

Georgia stieß einen glücklichen Seufzer aus, während sie sich umsah. Sie liebte alles an solchen Großereignissen – von den Reihen an Pferdeanhängern, die im Schatten der Bäume parkten, bis zu den herausgeputzten Pferden, die für ihren großen Moment bereitgemacht wurden. Nicht zu vergessen die Hamburger- und Eiscremebuden!

Es war ihr an diesem Morgen nicht leichtgefallen, Lily zu verlassen, aber Simon hatte versprochen, mindestens sechsmal am Tag nach ihr zu sehen. Georgia wusste also, dass sie in guten Händen war.

Melanie fuhr auf den ihnen zugewiesenen Platz, und als Georgia aus dem Wagen stieg, stand sie geradewegs einem dunkelhaarigen Mädchen gegenüber, das vor dem benachbarten Pferdetransporter saß. Tory! Na gut, dann war der Tag eben nicht ganz perfekt. Georgia hatte Tory seit dem Training bei Janey Meadons nicht mehr gesehen und war darüber gewiss nicht traurig gewesen.

»Ach hallo«, Georgia schluckte und bemühte sich, freundlich zu sein, während Tory in einer Modezeitschrift blätterte, ohne aufzublicken. »Hallo«, nahm Tory nach einer langen Pause mit einer beiläufigen Handbewegung von ihr Kenntnis.

»Oh, hallo, Tory«, rief Sophie und sprang hinter Georgia aus dem Wagen.

Tory stand auf, und die beiden älteren Mädchen verschwanden zusammen, um sich zu registrieren und ihre Nummern zu holen. *Gott sei Dank*, dachte Georgia. *Im Moment hab ich noch Ruhe und Frieden.*

Sophie war erst am späteren Vormittag dran, also hatte Georgia genug Zeit, Wilson noch einmal gut durchzubürsten.

Sie band ihn zusammen mit seinem Heunetz seitlich am Transporter und im Schatten fest. Die Sonne brannte bereits auf das Gelände, und sie wollte nicht, dass er sich zu stark erhitzte.

Nachdem Georgia den Wallach gebürstet hatte, kümmerte Melanie sich um den Rest. Sie sprühte Wilsons Schweif ein und kämmte ihn noch einmal durch. »Kannst du sicherheitshalber noch einmal nachfragen, auf welchem Platz wir genau sind?«, rief sie Georgia zu, die gerade dem Halfter eine letzte Politur gab.

»Klar«, antwortete Georgia und schnappte sich eine Trinktüte mit Saft. Sie war froh, dass sie sich passend für dieses Wetter angezogen hatte, mit ihren blasspinkfarbenen Bermudashorts, einem Trägertop und ihren alten Turnschuhen.

Sie machte sich auf die Suche nach einem Verantwortlichen und betrachtete dabei begeistert die wunderschönen Pferde, die gerade beim Warm-up waren. Georgia bahnte sich ihren Weg zu einem Turniersteward, der durch die klassische Kopfbedeckung, die Melone, leicht zu erkennen war. Doch auf einmal, beim Klang einer ihr bekannten und ganz und gar nicht willkommenen Stimme, meinte sie, das Blut in ihren Adern müsse gefrieren. Sie blickte in die Richtung, aus der die Stimme kam, und sah zu ihrem Entsetzen Jemma auf einem kastanienbraunen Waliser-Hengst sitzen.

Sie keifte gerade einen Jungen mit rotem Haar und Sommersprossen an, der nervös ein Hindernis im Warm-up-Ring verstellte.

»Du bescheuerter Idiot«, kreischte Jemma, und ihre schneidende Stimme war laut und deutlich zu hören. »Ich hab dir doch gesagt, du sollst seinen anderen Sattelgurt nehmen!« Sie grub die Fersen energisch in die Seiten ihres Reitpferdes. Mit einem Schnauben fiel es daraufhin unwillig in einen leichten Galopp.

Jemma saß aufrecht im Sattel, die Zügel fest, beinahe verkrampft in den Händen. Georgia bemerkte sofort, wie sehr Jemmas Reitstil sich von Sophies unterschied. Ihre ganze Körpersprache war hart und unsympathisch, und das Pferd, auf dem sie saß, sah sehr unglücklich aus, die Ohren eng am Kopf angelegt. Weißer Schaum tropfte auf seine Brust, und seine Augen waren vor Anstrengung weit aufgerissen.

Georgia sah zu, wie Jemma in der Arena im Kreis ritt, bis ihr plötzlich klarwurde, dass Pferd und Reiter sehr bald an ihr vorbeikommen würden. Sie wollte sich wegdrehen, doch es war zu spät. Im Vorbeireiten drehte Jemma sich nach ihr um.

»Dich kenne ich doch, oder?«, zischte sie und brachte ihr Pferd durch hartes Anziehen der Zügel zum Stehen. »Woher kenne ich dich nur?«

»Ich … ich …«, stotterte Georgia.

Und dann fiel es Jemma ein. »Du bist das! Du bist das Mädchen, das sich Lily geholt hat! Du hast mir mein Pony *weggenommen*!«

Kapitel fünfzehn

Georgia wusste nicht, was sie sagen sollte. Sie starrte Jemma eine ganze Weile nur an, bevor sie es schließlich schaffte, eine Antwort hervorzustoßen: »Lily war verletzt ... sie wäre fast gestorben. Wir mussten einen Tierarzt kommen lassen, aber wir haben sie gerettet und jetzt auch gekauft.«

»Gekauft?« Jemma lachte, doch es klang grausam und spöttisch. »Also bitte«, erwiderte sie. »Du meinst doch nicht diesen lächerlichen Betrag, den ihr meinem Großvater gegeben habt? Das war keine Bezahlung ... das war praktisch ein Geschenk. Soweit es mich betrifft, gehört Lily immer noch mir, und ich will sie zurück. Und ich bekomme immer das, was ich will ...«

»Du kannst mir Lily nicht mehr wegnehmen. Niemals«, entgegnete Georgia entschieden.

Doch Jemma schien ihr gar nicht zuzuhören. Sie deutete auf den Button an Georgias Brust und musterte sie von oben bis unten. »Was soll das denn?«, höhnte sie. »Turnierhelfer?«

Georgia öffnete den Mund für eine Antwort, doch da rief ein Steward die Teilnehmer in der Klasse der Waliser auf.

Jemma wendete und bohrte ihrem Pferd wieder grob die Absätze in die Seiten, dann ritt sie in einer Staubwolke davon. Doch vorher ließ sie noch einen ihrer Giftpfeile los. »Ich werde mir mein Pony zurückholen, du wirst schon sehen!«

Georgias Herz pochte bis in ihre Ohren. Sie rannte zurück zum Transporter, wo sie als Erstes Melanie über den Weg lief, die Wilsons Reisebandagen aufrollte.

»Was ist denn los? Was ist passiert, Georgia?«, fragte Melanie besorgt. »Haben wir unseren Einsatz verpasst?«

»Nein, nein, das ist es nicht.« Georgia schüttelte den Kopf.

Blass und fast zitternd erzählte Georgia ihr, was gerade geschehen war. Als sie fertig war, verzog Melanie entschlossen den Mund. »Ach weißt du, achte einfach nicht auf sie. Es gibt nichts, was dieses Mädchen tun könnte«, erklärte sie entschieden. »Das Pony gehört inzwischen mir; sie hat überhaupt keine Handhabe mehr. Wirklich, Georgia, ich habe schon ihre Papiere von der Walisischen Pony Gesellschaft bekommen. Lily gehört rechtmäßig uns. Versuch einfach, dieses Mädchen zu vergessen. Sie kann Lily nicht mehr zurückholen, das kann sie definitiv nicht.«

In diesem Augenblick kam Sophie zurück, die in ihrer kanariengelben Reithose und der taillierten Jacke hinreißend aussah. Ihr langes Haar steckte in einem Haarnetz.

»Was ist denn los?«, wollte sie wissen.

»Gar nichts.« Georgia drehte sich um und verbarg rasch ihre Tränen. Sie kümmerte sich um Wilson, sattelte ihn und bürstete ihn noch einmal, bis er glänzte. Trotz Melanies beruhigender Worte konnte sie Jemmas Drohung einfach nicht vergessen.

Ungeachtet all ihrer Sorgen bemerkte Georgia Tory, die eben den Parkplatz überquerte, um sich mit einem älter aussehenden Jungen zu unterhalten. Georgia runzelte die Stirn. Er kam ihr irgendwie bekannt vor. Neugierig drehte sie sich zu Sophie, die gerade dabei war, ihr Halstuch im Rückspiegel des Transporters zurechtzuzupfen.

»Wer ist denn der Junge dort drüben?«, fragte sie.

Sophie folgte ihrem Blick und zuckte mit den Schultern, den Blick gleich wieder auf Wilson gerichtet, als sie sich in den Sattel schwang. »Frag mich nicht. Tory kennt bei diesen Shows praktisch jeden und ist ständig unterwegs, um jemanden zu begrüßen.«

Georgia bemerkte, dass Tory einen gehässigen Blick in ihre Richtung warf, auch wenn sie sich gerade noch mit dem Jungen unterhielt. Redete sie etwa über Georgia? Oder hatte sie sich womöglich mit Sophie gestritten?

Doch jetzt war keine Zeit mehr, darüber nachzudenken. Sophie hatte angefangen, Wilson unter Melanies aufmerksamen Blicken aufzuwärmen, und Georgia wollte dabei zusehen. Kurz danach wurde Wilsons Klasse aufgerufen, und Sophie ritt davon. Georgia und Melanie gingen zur Zuschauertribüne.

Als Georgia sich hinsetzte, musste sie zu ihrem Entsetzen feststellen, dass Jemma an diesem Wettbewerb ebenfalls teilnahm, diesmal auf einem wunderschönen dunkelgrauen Wallach.

Georgia versuchte, sie nicht anzusehen, sondern sich auf Sophie zu konzentrieren. Wilson zeigte eine tadellose Leistung, sein Schritt war vorbildlich, seine eng geflochtene Mähne ließ den Blick frei auf die perfekte Kurve seines Halses und sein schimmerndes kastanienbraunes Fell.

Doch Jemma versuchte ständig, ihn zu überholen. Es sah aus, als sei sie entschlossen, ihm den Auftritt zu ruinieren, denn sie drängte sich dicht an ihm vorbei.

Wilson wich daraufhin mit angelegten Ohren zur Seite.

Georgia hatte ein ungutes Gefühl. Jemma war raffiniert und verbarg ihre Attacken mit einem strahlenden Lächeln, sobald der Preisrichter zu ihr blickte, so dass er nicht merkte, was vor sich ging. Schließlich belegte Jemma den ersten und Sophie den zweiten Rang.

»Ich werde eine offizielle Beschwerde einreichen«, empörte sich Melanie, als Sophie und Wilson die Arena verließen.

»Was war denn da nur los? Wer war dieses Mädchen?«, rief Sophie deutlich schockiert aus.

Georgia fühlte sich miserabel. Es war alles ihre Schuld. Sie öffnete den Mund, um etwas zu sagen, schloss ihn dann jedoch hilflos wieder.

Während des restlichen Tages gab Georgia sich Mühe, Jemma und ihre Drohungen zu vergessen. Schließlich hatte Melanie ihr versichert, dass sie jetzt Lilys rechtmäßige Besitzerin war. Dennoch bekam Georgia jedes Mal eine Gänsehaut, wenn sie an Jemma dachte. Sie rieb Wilson trocken und band ihn mit einem Heunetz an, bevor sie sich noch einmal im Gelände umsah. Melanie blieb bei den Pferden. Sie hatte eine Freundin getroffen, und die beiden saßen in Klappstühlen vor dem Pferdetransporter und unterhielten sich.

Georgia hielt jedoch die Augen offen, damit sie nicht Jemma urplötzlich in die Arme lief.

»Wir fahren in etwa einer halben Stunde, Georgia«, rief Melanie ihr nach. »Aber sieh dich ruhig um und hab noch ein wenig Spaß.«

Georgia fand es toll, sich nach Wilsons Teilnahme noch auf dem Gelände umsehen zu können. Jede Veranstaltung war anders, und die heutige war keine Ausnahme. Sie bewunderte die Schafe mit ihren beeindruckenden Hörnern, die Dexter-Kühe in ihren Pferchen und sah sich noch die Langhaarkaninchen im Haustierzelt an. Georgia hätte auch gern selbst ein Kaninchen gehabt, doch ihre Mutter meinte, das sei mit einem Hund im Haus zu riskant. Sie kaufte sich an einem Stand ein Eis und eine Cola und lief entlang der Pferdeboxen zurück, als eine Stimme auf der anderen Seite eines dunkelbraunen Pferdetransporters sie unvermittelt stehen bleiben ließ.

»Ich würde dieses Mädchen überall wiedererkennen …«

Es war Jemma.

Schnell wich Georgia in die Deckung des Anhängers zurück und hielt die Luft an. Jemma saß neben dem Durchgang zu den Gehegen, neben sich zwei ältere Jungen. Sie konnte deren Gesichter nicht sehen, doch sie vermutete, dass es die Jungen waren, die damals mit ihr Lily hatten abholen wollen. Beim Klang ihrer Stimmen bekam Georgia eine Gänsehaut und erschauderte bei der Erinnerung, wie die drei versucht hatten, Lily auf so brutale Weise einzufangen.

»Niemand macht das mit mir! Ich will dieses Pony wiederhaben.« Jemma klang aufgebracht.

Georgia wich weiter in den Schatten hinter dem Anhänger zurück und bemühte sich, den Rest der Unterhaltung zu verstehen.

»Diese kleine Möchtegern denkt, sie könnte mir etwas wegnehmen«, fuhr Jemma fort, und ihre Stimme wurde immer wütender. »Aber damit lasse ich sie nicht davonkommen! Ich habe dieses verdammte Pony geschenkt bekommen, und ich kann mit ihm machen, was ich will!«

»Aber dein Opa hat es doch verkauft, oder?«, warf einer der Jungen ein.

»Jetzt mach mal halblang!«, fuhr Jemma ihn an. »Mein Opa hat mit den Ponys nichts mehr zu tun. Er ist völlig neben der Spur. Mum und ich haben das Geschäft jetzt übernommen.«

Einer der Jungen klang besorgt. »Aber sie werden doch rausfinden, dass du das Pony hast. Dann bist du wegen Diebstahl dran.«

Jemmas Stimme war jetzt leiser, doch nicht weniger wütend. »Dann sage ich einfach, dass er nicht mehr richtig im Kopf ist, also zählt es gar nicht … ich sage, dass er das Pony gar nicht verkauft hat. Es gibt bestimmt keinen Vertrag oder so was. Also, was ist jetzt, seid ihr dabei oder nicht?«

Die Jungen murmelten etwas, was Georgia gerade noch als Ja identifizieren konnte, bevor sie zurück zum Transporter der Haydens rannte. Ihr Herz klopfte wie wild, und ihr Mund war trocken vor Angst.

Als Georgia Melanie alles von der Unterhaltung erzählte, wirkte Melanie ein wenig genervt.

»Hör mal, Georgia, dieses Mädchen ist sicher ein ziemlicher Satansbraten«, sagte sie, »aber sie wird wohl kaum in unseren Stall kommen und Lily stehlen. So dumm ist sie nun auch wieder nicht.«

Georgia ließ den Kopf hängen. Sie wusste, dass Melanie ihre Sorge für übertrieben hielt, aber sie hatte auch nicht die wütende Entschlossenheit in der Stimme dieses Mädchens gehört.

Melanie wurde nachsichtig. »Hör mal, mach dir keine Sorgen. In Zukunft werden wir bei allen Turnieren immer nach ihr Ausschau halten, nur für den Fall, dass sie Ärger machen will, in Ordnung?«

Georgia nickte.

»Ich kann doch nicht zulassen, dass dieses unmögliche Mädchen meine allerbeste Helferin aufregt, oder?« Melanie fuhr liebevoll durch Georgias Haar. »Und jetzt komm. Lass uns losfahren.«

Georgia lächelte Melanie an, doch sie konnte das nervöse Gefühl in ihrem Bauch nicht ignorieren. Was, wenn Jemma ihre Drohung doch ausführte? Was, wenn sie Lily entführte? Das wäre einfach unerträglich.

Plötzlich hob Georgia entschlossen das Kinn. Sie wusste, was sie gehört hatte. Wenn Melanie das nicht ernst nahm, dann lag es an Georgia, sich um Lilys Sicherheit zu kümmern. Sie hatte dem kleinen Palomino etwas versprochen, und das würde sie halten, egal, was geschah.

Kapitel sechzehn

»Da bist du ja, mein Engel«, rief Georgia, sobald sie aus dem Transporter gestiegen war und über den Hof von Redgrove lief. Die Fahrt zurück schien endlos gedauert zu haben, und sie war so froh, als sie sah, dass Lily gesund und munter mit Callie am Gatter stand.

Lily wieherte, als Melanie Wilson aus dem Anhänger ließ. Unverkennbar freute sie sich, ihren rotbraunen Freund wiederzusehen. Georgia legte beide Arme um den Hals der Stute, atmete ihren Geruch ein und fühlte die Wärme der Abendsonne auf ihrem goldenen Fell.

»Ich bin vielleicht froh, dich zu sehen!«, murmelte sie. Das kleine Pony stand ganz still, als Georgia es berührte. Es war erstaunlich, wenn man bedachte, dass sie vor ein paar Wochen noch niemanden an sich herangelassen hatte.

Melanie kam herüber und tätschelte Lily sanft. »Weißt du, Georgia, ich habe überlegt, dass es vielleicht Zeit ist, dass du versuchst, sie zu reiten.«

»Ich? Wirklich?«, rief Georgia begeistert aus. »Du denkst, sie ist dafür bereit? Du denkst, sie lässt mich?«

»Ich wüsste nicht, was dagegen spräche«, antwortete Melanie. »Sie vertraut dir. Das sieht man. Und das ist ein guter Ausgangspunkt.«

Georgia vermutete, dass Melanie das wahrscheinlich gerade jetzt erwähnte, um Georgia abzulenken, wegen all dem, was bei der Show passiert war. Und natürlich hatte Georgia ganz und gar nichts dagegen.

»Was meinst du? Sollen wir es morgen einmal probieren?«, fragte Melanie. »Danach bin ich mit Sophie ein paar Tage verreist, wir sehen uns Universitäten an. Also sollten wir es vorher angehen. Was sagst du?«

»Das hört sich toll an!« Georgia strahlte.

Am nächsten Morgen sprang Georgia voller Vorfreude aus dem Bett. Melanies Versprechen klang ihr immer noch in den Ohren. Heute war der Tag, an dem sie Lily reiten durfte! *Wie es wohl ist, sie zu reiten?*, ging es ihr durch den Kopf. *Wird es schwierig sein? Ist ihr Schritt tatsächlich so leicht, wie es vom Boden aus wirkt?* Es dauerte nicht lange, und Georgia war in Reithosen und in ihr lila Lieblingsshirt gekleidet. Rasch fuhr sie sich noch mit einem Kamm durchs Haar. Dann schnappte sie sich einen Toast und eilte zur Tür.

»Tschüs, Mum!«

»Wiedersehen, Georgia«, rief ihre Mutter ihr nach, als die Tür auch schon ins Schloss fiel.

Georgia fuhr im Eiltempo mit dem Rad die ruhigen Straßen entlang, und als sie in die Einfahrt von Redgrove einbog, freute sie sich, alle drei Ponys friedlich zusammen auf der Koppel weiden zu sehen. Sie gaben ein prächtiges Trio ab: der dunkle, elegante Wilson; Lily, das hübsche Palomino-Pony, und Callie, das kleine Exmoor-Pony, dessen graubraunes Fell im frühen Morgenlicht glänzte. Georgia seufzte zufrieden. Sie hatte solches Glück, sich um diese Ponys kümmern zu dürfen, als wären es ihre eigenen.

Zu ihrer Überraschung war Sophie bereits draußen im Hof und säuberte Wilsons Zaumzeug, das über dem Tor hing. Sie blickte hoch, als sie Georgia kommen sah.

»Hallo«, rief sie freundlich. »Du wirst heute Lily reiten, stimmt's?«

»Ich glaube schon«, antwortete Georgia, die sich über Sophies plötzliches Interesse freute.

»Ich finde sie auch wirklich entzückend«, sagte Sophie.

Die beiden Mädchen lächelten einander an, bevor Georgia in die Sattelkammer ging, um Lilys Halfter zu holen.

Als Georgia die Koppel betrat, wieherte das kleine Pony und kam langsam auf sie zu, begleitet von Callie, die sich anscheinend immer mehr zu ihrer Beschützerin aufspielte. Vorsichtig legte Georgia dem Palomino das Halfter um und führte es dann hinaus in den Hof.

»Sie sieht richtig gut aus«, rief Melanie, die eben mit einer Tasse Tee aus dem Haus kam. »Also, bist du für einen Versuch bereit?«

»Ja, ich denke schon«, erwiderte Georgia glücklich und ängstlich zugleich. Sie hoffte so sehr, dass Lily sich reiten lassen würde.

»Großartig«, sagte Melanie. »Also, ich habe Zaumzeug für sie zusammengestellt, und der alte Turniersattel sollte ihr auch passen – zumindest für den Anfang. Lass uns damit anfangen, sie im Schritt gehen zu lassen, und dann schauen wir mal, wie es läuft.«

Sehr vorsichtig, um sie nicht zu erschrecken, zäumte Georgia Lily auf und bewunderte den Kontrast zwischen dem braunen Leder auf dem blassen Fell. Sie setzte ihre blaue Reitkappe auf, schloss den Kinnriemen und löste dann sehr vorsichtig Lilys Führseil und führte sie am Halfter hinüber zur Aufstieghilfe.

Melanie hielt Lily, während Georgia sich behutsam in den Sattel setzte. Im ersten Augenblick saß sie nur ganz ruhig da, wagte kaum zu atmen und spürte, wie das Pony unter ihr nervös zitterte. »Alles ist gut, meine Schöne«, murmelte sie und fuhr mit der Hand liebevoll durch die cremefarbene Mähne.

Melanie beobachtete beide aufmerksam, um sofort zu reagieren, falls Lily Panik bekam. Doch das passierte nicht.

Langsam, mit federleichtem Druck, bewegte Georgia das Palomino dazu, vorwärts zu gehen, und Lily gehorchte. Im Schritttempo ging es durchs Tor und den Pfad neben den Ställen entlang, wo die dichten Holunderbüsche für schattige Kühle sorgten.

»Ganz ruhig, mein Mädchen«, beruhigte Georgia das Palomino. Sie atmete die Sommerdüfte ein, genoss den gleichmäßigen Rhythmus des Ponys und begann, sich zu entspannen.

Melanie ging neben ihnen zur offenen Weide und wandte nie den Blick von Pferd und Reiterin ab, als sie am Haus vorbei und auf die offene Weide ritt. Lily bewegte sich jetzt schneller, ihr Schritt war leicht.

»Du bist ein richtiger Star!«, lobte Melanie das Pony, dessen Ohren inzwischen aufgestellt waren. »Warum versuchst du nicht allein eine Runde?«, ermutigte sie die Reiterin.

Georgia meinte vor Glück fast zu zerspringen und stupste Lily leicht an. Nachdem sie die Weide ein paarmal umrundet hatten, lenkte sie Lily zurück in den Hof.

Dort stieg sie ab und warf die Arme um die kleine Stute, bedeckte sie mit Küssen. »Ich hab dich so gern!«, sagte sie, vergrub ihr Gesicht in der Mähne und hätte vor Glück fast geweint. Jemmas erschreckende Drohung war jetzt vergessen, und Georgia hatte das Gefühl, als könnten Lily und sie zusammen alles schaffen. Nichts konnte ihr Glück mehr trüben!

Von jetzt an würde sie Lily jeden Tag reiten, bis die natürliche Selbstsicherheit des Palominos wiederhergestellt war. Danach gab es die Aussicht auf Turniere und Ponyclub-Camps, auf lange Ausritte im Sommer und kürzere im Winter. Es würde einfach toll werden!

Später am Nachmittag, als sie Melanie im Garten half, entdeckte sie Sophie und Tory beim Sonnenbaden am Pool. Tory tippte etwas in ihr Handy und achtete gar nicht auf Sophies Versuche, sich mit ihr zu unterhalten.

Es war wirklich komisch. Tory kam zur Zeit dauernd vorbei, blieb jedoch nie sehr lange. Und sie war immer so aufgedonnert, als wolle sie gleich in die Disco gehen. Heute war keine Ausnahme. Sie trug einen kurzen Jeansrock und ein gelbes Oberteil. Ihr Make-up war dick aufgetragen, wodurch sie viel älter als siebzehn wirkte.

Sophie seufzte und drehte sich auf den Bauch, da sprang Tory plötzlich auf, packte ihre Tasche und ging, als hätte sie gerade eine dringende Mitteilung erhalten. Sie machte sich kaum die Mühe, sich zu verabschieden, und marschierte mit dem Handy am Ohr aus dem Garten.

Melanie betrachtete sie mit gerunzelter Stirn. »Diese Tory ist ein eigenartiges Mädchen«, sagte sie leise zu Georgia. »Ich hoffe, dass die Freundschaft zwischen Sophie und ihr im Sande verläuft, wenn Sophie zur Uni geht.«

Georgia sah Tory nach, als sie den Hof verließ. Sie hatte sie nie gemocht, aber was sollte sie sagen? Es war jedoch interessant zu wissen, dass Melanie ähnlich empfand. Georgia konnte nicht anders, als zu denken, dass Torys Verhalten in letzter Zeit irgendwie merkwürdig war. Georgia war stets auf der Hut vor diesem Mädchen, da sie oft genug gemeine Dinge zu ihr sagte. Doch da Melanie und Sophie die nächsten Tage unterwegs waren, würde auch Tory nicht nach Redgrove kommen. Georgia seufzte glücklich. Sie würde an nichts anderes als an ihre geliebten Ponys denken müssen.

Kapitel siebzehn

»Wiedersehen, Georgia! Wir sehen uns dann in drei Tagen!« Melanie schwang sich auf den Fahrersitz des Geländewagens, Sophie auf den Beifahrersitz. Dann ließ Melanie noch einmal ihr Fenster herunter. »Bist du sicher, dass du klarkommst, wenn du ganz allein nach den Pferden siehst? Simon wird nur abends hier sein, vergiss das nicht.«

»Ich komme bestens klar«, versicherte Georgia ihr.

»Also gut.« Melanie nickte ihr noch einmal zu. »Vielen Dank. Schick mir eine SMS, wenn es irgendwelche Probleme gibt, ja?«

»Mach ich.« Georgia lächelte. »Obwohl es keine geben wird«, fügte sie hinzu. »Emma und Daniel kommen auch vorbei und helfen mit.«

Georgia winkte dem Auto noch nach, als es die Einfahrt hinausfuhr. Sie konnte gar nicht fassen, dass Melanie so viel Vertrauen in sie hatte und ihr die Verantwortung für die Ponys überließ. Es war einfach toll!

Pip, der neben ihr entlanggerannt war, als sie an diesem Morgen mit dem Fahrrad nach Redgrove gefahren war, folgte ihr auf dem Fuß, als sie sich wieder zum Hof drehte. »Komm mit, Pip, schauen wir nach den Ponys«, sagte sie glücklich und kraulte den Hund zwischen den Ohren.

Die drei Ponys standen in ihrem schattigen Unterstand. Sie hatten die Augen halb geschlossen, ließen die Köpfe hängen und wedelten faul mit dem Schweif, um die Fliegen zu verscheuchen. In der Ferne war das Summen von Bienen zu hören, und der schwere süße Duft von den nahe gelegenen, leuchtend gelben Rapsfeldern hing schwer in der Luft.

Georgia streichelte jedes Pony und zählte dann die Hühner, um sich zu versichern, dass noch alle da waren und in der staubigen Erde neben dem Stall scharrten. Zufrieden, dass es allen Tieren gutging, zog sich Georgia ins kühle Haus zurück. Sie hatte noch ein paar Stunden Zeit, bis die Ponys gefüttert werden mussten, und da Emma und Daniel am Nachmittag noch anderweitig beschäftigt waren, hatte sie vor, eine Weile zu lesen.

Sie machte es sich auf dem Küchensofa bequem, holte ihr Buch heraus und schirmte die Augen gegen die Nachmittagssonne ab. Pip war im kühlen Schatten vor der Hintertür liegen geblieben und klopfte gelegentlich mit dem Schwanz auf den Boden. Es war warm in der

Küche, und Georgia merkte, wie sie immer schläfriger wurde.

Sie konnte bestenfalls eine Stunde geschlafen haben, als sie plötzlich von einem wütenden Bellen aufgeschreckt wurde. Pip stand mit gesträubten Nackenhaaren und gefletschten Zähnen da, neben ihm die beiden Terrier, die ein tiefes Knurren ausstießen. Georgia erschrak und rannte zur Hintertür. Da sie dort nichts Ungewöhnliches sehen konnte, lief sie schnell ums Haus herum zur Vordertür.

Ein Junge stand dort, es sah aus, als wolle er gerade klingeln. Sie kannte ihn nicht aus dem Dorf, und er sah auch nicht aus, als wolle er irgendetwas liefern. Er war drahtig und von mittlerer Größe, mit dunklem Haar. Aus irgendeinem Grund blickte er sich immer wieder um, als suche er nach etwas. Georgia fühlte sich sofort unwohl, doch sie fragte ihn höflich, was er wolle.

»Ich suche nach Mrs Hayden«, antwortete der Junge. Georgia bemerkte, wie er dabei grinste. Auf jeden Fall benahm er sich merkwürdig.

Sie überlegte blitzschnell. »Mrs Hayden ist im Augenblick nicht zu Hause. Aber sie kommt bald wieder«, fügte sie selbstbewusst hinzu. »Kann ich ihr etwas ausrichten?«

Der Junge starrte Georgia einen Moment lang an, bevor er an ihr vorbei zur Weide hinter dem Haus blickte, wo Wilson, Lily und Callie den Besucher interessiert musterten. »Schöne Pferde«, bemerkte er. »Besonders das Palomino … ich wette, das ist ein paar Scheine wert.«

Georgia öffnete den Mund, um zu antworten, doch es kamen keine Worte heraus.

Der Junge lachte leise auf, während er sich umdrehte und den Hof verließ.

Was sollte das denn nun?, dachte Georgia. *Sei nicht albern,* sagte sie sich dann entschieden. *Wahrscheinlich hat das gar nichts weiter zu bedeuten.* Dennoch war sie nervös, als sie jetzt zu den Ponys ging. Sie blickte auf die Uhr. Es war halb sechs. Sie konnte Daniel anrufen.

»Georgia?« Dan ging sofort ans Handy. »Ich bin schon auf dem Weg.«

Schnell erzählte Georgia von dem Jungen und dem merkwürdigen Gespräch.

»Hör mal, keine Panik«, beruhigte Daniel sie. »Bestimmt hat es nichts weiter zu bedeuten. Aber ich bin so oder so in fünf Minuten bei dir.«

Als Dan kurz darauf durch das Gartentor kam, war Georgia unglaublich erleichtert. Sie konnte sich nicht erinnern, jemals so froh gewesen zu sein, jemanden zu sehen. Zu seiner Freude rannte sie auf ihn zu und begrüßte ihn überschwänglich.

»Du brauchst dir keine Sorgen zu machen«, beruhigte er sie zuversichtlich. »Wir bekommen die ganze Zeit unerwartete Besucher auf unserem Bauernhof. Normalerweise sind es nur irgendwelche Verkäufer.«

»Aber das war keiner!«, rief Georgia aus. »Da bin ich mir ganz sicher. Dafür war er auch viel zu jung.«

»Schon gut, schon gut«, sagte Daniel. »Hör mal, ich habe überlegt wegen dem, was Jemma gesagt hat. Wenn du dir immer noch Sorgen machst, na ja ...« Er deutete auf eine große Leinentasche, die er am Tor stehen gelassen hatte.

»Was ist das denn?«, fragte Georgia verblüfft.

»Zelte«, antwortete Dan. »Ich hab sie von meinem Bruder geborgt. Ich dachte, wir könnten heute Nacht bei den Ponys Wache halten. Natürlich nur, wenn deine Mutter einverstanden ist. Und wir müssen es mit Simon absprechen, aber ich wüsste nicht, was er dagegen haben sollte, oder was meinst du?«

»Das ist ja ein toller Plan!« Georgia lächelte Daniel dankbar an. Sie fand es toll, dass er sich solche Gedanken machte.

»Und nicht nur das, ich habe auch noch Schlafsäcke und Essen mitgebracht.« Er tippte auf seinen Rucksack.

»Du hast wirklich an alles gedacht!«, lobte Georgia ihn begeistert. »Ich frage mal, ob Emma auch dabei sein will«, fügte sie hinzu, denn sie wollte ihre beste Freundin nicht ausschließen. »Ich rufe sie gleich an, sobald ich mit meiner Mutter und Simon gesprochen habe.«

»Gute Idee«, sagte Daniel. »Also, wo sollen wir sie dann hinstellen?«, rief er Georgia nach, während sie zum Haus ging.

»Vielleicht dort drüben«, antwortete sie und deutete auf die Wiese gleich neben den Ponys.

»Okay, ich fange schon mal an.« Daniel grinste und ging hinüber zu der Tasche.

Als Georgia mit ihrer Mutter und Simon gesprochen hatte und zurückkam, hatte Dan die zwei Zelte bereits aufgebaut. Georgia hatte auch Emma angerufen, die von der Möglichkeit, mit ihnen zu campen, sofort begeistert gewesen war und von ihrer Mutter ebenfalls die Erlaubnis bekommen hatte. Daniel hatte daher vorgeschlagen, dass die beiden Mädchen sich das größere Zelt teilten.

»Das wird Spaß machen«, meinte er und machte einen Schritt zurück, um seine Arbeit zu bewundern. »Ich habe nicht oft die Chance, abends von der Farm wegzukommen.«

Georgia lächelte, doch sie konnte das ungute Gefühl, das sie seit dem Auftauchen dieses merkwürdigen Jungen gehabt hatte, immer noch nicht ganz abschütteln. Natürlich würde es lustig werden, mit ihren Freunden zu campen, doch irgendwie war ihr bei dem Gedanken an diesen Typen trotzdem nicht ganz wohl …

Dennoch würde sie sich diese Nacht um einiges besser fühlen, wenn sie hier bei den Ponys war, statt sich zu Hause in ihrem Bett um sie Sorgen machen zu müssen.

Während der Abend verging und nichts passierte, begann Georgia, sich langsam besser zu fühlen. Sobald die Ponys gefüttert waren und Daniel, Georgia und Emma zusammen das Picknick beendet hatten, saßen die drei Freunde mit den Hunden im Gras. Daniel hatte einen Terrier auf seinem Schoß und streichelte seine Ohren, zog sie langsam und liebevoll durch seine Finger.

Zufrieden blickte Georgia zu den Ponys, die in ihre Nähe gekommen waren und jetzt über den Zaun spähten.

Lily hielt sich schüchtern zurück, doch als Georgia aufstand und sie lockte, kam sie langsam nach vorn.

»Weißt du, Georgia, selbst ich kann sehen, wie gern dieses Pony dich hat«, sagte Emma, während sie zuschaute, wie ihre Freundin zärtlich das Pony streichelte.

»Ich weiß«, erwiderte Georgia, und ihr wurde ganz warm ums Herz. »Ich hab solches Glück. Sie ist das Beste, was mir seit langem passiert ist!« Dann räusperte sie sich und grinste ihre Freunde an. »Und wie sieht es aus, habt ihr vielleicht Lust auf ein Tennismatch?«

Der Abend ging unglaublich schnell vorbei. Emma und Dan spielten auf dem Platz der Haydens Tennis, während Georgia neben den Ponys auf dem Bauch liegen blieb, mit einem Auge das Spiel beobachtete und mit dem anderen Lily, die bei ihr am Zaun stand.

Später, als die Sonne unterging und der Abend kühler wurde, wickelten sie sich alle in Decken und lagen auf dem Rücken, um den wolkenlosen nächtlichen Himmel und die unendlich vielen Sterne zu bewundern, die über ihnen funkelten.

»Es ist richtig magisch, oder?«, meinte Emma.

»Auf jeden Fall«, stimmte Georgia zu.

Die Ponys schliefen inzwischen, Callie hatte sich hingelegt, und Wilson und Lily ruhten sich auf den Hinterbeinen aus und ließen die Köpfe und die Unterlippen hängen.

Während Georgia die Ponys im Schlaf beobachtete, wurde sie selbst müde und kündigte an, schlafen zu gehen. Sie kroch ins Zelt und schlüpfte in ihren Schlafsack. Emma kam ihr nach, gefolgt von Pip, der sich auf seiner Hundedecke zusammenrollte.

»Gute Nacht, alle zusammen!«, rief Daniel fröhlich aus seinem Zelt. »Schlaft gut!«

Doch Georgia schlief gar nicht gut. Sie wachte einige Male auf, weil sie meinte, etwas gehört zu haben. Doch sobald sie angestrengt lauschte, bestätigte ihr Verdacht sich nicht. Jedes Mal lag sie ein paar Minuten mucksmäuschenstill, bevor sie wieder einnickte. Pip schlief neben ihr und zuckte hin und wieder im Traum. Emma schlief ebenfalls tief und fest, ihr Atem ging völlig gleichmäßig.

Beim nächsten Mal, als Georgia erwachte, blickte sie auf ihre Uhr. Zehn nach drei. Plötzlich wusste sie, was sie geweckt hatte – ein raschelndes Geräusch draußen. Georgia setzte sich auf. Sie konnte die Ponys mit den Hufen scharren hören und erkannte Wilsons Schnauben.

Als sie aus ihrem Zelt kroch, konnte sie gerade noch die Umrisse von Lilys blassem Körper ausmachen, die zwischen Wilson und Callie stand. Alle drei Ponys hatten die Köpfe hoch erhoben und starrten auf etwas in der Ferne. In der Nähe keckerte ein Fuchs, ein unheimliches Geräusch, das durch die ruhige Nacht schallte. Die Ponys zuckten zusammen, schnaubten und scheuten leicht. In diesem Moment kroch auch Dan aus seinem Zelt.

»Konntest du auch nicht schlafen?«, fragte er leise.

»Ich dachte, ich hätte etwas gehört«, flüsterte Georgia zurück.

Beide standen sie ruhig da und lauschten angestrengt. Die Ponys waren jetzt ruhiger und wirkten unbesorgt.

Nur Lily hatte den Hals noch hoch erhoben und schien auf etwas zu spähen, was in der dunklen Nacht nicht zu erkennen war. Das kleine Palomino sah so mystisch aus wie ein Einhorn, seine helle Mähne schimmerte im Mondlicht.

Daniel trat näher zu Georgia, um sie zu beruhigen. Es fühlte sich für Georgia merkwürdig an, so nahe bei einem Jungen zu stehen, doch seine Wärme und Gegenwart wirkten tröstend.

»Es war wahrscheinlich nur ein Fuchs«, meinte Daniel und drehte sich zu Georgia. »Hör mal, ich verspreche dir, dass den Ponys nichts passiert«, sagte er. »Und Lily schon gar nicht. Nachdem ich ihr das Leben gerettet habe, ist sie mir auch ans Herz gewachsen.«

Georgia nickte. »Aber ich glaube, ich kann trotzdem nicht mehr schlafen«, sagte sie schließlich.

»Ich auch nicht«, antwortete Daniel. »Ich bleib mit dir hier draußen, wenn du magst.«

Und so holten die beiden ihre Schlafsäcke und blieben schweigend die restliche Nacht vor den Zelten sitzen und betrachteten die Ponys, bis die ersten Sonnenstrahlen auf die Felder fielen und sie in einen warmen rosa Schein badeten.

Kapitel achtzehn

Als der Morgen anbrach, war Georgia ziemlich steif und müde. Nachdem die drei Freunde die Reste ihres Picknicks zum Frühstück verzehrt und heißen Tee getrunken hatten, den Simon ihnen gebracht hatte, beschloss Georgia zu duschen, um wach zu werden. Sie musste sich allerdings beeilen, denn sie wollte die Ponys bewegen, bevor es zu heiß wurde.

»Ich muss nach Hause, meinem Vater beim Vieh helfen«, sagte Daniel entschuldigend. »Aber ich komme später wieder.«

»Das wäre toll«, sagte Georgia. »Dann bis später und danke für alles.«

»Ich kann bleiben und dir helfen«, bot Emma an. »Ich könnte Wilson reiten, wenn du Lily nimmst, dann wärst du nicht allein.«

»Super«, sagte Georgia dankbar.

Und so ritten die beiden aus, nachdem Georgia geduscht hatte. Sie hielten sich mehr im Wald auf, statt auf den offenen Feldern. Dennoch schafften sie es nur eine Stunde lang, bevor es zu warm wurde. Man spürte bereits, was für ein unglaublich heißer Tag es werden würde.

Zu Georgias Überraschung wartete Tory im Hof, als sie zurückkamen. Sie lehnte am Gartentor, gekleidet für einen Ausritt, obwohl sie nicht mit ihrem Pferd da war. Sie trug enganliegende Reithosen und ein ebenso enganliegendes schwarzes T-Shirt. Ihr langes dunkles Haar war zu einem Pferdeschwanz zusammengebunden, und sie hatte eine Sonnenbrille auf. Jetzt schob sie sich vom Tor weg und ging hinüber zu Georgia, die merkte, wie Lily sich unter ihr anspannte.

»Wo ist Sophie?«, fragte sie und machte sich nicht einmal die Mühe, hallo zu sagen.

»Sophie?« Georgia runzelte überrascht die Stirn. Wieso wusste Tory nicht, wo ihre Freundin war? »Sie ist nicht hier. Sie ist mit Melanie unterwegs, um sich ein paar Unis anzusehen.«

Ein schwaches Lächeln umspielte Torys Lippen, doch es wirkte nicht besonders freundlich. »Ach ja?«, antwortete sie und machte einen Schritt auf Lily zu, die daraufhin zurückwich.

»He! Vorsichtig!«, sagte Georgia. »Du machst sie nervös.« Sie stieg ab und führte Lily an den Zügeln an Tory vorbei.

»Wie macht sich denn das Palomino? Immer noch ein wenig launisch, was?«, rief Tory ihr nach.

»Lily geht es bestens, danke«, erwiderte Georgia entschieden und drehte sich zu Tory um, als sie den Stall erreicht hatte.

»Gut …« Torys Gesicht zeigte ein gekünsteltes Lächeln. »Tja, dann richte Sophie doch aus, dass ich vorbeigekommen bin, ja?«

Georgia fragte sich, warum Tory das Sophie nicht selbst sagen konnte, und sah dem Mädchen nach, das auf dem Absatz kehrtmachte und selbstbewusst aus dem Hof marschierte. Sophies Freundin öffnete die Tür eines silberfarbenen Sportwagens, der draußen am Straßenrand gewartet hatte, und setzte sich auf den Beifahrersitz. Georgia konnte nicht sagen, wer der Fahrer war, doch es war definitiv nicht Torys Mutter. Es war ein männlicher Fahrer, soweit sie das erkennen konnte, und er hatte eine Baseballkappe tief in sein Gesicht gezogen.

»Was sollte das denn?«, rief Emma aus.

»Ich weiß nicht«, antwortete Georgia und merkte, wie ihr wieder einmal eine Gänsehaut über den Rücken lief, »aber ich habe vor, es herauszufinden …«

Es gab jede Menge zu tun auf dem Hof, und die Mädchen versuchten, Torys Besuch zu vergessen, während sie ihre Arbeit taten. Aber als eigentlich alles erledigt war, ertappte Georgia sich dabei, wie sie den Hof noch einmal energisch kehrte, nur um nicht mehr an Torys Worte denken zu müssen.

Da die Mädchen ziemlich ins Schwitzen gekommen waren, fanden sie es an der Zeit, sich im Pool der Haydens abzukühlen. Georgia schlüpfte in ihren Badeanzug, ging unter die Dusche und sprang ins saubere Wasser. Sie schwamm einige Bahnen und legte sich dann bäuchlings auf ein Handtuch neben Emma, mit Blick auf die Koppel. Das Schwimmen hatte ihr gutgetan. Und die Ponys sahen so friedlich aus. Vielleicht machte sie sich unnötig viele Sorgen.

Pünktlich um sechs Uhr kam Daniel durch das Hoftor.

»Hallo, Mädels«, rief er. »Alles okay?«

»Denke schon«, rief Georgia zurück und kniff die Augen gegen die Abendsonne zusammen. Daniels Haar war noch nass vom Duschen, und er trug Shorts und ein ausgefranstes Hemd. Georgia sah, wie er am Zaun anhielt, um die Ponys zu streicheln, die um seine Aufmerksamkeit buhlten.

Ein wenig später, sobald die Ponys und die Hunde für den Abend gefüttert und versorgt und die Hühner im Stall waren, ließen die drei Freunde sich ins Gras fallen.

»Wer möchte etwas trinken?«, fragte Daniel, brachte

Gläser und Eis aus dem Haus und öffnete eine Flasche Cola.

»Ich!«, rief Emma. »Ich bin total ausgetrocknet!«

»Ich auch«, sagte Georgia und nahm dankbar das Glas entgegen. »Ach, Daniel, stell dir vor, was heute noch Merkwürdiges passiert ist …« Sie erzählte ihm schnell von Torys Besuch.

»Es war, als wolle sie nachsehen, was wir machen«, sagte Emma schließlich, »und sie tat so, als wisse sie nicht, dass Sophie nicht da ist.«

Dan zuckte mit den Schultern. »Schon komisch, wenn sie doch so gute Freundinnen sind. Vielleicht haben sie sich aber gestritten.«

»Vielleicht«, stimmte Georgia zögernd zu. »Aber hört mal, wie sieht es aus? Campen wir heute Nacht noch einmal alle zusammen hier? Simon hat nichts dagegen, und er muss heute Nacht sowieso woanders arbeiten. Mum sagte, ich dürfte, wenn ihr auch dabei wärt. Sie bringt uns auch etwas zu essen vorbei, wenn ich ihr Bescheid sage.«

»Gern, ich bin dabei«, sagte Em. »Ich rufe gleich meine Eltern an.«

»Dann sind wir wieder zu dritt!«, fügte Dan hinzu. »Mein Vater hat auch nichts dagegen.«

Nach dem brennend heißen Tag erwartete sie ein weiterer lauer Abend. Es war so trocken, dass das Gras sich bereits gelblich verfärbte und sich Risse in der ausgetrockneten Erde zeigten.

Emma bereitete das gemeinsame Abendessen vor, mit dem Georgias Mutter sie versorgt hatte. Es gab erst Baguettes mit kaltem Fleisch und Käse, dann zum Nachtisch Schokobrownies und frische Pfirsiche. Emma holte ihren iPod und Lautsprecher aus ihrer Übernachtungstasche, und sie verbrachten noch einen fröhlichen Abend und sangen und lachten miteinander. Georgia hatte richtig Spaß, dennoch nagte in ihr immer noch eine gewisse Sorge. Zur Beruhigung schickte sie Sophie eine SMS, um ihr mitzuteilen, dass Tory vorbeigeschaut hatte, in der Hoffnung, dass Sophies Antwort alles aufklären würde.

Doch Sophie antwortete nicht. Wahrscheinlich aßen sie gerade irgendwo zu Abend. Mit einem Seufzer legte Georgia ihr Handy ins Zelt zurück und plauderte wieder mit ihren Freunden.

Später in der Nacht, als alle schliefen, erwachte Georgia plötzlich. Was war das für ein Geräusch? Es klang wie ein Auto, das heranfuhr. Georgia merkte, wie ihr Herz schneller schlug. Es *war* ein Auto! Sie konnte zudem unterdrückte Stimmen und Schritte hören. Schnell griff sie nach ihrem Handy und sah nun auch die SMS von Sophie.

Dachte, Tory macht diese Woche Ferien in Spanien??!!

Jetzt war Georgia klar, dass wirklich etwas nicht stimmte.

Schnell weckte sie Emma, bevor sie ihre Reitstiefel über den Pyjama anzog und aus dem Zelt kroch.

»Dan ... Daniel...«, flüsterte sie und versuchte, nicht panisch zu werden. »Daniel, wach auf!«

»Ähm ... Wie spät ist es denn?«, antwortete Daniel und kroch aus seinem Zelt.

»Kurz nach Mitternacht«, antwortete Georgia. »Hör doch mal! Hörst du das nicht auch?«

Dicht zusammengedrängt versuchten sie herauszufinden, woher die Stimmen kamen.

»Okay«, sagte Daniel energisch. »Ich gehe vor zum Haus; ihr zwei geht zu den Ponys!«

Georgia und Emma liefen quer durch den Garten, kletterten über den Zaun und sprangen auf die Koppel.

Zu Georgias Erleichterung befanden sich alle drei Ponys am anderen Ende der Koppel.

»Alles in Ordnung, Em«, flüsterte sie. »Sie sind da, und es geht ihnen gut.«

»Aber sieh doch mal!«, zischte Em.

Georgia blickte zur anderen Seite der Wiese in die Schatten der Bäume und schnappte entsetzt nach Luft. Zwei Gestalten kletterten an der Straßenseite über den Zaun!

Kapitel neunzehn

»Geh und hol Dan! Und bring die Halfter der Ponys aus der Sattelkammer mit!«, flüsterte Georgia drängend. Sofort drehte Emma sich um und rannte zum Hof zurück.

Als spürten sie die plötzliche Gefahr, trotteten alle drei Ponys zu Georgia herüber. Wilson schnaubte, Lily und Callie warfen nervös die Köpfe hoch. Georgia versuchte, sie flüsternd zu beruhigen, doch die Ponys blieben unruhig.

Georgia machte sich auf das Schlimmste gefasst und stellte sich vor die Pferde, während sie die sich nähernden Gestalten beobachtete. Prompt erkannte sie die gleichen Jungen, die schon das erste Mal mit Jemma zusammen Lily hatten abholen wollen. Und einer von ihnen hatte ein Seil in der Hand. Jetzt wollten sie Lily tatsächlich holen! Georgia merkte, wie Wut in ihr aufstieg. Wie konnten sie es wagen, das kleine Palomino zu stehlen! Sie holte tief Luft und richtete sich zu ihrer ganzen Größe auf, ihre Wut war stärker als ihre Furcht.

»Du schon wieder«, höhnte einer der Jungen. »Also, wie sieht's aus? Bist du vernünftig, oder müssen wir uns zuerst um dich kümmern?«

»Ihr werdet sie *nicht* mitnehmen«, entgegnete Georgia entschieden. »Sie gehört hierher, und ich lasse nicht zu, dass ihr sie holt.« Sie versuchte, ihre Panik nicht in ihrer Stimme durchklingen zu lassen, und blickte zum Haus auf der Suche nach irgendeinem Anzeichen von Emma. Wo blieb sie nur? Und wo war Daniel?

»Jetzt komm schon«, versuchte der Junge es etwas umgänglicher. »Wir wollen dir ja nichts tun, aber wir müssen etwas zurückholen, was dir nicht gehört. Das ist Jemmas Pony. Sie vermisst es.«

Georgia hätte bei dieser Aussage fast lachen müssen, wenn das Ganze nicht so bedrohlich gewesen wäre.

»Es ist nicht mehr Jemmas Pony!«, entgegnete sie. »Es wurde an uns verkauft, versteht ihr!«

»Tja, Jem sagt was anderes«, mischte sich der zweite Junge jetzt ein. »Ihr Opa hat sie nicht mehr alle, kapiert? Er weiß gar nicht mehr, was er tut. Jemma und ihre Mutter schmeißen jetzt den Laden, also alles, was mit Kaufen, Verkaufen, Züchten und so weiter zu tun hat …«

»Und das Schlagen von Ponys gehört auch dazu?«, zischte Georgia, mit vor Wut und Angst bebender Stimme.

»Hör mal«, fuhr der Junge fort und klang ungeduldig, während er das schwere Seil, das er in der Hand hielt, über seine Schulter schob. »Ich rate dir, uns lieber aus dem Weg zu gehen, bevor wir dich dazu zwingen müssen.«

Lily stand immer noch hinter Georgia, und als die Jungen einen Schritt nach vorn machten, bäumte sie sich auf. Die Jungen, die offensichtlich keine Reiter waren, zogen sich nervös zurück.

»Geh mir aus dem Weg«, sagte der ältere der beiden Jungen zu Georgia und machte unvermittelt einen Satz auf sie zu. Sie schrie auf, als er sie grob am Arm packte. Unwillkürlich wich sie nach hinten zurück und fasste in die Mähne von Lily, die jetzt panisch wurde und mit den Hufen nach hinten ausstieß.

Noch bevor der Junge reagieren konnte, hatte Georgia sich auf Lilys Rücken geschwungen. Sie legte die Beine eng um ihre Seiten und vergrub die Hände in der weißen Mähne. »Los!«, schrie sie.

Das Palomino bäumte sich im ersten Moment auf, während es einen Satz nach vorn machte und geradewegs zwischen den beiden Angreifern hindurchgaloppierte, so dass die Jungen gezwungen waren, zur Seite zu springen, um nicht von den Hufen getroffen zu werden.

Das Pony und seine Reiterin rasten die Koppel entlang wie ein goldener Blitz, und Georgia hielt sich dabei fest, so gut sie konnte. Wilson und Callie folgten mit wehenden Mähnen in einer Staubwolke dicht hinter ihnen.

Als Georgia den Zaun erreichte, der die Koppel von den dahinterliegenden Wiesen trennte, lenkte sie Lily wieder in Richtung ihrer Verfolger. Diese rannten jetzt ebenfalls, ihre Gesichter waren vor Wut gerötet, während sie einem auf einmal aufgetauchten dritten Jungen Anweisungen zuriefen. Zu Georgias Entsetzen hielt dieser eine Longierpeitsche in der Hand und noch etwas, was wie ein Leinensack aussah, den er Lily offenbar über den Kopf ziehen wollte!

Angespannt blickte Georgia sich nach einem Ausweg um und entdeckte jetzt einen Viehtransporter, der auf der Straße parkte. Zum ersten Mal wünschte sie sich, die Haydens würden näher an einer Hauptstraße wohnen. Niemand im Ort würde etwas von all dem Tumult hier draußen hören.

Wo waren denn nur Emma und Daniel? Georgia hoffte, dass Emma zumindest Daniel gefunden hatte, und betete, dass sie nicht in Gefahr waren.

Als Georgia das Palomino wieder zum Hof drehte, hörte sie einen gedämpften Ruf. Das klang nach Emma! Der Schrei kam aus dem Sattelraum. Trotz der Dunkelheit konnte Georgia ein dunkelhaariges, großes Mädchen ausmachen, das sich von draußen gegen die Tür stemmte und versuchte, den Riegel vorzuschieben.

Tory! Was um Himmels willen machte sie denn hier?

Aber darüber konnte sie jetzt nicht weiter nachdenken. Einer der Jungen versuchte, Wilson und Callie zurück in den Hof zu treiben, um Lily besser einfangen zu können. Saßen sie in der Falle?

»Also, übergibst du sie uns jetzt freiwillig, oder müssen wir dich erst runterholen?«, fragte der jüngere der beiden.

In einem letzten verzweifelten Versuch wendete Georgia erneut und schlang die Beine um Lilys Flanken. Das Palomino galoppierte los und wurde immer schneller. Sie ritten auf den Zaun zu. Für einen winzigen Moment zögerte Lily, doch bevor Georgia noch darüber nachdenken konnte, wie hoch der Zaun war, hatte Lily die Hufe angezogen und übersprang das Hindernis so elegant, als würde sie fliegen.

Trotz ihrer Angst musste Georgia begeistert auflachen, und Lily fegte mit ihr über die Wiese. Das hohe Gras streifte Georgias Füße, während sie immer weitergaloppierten. Sie hatten es geschafft! Nun mussten sie nur noch den Fußweg erreichen und konnten dann nach vorn zum Hauseingang reiten.

Unvermittelt wurde Georgia nach der nächsten Biegung von Scheinwerfern geblendet, und ein Geländewagen kam schnell auf sie zu. Lily wich scharf nach rechts aus, und Georgia stürzte vom Pferd. Sie hörte noch aufgeregte Rufe und Lilys ängstliches Wiehern, dann das schwache Heulen von Sirenen. Danach wurde alles um sie herum dunkel, und sie versank in absoluter Schwärze.

Kapitel zwanzig

Georgia fühlte sich, als schwämme sie in Sirup. Alles war schwer und zäh, und es war entsetzlich anstrengend, sich zu bewegen. Sie konnte den Himmel über sich sehen und wusste, dass sie auf dem Boden lag, doch sie hatte einfach nicht die Energie aufzustehen. Ihr ganzer Körper war bleiern, und ihr linker Arm schmerzte heftig. Ein Licht winkte am Ende der Dunkelheit, und ... Moment mal ... was war das? War das Daniels Stimme?

Plötzlich war alles so hell, dass es ihr in den Augen schmerzte. Daniel rief etwas, seine Stimme war laut, und er klang aufgeregt.

»Georgia! Georgia! Ich bin da!«

»Was?«, antwortete Georgia schleppend.

»Nicht bewegen!«, sagte eine andere Stimme, eine ältere Stimme, die Georgia nicht erkannte.

»Georgia, du bist wach!« Daniel fasste jetzt ihre Hand. »Alles ist gut, der Krankenwagen ist da. Alles wird gut.«

Krankenwagen? Georgia erschrak, doch sie war zu schwach, um zu antworten. »Lily!«, stieß sie hervor, ihre Lippen waren aufgesprungen und trocken.

»Lily geht es gut«, versicherte Daniel. »Sophie ist bei ihr. Sie und Melanie sind früher nach Hause gekommen. Ich erkläre dir alles, wenn es dir wieder bessergeht.«

Georgia merkte, wie sie auf eine Bahre gehoben wurde, und selbst in ihrem Schockzustand verspürte sie große Erleichterung.

Zwei Stunden später setzte sich Georgia in ihrem Krankenhausbett auf. Wundersamerweise war ihr Kopf soweit in Ordnung, auch wenn die Ärzte eine Gehirnerschütterung vermuteten. An ihrer Wange hatte sie einen böse lila gefärbten Bluterguss, und ihr Handgelenk war gebrochen. Das Zimmer war voller Besucher: ihre Mutter, die ihre unverletzte Hand hielt, Daniel, Emma, Melanie und Sophie.

»Du hast es geschafft, Georgia!«, sprudelte Emma heraus. »Du hast sie vertrieben.«

Georgias Mutter lächelte. »Langsam, Em«, sagte sie. »Erzähl eins nach dem anderen.«

Emma nickte, und nun wurden alle Puzzleteile der Ereignisse aus der vergangenen Nacht zusammengesetzt. Angefangen damit, dass Melanie und Sophie von Torys Verhalten so irritiert waren, dass sie sich Sorgen machten, zumal Simon auch nicht da war. Also waren sie früher nach Hause gefahren. Noch während der Fahrt hatten sie einen entsetzten Anruf von Torys Mutter erhalten, die zufällig einen Teil des Gesprächs ihrer Tochter mit ihrem neuen Freund mitgehört hatte, in dem sie die nächtlichen Pläne besprachen.

Sophie, die schon länger vermutete, dass Tory mit einem der Jungen aus Jemmas Umfeld zusammen war, hatte die Polizei angerufen.

Als Emma dann von der Koppel losgelaufen war, um Daniel zu holen, hatte Tory es geschafft, ihn und Emma in der Sattelkammer einzuschließen.

»Die Jungen sind beim Anblick des Polizeiautos gleich weggelaufen. Und Em und ich waren wirklich froh, als die Polizei uns rausließ«, erzählte Daniel und grinste Georgia an.

»Das hört sich ja wie ein richtiger Krimi an!«, schaffte sie es zu witzeln, jetzt, da sie alle in Sicherheit wusste.

»Ein Krimi, der zum Glück gut ausgegangen ist«, meinte Georgias Mutter, in deren Augen noch die Sorge zu lesen war. »Das Ganze hätte auch böse enden können. Ich hatte ja keine Ahnung, dass Simon nicht da war, sonst hätte ich niemals zugestimmt, euch dort übernachten zu lassen. In Zukunft werde ich ganz bestimmt aufmerksamer sein …« Sie brach ab, und Tränen stiegen ihr in die Augen.

»Tut mir leid, Mum«, krächzte Georgia und drückte die Hand ihrer Mutter. »Du hattest immer so viel zu tun, ich wollte dich nicht belasten.«

»Nun, es hat sich ja alles zum Guten entwickelt«, Lucy Black lächelte schwach. »Und wenn du nicht da gewesen wärst, wäre Jemma inzwischen mit einer völlig verstörten Lily schon auf halbem Weg zurück nach Wales.«

Jemma!, dachte Georgia mit plötzlicher Sorge.

»Schon in Ordnung, Georgia«, sagte Daniel schnell, als könne er ihre Gedanken lesen. »Die Polizei hat Jemma am Bahnhof erwischt. Sie wollte sich wohl dort verstecken und den ersten Zug zurück nach Wales nehmen.«

Georgia verspürte eine riesige Erleichterung. Jemma war in Polizeigewahrsam. Jetzt konnte sie Lily auf keinen Fall mehr entführen.

Melanie, die geduldig gewartet hatte, während alle redeten, meldete sich nun zum ersten Mal zu Wort.

»Ich gehe gleich morgen mit dem Brief von Jemmas Großvater und Lilys Dokumenten zur Polizei. Dadurch kann ich beweisen, dass Lily rechtmäßig mir gehört, und Jemma kann uns somit nicht mehr belästigen. Das Ganze wird noch ein ernstes Nachspiel haben, besonders, da diese Jungen dich bedroht haben.«

Georgia schauderte, als sie sich daran erinnerte, wie

die Jungen Lily und sie in die Enge getrieben hatten. Dabei fiel ihr auch der unglaubliche Sprung von Lily in die Freiheit ein.

»Weißt du, Lily ist nach deinem Sturz nicht von deiner Seite gewichen«, fügte Melanie sanft hinzu. »Sie muss dich wirklich sehr gern haben.«

Georgias Mutter strich ihrer Tochter sanft übers Haar. »Melanie und ich haben schon über etwas nachgedacht.« Sie lächelte. »Wir wollten noch warten, aber ich glaube, jetzt wäre auch eine gute Gelegenheit, es dir zu erzählen.« Sie drehte sich zu Melanie. »Sagst du es ihr?«

»Mir was sagen?« Georgia blickte verwirrt von ihrer Mutter zu Melanie.

»Ich möchte gern, dass du Lily dauerhaft geliehen bekommst«, sagte Melanie. »Sie kann auf dem Hof bleiben, aber sie wäre dann im Grunde dein Pferd.«

»Wirklich?« Georgia blinzelte ungläubig. Das übertraf ihre kühnsten Träume.

»Ja, wirklich«, bestätigte Melanie. »Du hast so viel für dieses Pony getan. Du verdienst es, und es ist alles schon beschlossen. Du kannst für den Unterhalt aufkommen, indem du weiter im Stall hilfst.«

»Und meine Gemälde verkaufen sich inzwischen auch ganz gut«, ergänzte Georgias Mutter. »Also können wir uns auch ihren sonstigen Unterhalt leisten.«

Georgia wusste gar nicht, was sie sagen sollte. Sie bekam praktisch ihr eigenes Pony! »O danke! Vielen, vielen Dank! Das ist das Schönste, was mir im ganzen Leben passiert ist!« Georgia versuchte, sich aufzusetzen, um Melanie zu umarmen, doch irgendwie war sie noch zu schwach.

Melanie tätschelte ihre Hand. »Ihr beiden habt eine so besondere Beziehung«, sagte sie. »Lily braucht natürlich immer noch ein wenig Zeit, um ihr Selbstbewusstsein vollständig zurückzugewinnen, aber ich denke, dass du ihr dabei helfen kannst und sie irgendwann ein erstklassiges Turnierpferd wird. Was meinst du dazu?«

Georgia brachte kaum einen Ton heraus; sie hatte einen Kloß im Hals, und Tränen stiegen ihr in die Augen. »Das ist einfach so toll!«, flüsterte sie. Dann drehte sie sich zu ihrer Mutter um. »Vielen, vielen Dank, Mum. Ich verspreche, ich werde dich nicht enttäuschen … mit der Schule, meine ich.«

Georgias Mutter lächelte und drückte die Hand ihrer Tochter, auch in ihren Augen standen Tränen. »Daran werde ich dich erinnern, junge Dame. Aber vielleicht hilft es ja sogar, wenn du dein eigenes Pony hast – du wirst dich mehr konzentrieren müssen und verantwortungsvoller sein, keine Tagträume mehr! Und jetzt, denke ich, solltest du dich noch ein wenig ausruhen, mein Schatz«, fügte sie hinzu und stand auf. »Ich glaube,

Daniel wollte dir auch noch etwas sagen.« Sie drehte sich zu Daniel. »Bleib nicht mehr zu lange, ja? Sie ist ziemlich müde.«

»Geht klar, Mrs Black.« Daniel nickte den anderen zu, als Georgias Mutter, Melanie, Emma und Sophie das Zimmer verließen und ihn mit der Patientin allein ließen.

Georgia schluckte schwer. Ihre Handflächen waren feucht. Sie wusste nicht, warum, aber plötzlich hatte sie ein ganz komisches Gefühl im Bauch, als Daniel sich zu ihr drehte.

»Du warst der totale Hammer, Georgia Black, weißt du das?«, sagte er, sobald die Tür geschlossen war.

Georgia grinste schwach.

»Und ich wollte dich noch etwas fragen«, fuhr er leise fort.

Georgia sah ihn fragend an.

»Nächste Woche ist doch der Mittsommertanz«, sagte er und sah auf einmal verlegen drein. »Ich dachte … na ja … wenn es dir bessergeht und alles, hast du vielleicht Lust, mit mir hinzugehen?«

Es herrschte einen Moment Stille, bevor Georgia schüchtern nickte.

»Ist das dann ein Ja?«, fragte Dan.

»Ja«, bestätigte Georgia. »Das ist es auf jeden Fall.«

Es dauerte noch ein paar Tage, bis Georgia das Krankenhaus verlassen durfte. Ihr Handgelenk steckte in knallrosa Gips, und jede Menge Ratschläge des Doktors hallten ihr noch in den Ohren. Georgias Mutter holte sie mit einem aufgeregten Pip ab, der auf dem Beifahrersitz saß und sich freute, sie zu sehen.

»Darf ich zur Redgrove Farm, Mum?«, fragte Georgia, sobald sie im Auto saß.

»Irgendwie habe ich mir fast schon gedacht, dass du das fragen würdest.« Lucy lachte. »Ich vermute, da gibt es ein bestimmtes Pony, das du gern besuchen möchtest?«

Georgia umarmte ihre Mutter, die nun den Schlüssel im Zündschloss umdrehte und den Parkplatz des Krankenhauses verließ. Bald fuhren sie langsam durch die vertrauten Straßen, flankiert von dichten grünen Hecken, die mit Brombeeren beladen waren.

Als das Auto nach Redgrove abbog, konnte Georgia bereits die Ponys sehen. Lily befand sich auf der Koppel, Callie machte neben ihr ein Nickerchen, und Wilson war im Hof und wurde von Sophie gebürstet, die lächelnd winkte, als Georgia aus dem Wagen stieg.

Georgia winkte zurück und beeilte sich, zur Koppel zu kommen, um endlich das Palomino wiederzusehen. Sobald Lily sie erblickte, begrüßte sie ihre Freundin mit einem Wiehern und trottete zum Zaun.

Mit ihrem eingegipsten Arm hantierte Georgia sehr vorsichtig, als sie das Gatter öffnete, um in die Koppel zu kommen. Dann schlang sie ihren gesunden Arm um den goldenen Hals des Palominos. Mit geschlossenen Augen atmete sie den wunderbaren Pferdegeruch ein. Lily war in Sicherheit, und was noch besser war: Sie gehörte ihr! Auch wenn sie nur geliehen war, das war Georgia egal. Sie konnte gar nicht aufhören, von einem Ohr zum anderen zu grinsen.

In diesem Augenblick kam Melanie aus dem Haus, gefolgt von den laut bellenden Hunden. »Sie macht sich wirklich gut, wenn man überlegt, was sie durchgemacht hat, oder?« Sie nickte in Lilys Richtung.

»Stimmt«, pflichtete Georgia ihr aus ganzem Herzen bei.

Sie kehrten zum Hof zurück, wo Sophie immer noch Wilsons Schweif bürstete. Sie sah ein wenig verlegen und gleichzeitig aufgebracht aus. »Ich wollte nur sagen, wie leid es mir tut«, stieß sie leise hervor.

»Warum?«, fragte Georgia überrascht. »Was meinst du denn? Es war doch nicht deine Schuld!«

Sophie lächelte traurig. »Nein, aber Tory ist ... entschuldige *war* ... meine Freundin. Ich hätte merken müssen, wie sie wirklich ist. Sie hatte nur noch diesen neuen Freund im Kopf, und ich war so sauer auf sie, ich hab einfach nicht mehr richtig zugehört, was sie genau gesagt hat. All diese Fragen, die sie stellte ... mir war gar nicht klar, dass sie mich benutzte, um mehr über Lily zu erfahren. Ich glaube, sie wollte bloß diesen Jungen beeindrucken. Er ist älter als sie und ... na ja, sie wollte zu den coolen Leuten gehören, die bei den Turnieren zusammen abhängen. Diese Leute waren wohl auch viel cooler als ich. Aber der Schuss ist anscheinend nach hinten losgegangen, und sie hat jetzt jede Menge Ärger. Ich glaube, ihre Mutter gibt ihr so ungefähr lebenslänglich Hausarrest.« Die Worte kamen in einem einzigen Redeschwall heraus.

»Mir gegenüber war Tory nie besonders nett«, sagte Georgia, »aber auch nicht wirklich böse.«

»Ich weiß«, sagte Sophie. »Doch in Zukunft werde ich meine Freundinnen auf jeden Fall sorgfältiger auswählen.«

Georgia umarmte Sophie ganz fest. Sie hatte immer zu Sophie aufgesehen und sie für ziemlich cool gehalten – sie war beliebt und eine talentierte Reiterin –, aber Georgia mochte sich gar nicht vorstellen, wie sie selbst sich fühlen würde, wenn jemand, den sie für eine Freundin gehalten hatte, sie so hintergehen würde. Sie hatte das Gefühl, mit ihren beiden treuen besten Freunden Emma und Daniel unglaubliches Glück zu haben.

»Hey, du und Lily, ihr könnt ja bei den Turnieren mitmachen, sobald dein Arm wieder heil ist!«, sagte Sophie fröhlich und wechselte damit das Thema. »Ich denke, ich werde mich in nächster Zeit auch mehr auf die Pferde konzentrieren – sie sind einfach viel verlässlicher als Menschen.«

Georgia lachte. »Ich würde nichts lieber tun, als Lily bei einem Turnier zu reiten, aber ich denke, es gibt noch jede Menge zu tun, bevor wir deinen Level erreicht haben. Aber man weiß ja nie … eines Tages vielleicht!«

Kapitel einundzwanzig

Dieser Tag stellte sich als einer der schönsten der ganzen Sommerferien heraus. Georgia verbrachte den kompletten Tag mit Sophie, sah ihr beim Springreiten auf Wilson zu, und obwohl sie wegen ihres gebrochenen Handgelenks nicht auf Lily reiten konnte, war es zumindest möglich, sie an einem Führseil über einen Hindernisparcours auf der Koppel zu führen. Das machte großen Spaß, und Lily bewegte sich voller Leichtigkeit und Schwung. Ihre Hufe berührten beim Springen nicht einmal einen einzigen Pfosten.

Georgia seufzte. Das Leben war gerade total perfekt.

Als sie die kleine Stute zurück in den Hof führte, um sie trockenzureiben, kam Emma den Weg hoch.

»Stell dir vor, Georgia Black«, sprudelte es aus ihr heraus. »Matt hat mich gerade zum Mittsommertanz eingeladen!«

Georgias Herz machte einen kleinen Sprung. Der Mittsommertanz! Er fand am kommenden Wochenende statt!

»Matt?«, fragte Georgia dann nach. Ihr fiel gerade keiner in ihrem Jahrgang mit diesem Namen ein.

»Du weißt schon, Matt Harris«, erklärte Emma mit einem Lächeln. »Er ist eine Klasse über uns.«

Georgia grinste und hob die Augenbrauen.

»Er ist so cool, Georgia!«, freute sich Emma und strahlte übers ganze Gesicht. »Ich weiß nur nicht, was ich anziehen soll!«

Georgia machte sich über Kleidung nie so viele Gedanken wie ihre Freundin. Sie legte überhaupt keinen Wert darauf, sich schicke Klamotten anzuziehen, und ihr Haar hatte schon seit langer Zeit keinen Haarschnitt mehr gesehen. Dennoch freute sie sich eigenartigerweise auf den Tanz. Sie hörte zu, als Emma sich ausgiebig über ihr noch auszuwählendes Kleid und ihre Frisur Gedanken machte, und versuchte, dabei so viel Begeisterung wie möglich zu zeigen.

Am Abend des Mittsommertanzes saß Georgia dann nervös in der Küche und gab sich alle Mühe, ruhig zu bleiben. Ihre Mutter hatte ihr beim Styling geholfen, und nun wartete sie auf Daniel, der gegen sieben kommen wollte. Nervös spielte sie mit einer Haarlocke.

»Georgia!«, schalt ihre Mutter. »Vorsicht! Ich habe ewig gebraucht, das so hinzubekommen!«

»Tut mir leid, Mum!« Georgia lachte. Sie musste zugeben, dass ihre Mutter ein halbes Wunder vollbracht hatte. Sie hatte das Haar so geföhnt, dass es glatt nach unten fiel und nur die Spitzen sich schön nach innen bogen. Die Sommersonne hatte weizenblonde helle Strähnen hineingezaubert, und eine silbern glänzende Haarspange steckte in der Seite. Georgia fühlte sich erstaunlich gut, auch wenn sie sich in ihrem T-Shirt und der Reithose sonst wesentlich wohler fühlte.

Ihre Mutter war noch am Vormittag mit ihr einkaufen gegangen und hatte darauf bestanden, dass sie sich ein Kleid aussuchte. Zusammen hatten sie sich für ein blassrosa Kleid entschieden, das sanft über Georgias Knien schwang, und es mit einem weichen silbernen Stoffschal kombiniert. Dazu hatten sie noch ein Paar silberne Schuhe mit Keilabsatz gefunden, die ihre gebräunten Füße mit dem korallfarbenen Nagellack hervorhoben. Georgia musterte sie jetzt bewundernd. Der einzige Makel war der Gips um ihr Handgelenk, doch ihre Mutter hatte sogar den mit silbernen Sternchenaufklebern verziert.

»Daniel wird dich gar nicht wiedererkennen!«, sagte ihre Mutter lächelnd. »Er kann sich glücklich schätzen!«

»Mum!«, rief Georgia aus und verdrehte die Augen, da klingelte es auch schon an der Haustür. »Wir sind doch nur Freunde!«

Daniel, der offensichtlich genauso verlegen war wie

Georgia und an der Tür wartete, sah in seinem Jackett und der Fliege ausgesprochen gut aus. Georgia lächelte ihn schüchtern an.

»Du siehst wirklich hübsch aus, Georgia!«, sagte er und grinste.

»Danke, du auch«, flüsterte Georgia zurück.

Mrs Black setzte sie bei der Schule ab, wo der Tanz stattfand. Ein Festzelt war aufgestellt worden, das mit goldenen Ballons und Lichterketten dekoriert war, eine Lichtorgel zuckte über die Tanzfläche, und zu Georgias Begeisterung gab es einen Schokoladenbrunnen und ein lecker aussehendes Buffet.

Sobald Emma die beiden entdeckt hatte, kam sie mit ihrem Date im Schlepptau zu ihnen. Sie strahlte übers ganze Gesicht. »Ist das nicht absolut toll, Georgia?«, rief sie aufgeregt.

»Ich denke schon«, stimmte Georgia zu.

Emma sah in ihrem zitronengelben Kleid ausgesprochen hübsch aus. Sie zeigte mit ihrer weißen perlenbesetzten Tasche begeistert in Richtung Tanzfläche. »Kommt schon! Wir müssen tanzen!«, rief sie aus.

Sie hakte sich bei Georgia unter und zog sie zur Tanzfläche, und Matt und Daniel folgten ihnen. Natürlich war die ganze Schule versammelt, und Georgia wurde sofort von ihren Freundinnen und Freunden umrundet, die alle neugierig erfahren wollten, wie sie zu ihrem Gips gekommen war. Doch bald zog die Musik sie in ihren Bann – Georgia war vorher gar nicht klar gewesen, dass Tanzen so viel Spaß machen konnte!

Als sie nicht länger tanzen konnte, ließ sie sich mit Daniel draußen ins Gras fallen, und sie teilten sich einen Teller mit Kanapees. Der Abend war warm, und der nächtliche Himmel umhüllte Georgia so sanft wie der silberne Schal, der locker um ihre Schultern lag. Nachdem sie sich eine Weile über den Anblick ihrer tanzenden Lehrer amüsiert hatten, drehte Daniel sich zu Georgia.

»Weißt du, das ist der beste Sommer, den ich je hatte«, meinte er leise.

Georgia sah in seine Augen. Wieso hatte sie nie bemerkt, wie blau seine Augen waren? So blau wie ganz helle Kornblumen. Sie merkte, dass sie ein ganz flaues Gefühl im Bauch bekam.

Daniel stieß einen kleinen Seufzer aus. »Es war nicht immer leicht, nachdem meine Mutter … na ja, du weißt schon«, sagte er. »Aber mit dir und Emma, Lily und Melanie und den ganzen Pferden Zeit zu verbringen, das hat mich wirklich aufgemuntert. Es ist toll, mit euch allen was zu unternehmen, aber ganz besonders mit dir, Georgia.« Er lächelte sie verlegen an. Georgia hatte das Gefühl, der Wind rausche auf einmal laut in ihren Ohren. Sie wurde rot und senkte den Blick.

Als sie sich traute, wieder hochzublicken, grinste Daniel sie immer noch an. Er stieß sie sanft in die Rippen und lachte. »Selbst wenn du die totale Pferdenärrin bist!«, sagte er.

Sie brachen beide in lautes Gelächter aus. »Das kann schon sein, Daniel«, erwiderte Georgia, »aber ich denke, du bist inzwischen genauso ein Pferdenarr wie ich!«

»Da könntest du sogar recht haben!« Daniel grinste. Bevor Georgia noch irgendetwas sagen konnte, sprang er auf und zog sie an ihrer gesunden Hand hoch. »Na komm«, sagte er. »Zeigen wir den Lehrern mal, wie man richtig tanzt!«

Obwohl es am Abend spät geworden war, war Georgia dennoch am nächsten Morgen zeitig auf der Redgrove Farm. Es war nicht mehr viel von den Sommerferien übrig, und sie wollte jeden einzelnen Moment mit Lily genießen. Sie hatte beschlossen, mit ihr am Führseil ein Stück zu gehen und ihr die Gegend zu zeigen.

Dem schönen Palomino schien das auch zu gefallen. Lily war entspannt und ruhig. Die Ohren nach vorne gestellt, nahm sie die neue Umgebung in sich auf, während sie den Pfad hinter der Redgrove Farm zum Hügel hochliefen.

Georgia blieb mit ihr auf der Hügelkuppe stehen und stieß einen glücklichen Seufzer aus. Am Vorabend hatte sie mit Daniel, Emma und all ihren anderen Freunden eine so schöne Zeit gehabt – was hatte sie doch für ein unglaubliches Glück! Und als Krönung hatte sie jetzt auch noch ihr Traumpony. Dieser Sommer hatte sich besser entwickelt, als sie es sich je hätte vorstellen können.

Liebevoll tätschelte Georgia den goldenen Hals ihres Ponys und lehnte sich zu ihm, um sich flüsternd bei ihm zu bedanken. Dann trat sie wieder einen Schritt zurück und lächelte. Nur mit Lily zusammen zu sein war schon gut, aber sobald ihr Handgelenk geheilt war, würden sie beide richtig viel Spaß bei ihren gemeinsamen Ausritten haben. Und eines Tages würden sie sogar das Training für die Turniere beginnen können.

Lily war erst kurze Zeit auf Redgrove, doch es fühlte sich bereits so an, als würde das wunderschöne Palomino zusammen mit Georgia hierhergehören. Sie beide zusammen – was konnte besser sein?

Olivia Tuffin

Redgrove Farm

Das neue Fohlen

Ein besonderes Dankeschön an Michelle Misra

Für meine Lara,
so ein besonderer Sommer!

O.T.

Prolog

»Hörst du zu, Alexia?«

Die Stimme, die über den Hof schallte, unterbrach die Gedanken des Mädchens, das wie benommen auf sein neues Zuhause starrte: Seven Birches. Ein Reitplatz von olympischer Größe lag unmittelbar vor ihr, und dahinter erstreckten sich Felder, so weit das Auge reichte. Es gab sogar eine Führanlage, damit die Pferde bei jedem Wetter trainiert werden konnten. Der Hof war mit dem Besten ausgestattet, was es für Geld zu kaufen gab. Eigentlich hätte Alexia sich freuen können, hier zu wohnen, doch das tat sie nicht. Sie wollte gerade antworten, da war wieder die schneidende Stimme ihres Stiefvaters zu vernehmen.

»Ich sagte, hörst du zu, Alexia?«

»Ja, Joe«, antwortete sie kleinlaut.

Alexia wusste, dass ihr Stiefvater für den Kauf dieses Anwesens bis an seine finanziellen Grenzen gegangen war und große Anstrengungen unternehmen musste – aber war das ein Grund, so gereizt und bissig zu sein? Mit einem Seufzer fragte sie sich, was ihn diesmal beschäftigte. Wahrscheinlich, wie er nun das große Geld machen sollte. Geld und Pferde – davon war er total besessen. Er war einst ein berühmter Springreiter gewesen und wollte unbedingt, dass sie in seine Fußstapfen trat.

Aber wie soll ich das schaffen?, fragte sich Alexia. *Ich habe Angst vor dem Springen und mache mir überhaupt nichts daraus, Wettkämpfe zu gewinnen.*

Alexia dachte an das Einzige in ihrem Leben, das ihr wirklich wichtig war: ihr Pony River. Sie wünschte sich so sehr, es einfach nur ungesattelt reiten zu dürfen, mit nicht mehr als einem Halfter, aber das würde Joe ihr nie erlauben. Bei Joe zählten nur hartes Training und Ergebnisse. Ponys waren dazu da, um Wettkämpfe zu gewinnen, nicht um Spaß zu haben.

Alexia hatte nie lang genug an einem Ort gewohnt, um richtige Freundschaften zu schließen, und davon abgesehen, ließ Joes strenger Trainingsplan wenig Zeit für so etwas wie ein normales Sozialleben. Aber vielleicht würde sich das auf Seven Birches alles ändern. Am nächsten Tag sollte Alexia auf ihre neue Schule gehen. Auch wenn sie nervös war, freute sie sich darauf, neue Leute kennenzulernen. Leider hatte sie den Beginn des Schuljahres wegen Joes hektischem Zeitplan bereits verpasst, aber sie hoffte, dass das nicht so schlimm war. Sie setzte sich jetzt aufrecht und lächelte ihren Stiefvater an. Wie immer ließ sie sich nicht anmerken, wie sie sich wirklich fühlte.

Nachdem sie noch einmal tief Luft geholt hatte, folgte sie ihm durch den Hof, entschlossen, dieses neue Kapitel ihres Lebens zu einem guten zu machen …

Kapitel eins

»Lily … ich bin hier.«

Das kleine Palomino hob beim Grasen den Kopf und wieherte, als es Georgia auf der Steinmauer entdeckte.

Georgia lächelte. Lily war ziemlich füllig geworden. Ihr goldenes Fell schimmerte und zeigte ihre gute Gesundheit. Die bernsteinfarbenen Augen glänzten und blickten aufmerksam in die Gegend. Aber da war noch etwas … Lilys Bauch schien jeden Tag zu wachsen, und Georgia hatte das Gefühl, dass das nicht nur mit der saftigen Sommerweide auf Redgrove Farm zu tun hatte.

»Wie geht es dir heute, meine Schöne?« Georgia sprang von der Mauer und ging über die Weide der Haydens. Melanie und Simon Hayden waren die Besitzer der Farm, auf der Lily lebte. Vor ein paar Wochen hatten sie Georgia geholfen, das Palomino zu retten. Georgia seufzte und rieb sich in der kühlen Nachmittagsbrise über die Arme.

»Hallo, da drüben!« Eine fröhliche Stimme riss Georgia

aus ihren Gedanken. Sie wirbelte herum. Es war Daniel Coleman.

»Hallo.« Sie lächelte schüchtern.

Daniel und Georgia gingen zusammen zur Schule und waren seit Lilys Rettung enge Freunde. Georgia würde ihm immer dankbar dafür sein, dass er ihr bei der Rettungsaktion geholfen hatte. Als er jetzt über die Weide gelaufen kam und sein blondes Haar im Sonnenschein des nahenden Herbstes glänzte, da spürte Georgia ein merkwürdiges Kribbeln im Bauch. Daniel war ein gutaussehender Junge, und im Augenblick wurden seine blauen Augen durch seinen kornblumenblauen Pulli betont. Sie erinnerte sich daran, wie romantisch es gewesen war, als sie im letzten Monat am Ende des Sommers zusammen zum Schulfest gegangen waren. Doch jetzt schob sie diese Gedanken wieder weg. Das war Daniel, an den sie eben dachte. Ihr *guter Freund* Daniel.

»Also, wie geht es dir?«, fragte er und stellte sich mit einem Lächeln neben Georgia.

»Alles bestens«, antwortete sie. »Aber Lily wird immer dicker.« Sie kaute am Daumennagel. »Ich überlege schon, ob wir vielleicht zwei Ponys statt einem hergebracht haben könnten.«

»Zwei?« Daniel sah einen Moment lang verwirrt drein, bevor er verstand. »Du meinst, Lily könnte *trächtig* sein?«

»Ich weiß auch nicht genau«, sagte Georgia, strich

sich das blonde Haar aus dem Gesicht und wurde bei dem Gedanken plötzlich doch ein wenig aufgeregt. »Aber ich kenne jemanden, der es wissen muss!«

Ein paar Tage später fuhr der Tierarzt mit seinem blauen Kombi vor. Georgia vertraute ihm bedingungslos – Lily hätte damals in der Nacht ihrer dramatischen Rettung an einer Kolik sterben können, wenn er nicht gewesen wäre. Georgia wusste, dass sie ihm Lilys Leben verdankte.

»Da bist du ja, Edward.« Melanie Hayden kam mit einem Tablett, das mit Tee und Schokokeksen beladen war, aus dem Haus. Sie war Ende vierzig, groß und schlank.

»Hallo, Melanie, beste Teeköchin auf meiner ganzen Patientenrunde!« Der Tierarzt grinste und nahm sich eine dampfende Tasse und einen Keks. »Also, wo ist die Patientin?«

»Hier drüben.« Georgia führte ihn zu Lilys Stall.

Das Palomino stand ruhig da und betrachtete gelassen seine Umgebung.

»Hallo, mein Mädchen.« Der Tierarzt strich über die glänzend gestriegelten Flanken. »Tja, sie sieht auf jeden Fall sehr gut aus«, sagte er. »Also ihr meint, sie ist trächtig, ja?«

»Na ja, zumindest nimmt sie ständig zu.« Melanie lehnte sich über die Stalltür.

»Dann sehen wir sie uns jetzt einmal genauer an«, sagte der Tierarzt. »Schauen wir mal, was wir finden können.«

Bald hatte er die Ultraschallausrüstung neben Lily aufgestellt, während sie ihn weiter gelassen beobachtete. Er hörte ihren Herzschlag ab und maß ihre Temperatur, bevor er mit dem Scanner über den sich ausbeulenden Bauch der kleinen Stute fuhr.

Georgia hielt die Luft an, und Lily verlagerte ihr Gewicht, während der Tierarzt das unscharfe Bild auf dem Bildschirm sorgfältig betrachtete. Nachdenklich legte er einen Finger auf seine Lippen und winkte Georgia zu sich.

Sie kniete sich zu ihm und schaute auf den Schirm. Alles, was sie sehen konnte, waren verschwommene Flecken, und sie hatte keine Ahnung, was genau sie da sah.

»Siehst du das?« Der Tierarzt deutete auf einen sich leicht bewegenden Fleck in der Mitte des Schirms. »Du hattest recht, Georgia«, sagte er. »Eure kleine Dame hier ist trächtig, und ich würde schätzen, dass sie fast im neunten Monat ist.«

»Im neunten Monat!« Georgia schnappte nach Luft und quietschte dann vor Aufregung laut auf. »Dann wird sie ja jeden Moment ein Fohlen zur Welt bringen!«

Der Tierarzt grinste. »Nicht gerade jeden Moment. Die Schwangerschaft eines Pferdes dauert länger als die der Menschen. Ich muss noch ein paar weitere Tests machen, aber ich schätze, dass Lily ein Winterfohlen bekommt. Vielleicht Anfang November.«

Georgia atmete langsam aus. Es passierte nicht oft, dass sie sprachlos war, aber nun dauerte es einen Moment, bis sie ihre Fassung wiedergefunden hatte. Die Gefühle überwältigten sie. Lily – ihre Lily – trug ein so kostbares Geschenk in sich. Dann kam ihr ein furchtbarer Gedanke. »Aber … ich habe sie *geritten*«, stieß sie hervor und wurde sofort von Schuldgefühlen überwältigt. »Sie ist sogar über einen Zaun gesprungen, als sie mir geholfen hat!«

Der Tierarzt tätschelte Lilys goldenen Hals. »Das ist nicht ideal«, stimmte er zu. »Aber es sieht nicht so aus, als hätte es ihr geschadet. Du konntest ja nicht wissen, dass sie trächtig war, Georgia. Sie war so dünn, als sie hierherkam. Jetzt, wo sie ordentlich gefüttert und umsorgt wird, tja … da blüht sie auf. Ich würde mir keine Sorgen machen. Reite sie einfach nicht mehr. Du kannst sie aber draußen herumführen, genau wie du es gemacht hast, als dein Handgelenk gebrochen war. Das wird ihr gefallen.«

Er lächelte Georgia aufmunternd an. Sie hatte Lily bisher sowieso nur wenige Male geritten, da ihr Handgelenk drei Wochen lang eingegipst war, und sie hatte warten müssen, bis ihr der Physiotherapeut das Reiten wieder erlaubte. Wenn der Tierarzt nun sagte, dass es

Lily und ihrem Fohlen gutging, dann glaubte sie ihm das auch.

»Lily wird ein Fohlen bekommen!«, wiederholte Georgia und strahlte übers ganze Gesicht. »Wenn ich das Mum erzähle!«

»Ich wüsste zu gern, wer der Vater sein könnte«, sagte Melanie. »Sie war ja eine ganze Weile auf dieser Weide in den Bergen.«

»Tja, hoffen wir mal, dass es ein netter Waliser-Hengst war«, meinte der Tierarzt. »Das Wichtigste ist, dass sie jetzt hier und zusammen mit ihrem Fohlen in erstklassigen Händen ist.«

Kapitel zwei

Später an diesem Tag, als Lily wieder auf der Weide war und Georgia den Hof saubergemacht hatte, rannte sie die halbe Meile hinunter zu Daniel. Er lebte dort mit seinem Vater und seinem Bruder Ben. Sie klopfte an die Tür und trat dabei vor Aufregung von einem Bein aufs andere.

»Hey, Georgia. Komm rein.« Daniel zog endlich die Tür auf und fuhr sich mit einer Hand müde durchs Haar. Er sah blass aus und trug einen alten Pulli und Jeans. »Ich bin gerade vom Melken hereingekommen. Möchtest du etwas trinken? Einen Saft vielleicht?«

»Ich brauche nichts, danke«, sagte Georgia und trat ein.

»Kommst du gerade von der Redgrove Farm?«

»Ja!« Georgia konnte die Neuigkeit nun nicht länger für sich behalten. »Und du wirst es nicht glauben. Ich hatte recht! Lily ist trächtig!«

Langsam breitete sich ein Lächeln auf Daniels Gesicht aus, und er wirkte gleich weniger müde. »Hey

Georgia, das ist ja toll! Lily wird eine super Mutter sein.«

»Stimmt!« Jetzt sprudelte die Begeisterung nur so aus Georgia heraus. »Ich kann es kaum glauben! Ich habe noch nie ein Fohlen aus nächster Nähe gesehen. Vielleicht darf ich ja sogar bei der Geburt dabei sein!«

Daniel lachte. »Tja, ich habe schon jede Menge Kälber auf die Welt kommen sehen, und lass dir von mir sagen, es ist nicht unbedingt ein schöner Anblick. Aber trotzdem ist etwas Besonderes an einem Neugeborenen, und Lily möchte bestimmt, dass du bei ihr bist.«

»Danke, Dan.« Georgia lächelte. »Vielleicht nehme ich jetzt doch einen Saft ...«

Die Schule hatte nur allzu schnell wieder begonnen, nachdem die allerbesten Sommerferien auf der Welt zu Ende gegangen waren. Auch wenn jetzt schon wieder ein paar Wochen Schule um waren, war Georgia montagmorgens immer noch etwas mürrisch. Sie und ihre beste Freundin Emma waren mittlerweile in der neunten Klasse, was noch mehr Unterricht bedeutete. Georgia hasste jede Minute davon, doch sie versuchte aufzupassen. Auf keinen Fall wollte sie noch einmal einen zusätzlichen Kurs absolvieren müssen, selbst wenn der letzte sie nach Wales und zu Lily geführt hatte!

Endlich war die Schulwoche zu Ende, und Georgia

packte ihre Schulsachen weg, bevor sie zum Bus ging. Als sie dann die Einfahrt zur Redgrove Farm hochlief und die Hintertür aufstieß, saß Melanie gerade am Küchentisch und tippte etwas in ihren Laptop.

»Ich schreibe nur eben eine Mail an Sophie«, erklärte sie und blickte hoch. »Sie scheint sich an der Uni ganz gut einzugewöhnen.«

»Das ist toll«, freute sich Georgia und dachte an Melanies Tochter. Die große, schlanke Sophie mit den langen blonden Haaren war eine hervorragende Reiterin. Sie war frisch an der Uni, und Georgia vermisste sie. Kurz vor ihrem Abschied hatten sie sich besonders nahegestanden. Am Abend vor ihrer Abreise hatte sie Georgia unter Tränen gebeten, sich gut um ihr Pony Wilson zu kümmern. Georgia hatte es ihr versprochen und ihr seither jeden Tag geschrieben und oft auch ein lustiges Foto von Wilson geschickt, um sie aufzumuntern. Ein Foto wäre jetzt eigentlich auch eine gute Idee, überlegte Georgia.

»Ist es in Ordnung, wenn ich rausgehe?«, fragte sie.

»Klar«, antwortete Melanie. »Ich komme gleich nach. Lily hätte sicher nichts dagegen, richtig gestriegelt zu werden, bevor wir die anderen zur Abendfütterung hereinholen.«

»In Ordnung«, antwortete Georgia.

Als Georgia aus der Tür trat, sah sie Lily schon am Gatter warten. Das Palomino wieherte leise.

»Lily, mein Engel …« Georgia fuhr mit der Hand über den hübschen kleinen Kopf des Ponys, bevor sie ihr Gesicht an Lilys Hals legte und ihren wunderbaren Geruch einatmete. Die Abendluft war kühl, und es war bewölkt. Sie streifte Lily das Halfter über und führte sie in den Hof, um sie dort zu striegeln.

»Ich werde dich richtig schönmachen«, kündigte sie schmeichelnd an.

Dieser Teil der Pferdepflege machte Georgia immer am meisten Spaß, und heute war keine Ausnahme. Sie striegelte und bürstete, bis Lilys goldenes Fell glänzte.

»Na also«, sagte sie und machte einen Schritt zurück, um ihre Arbeit zu bewundern. »Und jetzt ist es Zeit für dein Abendessen.«

Als Lily ihren Kopf in den Futtereimer senkte, saß Georgia still dabei und sah ihr zu. Georgia konnte immer noch nicht ganz glauben, dass Lily ihr gehörte – sie war zwar von Melanie geliehen, aber im Grunde doch ihr ganz eigenes Pony. Und jeder Augenblick mit dem Palomino war so wunderbar!

Später an diesem Abend, nachdem sie mit ihrer Mutter zu Abend gegessen hatte, kuschelte Georgia sich mit einem Buch über Fohlengeburten ins Bett und las sich einige Kapitel immer wieder durch. Es war so viel, was sie lernen und verstehen wollte. Sie schloss die Augen, drehte sich auf die Seite und drückte das Buch an ihre

Brust. Sehr bald würde Lily ein Baby bekommen! Das machte ihr ein wenig Angst, aber es war auch wahnsinnig aufregend.

Georgia seufzte, und mit den Gedanken an Ponys und Fohlen schlief sie schließlich ein.

Kapitel drei

Als Georgia am nächsten Morgen aufwachte, konnte sie gar nicht schnell genug zur Redgrove Farm kommen. Die Wochenenden waren stets etwas Besonderes, denn da konnte sie den ganzen Tag auf der Farm verbringen. Sie saß in der Küche, trank eine Tasse Tee und putzte mit Melanie das Zaumzeug, als das Telefon klingelte.

»Georgia, es ist Janey«, sagte Melanie und hielt ihr den Hörer hin. »Sie möchte mit dir reden. Es geht um das Round-Barrow-Team.«

Georgia stand verblüfft auf. Janey war Sophies Reitlehrerin und die Leiterin des hiesigen Ponyclub-Teams. Weshalb sollte sie mit ihr sprechen wollen? Georgia wischte sich einen Streifen Sattelseife von der Stirn, ihr goldblondes Haar fiel ihr dabei ins Gesicht, und sie nahm das Telefon.

»Hallo, Janey«, grüßte sie höflich.

»Georgia, wunderbar, ich dachte mir schon, dass ich dich bei Mel erreiche.« Janey sprach schnell und energisch. »Hör mal, ich wollte etwas mit dir besprechen.

Ich brauche noch eine Reiterin für den Herbstwettkampf im Working-Hunter-Team, jetzt, da Tory … ähm, nicht mehr dabei ist.«

Georgia hörte aufmerksam zu. Tory war Sophies ehemalige beste Freundin. Seit sich herausgestellt hatte, dass sie an dem Versuch, Lily zu stehlen, beteiligt gewesen war, waren Tory und Sophie nicht mehr befreundet. Doch daran wollte Georgia jetzt gar nicht denken. Stattdessen konzentrierte sie sich darauf, was Janey mit ihr besprechen wollte.

»Also«, fuhr die Reitlehrerin fort, »habe ich überlegt, ob du vielleicht mal vorreiten möchtest? Melanie hat mir erzählt, dass du große Fortschritte machst.«

»Ich?«, stieß Georgia hervor, kaum in der Lage, ihre Aufregung zu verbergen. Sie – Georgia Black – sollte für das Round-Barrow-Team vorreiten! Sie wollte sich schon selbst in die Wange zwicken, um sich zu überzeugen, dass sie nicht träumte. Janey sprach weiter. »Es gibt natürlich auch noch andere, die vorreiten werden, aber manche Mädchen sind nicht immer einsatzbereit, weil sie zu viele andere Verpflichtungen haben, und wir legen einfach großen Wert auf Zuverlässigkeit. Ich weiß, dass du bei Mel hart arbeitest, und sie erzählt mir immer, dass du eine begabte Reiterin bist.«

Georgia wurde rot. Sie drehte sich um und blickte zu Melanie, die lächelnd Karotten schälte. »Na los!«, flüsterte Melanie ihr zu.

»Also, was meinst du?«, kam die Stimme aus dem Telefon. »Bist du noch dran?«

»Ähm ... ja, ich meine ... ähm ...« Schnell riss Georgia sich zusammen und räusperte sich. »Du meine Güte, wirklich?«, sagte sie und ärgerte sich über sich selbst, weil sie so nervös klang.

»Ja klar«, sagte Janey. »Ich verspreche aber noch gar nichts«, betonte sie dann noch.

»Ja natürlich nicht«, sagte Georgia. »Wann soll ich denn da sein?« Sie lauschte. »Okay, ja, nächsten Samstag, das geht. Um zehn Uhr bei dir. Oh ... aber ...« Plötzlich fiel Georgia etwas ein. Sie konnte gar nicht teilnehmen. Wie denn, wenn Lily trächtig war? Sie hatte kein Pony zum Reiten.

Als hätte Janey ihre Gedanken gelesen, fuhr sie fort. »Mel sagt, du kannst Wilson reiten ... jetzt, wo Sophie fort ist.«

»Wilson!« Georgia sog scharf die Luft ein und drehte sich zu Mel, die lachte.

»Sie kann doch nicht so ein gutes Pferd einfach im Stall stehen lassen, während es im Team springen könnte«, fuhr Janey fort. »Und meinen Glückwunsch zu Lily, mir gefällt diese Stute. War sie schon trächtig, als sie nach Redgrove kam?«

»Ja«, antwortete Georgia aufgeregt, und ihr Gesicht strahlte, wie immer, wenn ihr Lilys Fohlen einfiel. Und ohne weiter nachzudenken, erzählte sie bereits darauflos, wie es Lily ging und welch gute Mutter sie abgäbe. Nach ein paar Minuten unterbrach Janey sie lachend. »Tut mir leid, Georgia, eigentlich würde ich wirklich gern mehr darüber hören, aber ich muss los …«

»Klar …« Als Georgia auflegte, sah sie Mels Gesichtsausdruck. »Du hast es gewusst!«, rief sie.

»Aber natürlich!«, antwortete Mel.

»Und du bist wirklich sicher, dass das in Ordnung geht?«, fragte Georgia. »Dass ich Wilson nehme, meine ich. Sophie wird nichts dagegen haben?«

»Selbstverständlich hat sie nichts dagegen«, bestätigte Mel. »Ich habe sie bereits gefragt, und sie ist begeistert. Sie freut sich, dass jemand Wilson bewegen wird. Außerdem reitest du für das Junior-Team vor, nicht für das Senior-Team, dadurch kommst du Sophie auch nicht in die Quere …« Sie lächelte Georgia an. »Also, was denkst du?«

Georgia musste sich zusammennehmen, um nicht auf und ab zu hüpfen und loszukreischen. »Ich kann dir gar nicht genug danken!«, rief sie aus, und langsam breitete sich die Aufregung in ihrem ganzen Körper aus.

»Also gut«, sagte Melanie. »Dann sollten wir diese Woche ein paar Trainingsstunden einbauen!«

Georgia konnte gar nicht aufhören, von einem Ohr zum anderen zu strahlen, als sie das Zaumzeug wieder aufnahm, das sie gerade geputzt hatte. Sie hatte ja solches Glück, auf Redgrove sein zu dürfen!

Kapitel vier

Ausnahmsweise konnte Georgia es einmal nicht erwarten, am Montag in den Schulbus zu steigen. Sie musste ihrer besten Freundin Emma unbedingt erzählen, dass sie vorreiten durfte. Sie hatte es geschafft, es ihr nicht gleich zu schreiben oder sie anzurufen, denn sie wollte es ihr lieber persönlich erzählen. Doch als sie in den Bus stieg, war der übliche Platz ihrer Freundin leer. Das war komisch. Em gab ihr sonst immer Bescheid, wenn sie krank war oder wenn ihre Mutter sie direkt zur Schule brachte. Aber vielleicht hatte sie es diesmal einfach nur vergessen.

Georgia setzte sich auf ihren Platz, starrte aus dem Fenster und war bald in ihren Tagträumen versunken, in denen sie sich vorstellte, wie sie auf Lily über jede Hecke und jeden Zaun sprang, den sie sah, während die Landschaft an ihr vorbeizog. Erst als einige Haltestellen weiter Daniel zustieg und sich neben sie setzte, blickte sie wieder hoch.

»Hallo!«, begrüßte sie ihn strahlend, bemerkte einen

Strohhalm in seinem Haar und pflückte ihn vorsichtig heraus.

»Auch hallo!« Er stieß sie spielerisch mit dem Arm an. »Wo ist Emma denn?«

»Ich weiß nicht«, antwortete Georgia. »Sie hat gestern nichts davon gesagt, dass sie krank ist oder so.«

»Vielleicht fährt sie mit Lexie?«, meinte Dan.

»Lexie?« Georgia war verblüfft. »Wer ist das denn?«

Daniel lachte leise. »Ehrlich, Georgia. Bekommst du denn gar nichts mit?«

Georgia dachte nach, was sie verpasst haben könnte.

»Du kannst sie eigentlich gar nicht übersehen haben«, meinte Dan. »Ein neues Mädchen, groß und schlank. Sie fällt einem schon auf. Saß gestern hinten in der Klasse – dunkles braunes Haar.«

»Entschuldige, da hast du mich voll erwischt.« Georgia zuckte mit den Schultern. »Aber ich werde sie ja wohl bald kennenlernen.«

»Echt komisch, dass du sie nicht bemerkt hast, wo sie doch auch total auf Pferde steht«, sagte Daniel.

»Pferde?« Georgia horchte auf. »Echt?«

»Ja, echt«, bestätigte er. »Ihr Dad hat gerade erst den riesigen Hof bei Beecher's Wood gekauft – Seven Birches.«

»Den mit der überdachten Reitbahn und so?«, sagte Georgia.

»Genau den«, bestätigte Dan.

»Ich glaube es nicht!«, rief Georgia aus. »Hat der nicht einem deutschen Dressurreiter gehört?«

»Genau«, sagte Dan. »Lexies Stiefvater hat anscheinend ein halbes Vermögen dafür bezahlt.«

Georgia war plötzlich sehr an dem neuen Mädchen interessiert. »Ich muss sie wirklich kennenlernen. Und weißt du auch, wieso Emma sie kennt?«

»Ich glaube von früher, als sie noch klein waren«, sagte Daniel. »Ihre Väter kennen sich. Aber nun komm, wir sind da.«

Der Schulbus hielt abrupt vor dem Gebäude aus rotem Backstein an, und alle stiegen aus. Als sie zum Haupteingang gingen, hielt neben ihnen ein schnittiger silbergrauer Geländewagen.

»Georgia!«, rief eine vertraute Stimme, und ein Mädchen mit langem dunklen Haar sprang aus dem Auto.

»Em!«, rief Georgia. »Warum warst du denn nicht im Bus?«

Ein Mädchen stieg hinter ihr aus. Georgia vermutete, dass dies Lexie war.

»Ich konnte bei Lexie mitfahren«, erklärte Emma und ging neben Georgia her. »Entschuldige, ich hätte dir Bescheid geben sollen. Mein Dad und Lexies Dad hatten heute früh irgendwas Geschäftliches zu tun, also hat Lexies Dad uns zur Schule gebracht. Oh, entschuldige … Georgia, das ist Lexie. Lexie, das ist Georgia.«

Lexie lächelte, und Georgia erwiderte das Lächeln.

Das neue Mädchen war groß, wahrscheinlich sogar größer als Daniel, und ihr glänzendes dunkles Haar war zu einem Bob geschnitten. Die Frisur saß perfekt, selbst als sie ihren Kopf nach hinten warf und ihre Hand ausstreckte. »Hallo«, grüßte sie, und man konnte deutlich einen Yorkshire-Akzent heraushören. »Emma hat mir schon so viel über dich und deine Ponys Lily und Wilson erzählt.«

»Na ja, sie sind nicht direkt *meine* Ponys«, erklärte Georgia. »Lily ist sozusagen geliehen und Wilson ... um den kümmere ich mich, solange seine Besitzerin an der Uni ist.«

»Trotzdem super«, sagte Lexie. »Und Emma hat mir auch erzählt, wie du eines dieser Ponys gerettet hast. Das ist ja so toll!«

»Dankeschön!« Georgia errötete vor Stolz und mochte das Mädchen sofort. Und sie verstand jetzt auch, weshalb Dan gemeint hatte, dass man sie nicht so leicht übersehen konnte. Nicht nur, dass sie total hübsch war, mit ihrem glänzenden Haar und der makellosen, gebräunten Haut, sie war auch noch absolut selbstbewusst, weit mehr als alle anderen ihres Jahrgangs, die sie jetzt anstarrten, als sie an ihnen vorbeigingen.

»Daniel hat erzählt, dein Dad hätte Seven Birches gekauft«, sagte Georgia. »Und dass du auch Ponys magst.« Sie merkte, dass ihre Stimme plötzlich ganz jung klang und irgendwie krächzend.

Lexie nickte. »Ich liebe Ponys, das stimmt … aber wenn du auch was von den Wettkämpfen gehört hast, na ja, das ist eigentlich die Idee von meinem Stiefvater.«

»Oh.« Georgia war überrascht, wie Lexies Stimme sich verändert hatte. Sie hatte irgendwie … na ja, fast stählern geklungen, und das, nachdem sie vorher so freundlich gewesen war. Georgia wollte etwas erwidern, aber Lexie lächelte schon wieder, und ihre Gesichtszüge wurden freundlicher. »Komm doch mal vorbei.«

Georgia erwiderte das Lächeln. »Sehr gern. Dankeschön.«

Später an diesem Tag, als die Glocke das Ende der Schulstunden verkündete, traf Georgia am Gang auf Emma, die gerade aus ihrer Mathestunde kam. Sie hakte sich bei ihrer Freundin unter, und sie gingen ein paar Schritte schweigend.

»Ist alles in Ordnung, Georgia?«, fragte Emma schließlich.

»Klar!«, antwortete Georgia überrascht. »Wieso denn nicht?«

Emma zuckte mit den Schultern. »Du warst einfach nur den ganzen Tag so total in deiner eigenen Welt. Ich habe mir Sorgen gemacht, ob du vielleicht sauer bist, weil ich mit Lexie im Auto zur Schule gekommen bin.«

»Ach Quatsch, Em.« Georgia umarmte ihre Freundin. »Ganz bestimmt nicht! Aber ich muss dir was erzählen.

Ich habe schon den ganzen Tag darauf gewartet – da du heute früh nicht im Bus warst.«

»Oh, was denn?«, fragte Emma.

»Es geht um das Working Hunter Team bei der Herbstmeisterschaft!«, stieß Georgia atemlos hervor. »Janey hat mich dieses Wochenende angerufen, um zu fragen, ob ich vielleicht vorreiten möchte!«

»Aber das ist ja toll, Georgia!«, quietschte Emma und umarmte ihre Freundin. Ein wenig leiser sagte sie dann: »Wer weiß, eines Tages kann ich vielleicht mit dir vorreiten.«

»Ach, Em …«, sagte Georgia und war ein wenig traurig, dass ihre Freundin nicht mitmachen konnte. Aber sie war immer noch eine Anfängerin – sie hatte erst kürzlich auf Redgrove angefangen zu reiten und ein paar Stunden Unterricht auf Wilson gehabt.

»Warte mal, da ist Lexie«, sagte Emma. »Erzählen wir es ihr doch auch!«

»Nein, Em, warte …« Georgias Stimme brach ab.

Aber es war zu spät. Emma war bereits zur anderen Seite des Pausenhofs gelaufen, wo Lexie stand. Georgia seufzte. Sie kam sich albern vor, weil sie ja noch nicht einmal ausgewählt worden war. Besonders, da Lexie so viele eigene Ponys hatte. Georgia war verlegen, als sie die beiden Mädchen einholte.

Emma drehte sich zu ihr. »Stell dir vor!«, rief sie. »Lexie reitet auch vor.«

»Ja, stimmt.« Lexie nickte, doch ihr Gesicht wurde beim Sprechen wieder düster. Georgia sah sie überrascht an, doch genauso schnell wie beim letzten Mal fing Lexie sich wieder. »Bleibt es dabei, dass du heute Abend vorbeikommst, Em?«, fragte sie mit fröhlicher Stimme.

»Aber klar!« Emma lachte und drehte sich dann zu Georgia. »Das ist doch okay für dich, oder?«, fragte sie. »Ich weiß, ich habe gesagt, dass ich vorbeikomme und mir Lily anschaue, aber Lexie hat mich eingeladen, und ihr Dad ... entschuldige Lexie, ihr Stiefvater, hat meinen Dad eingeladen, und deswegen komme ich auch mit ...«

Georgia merkte, wie eine kleine Welle von Eifersucht in ihr aufstieg, aber sie verdrängte sie schnell. Emma war ihre beste Freundin, und nichts würde daran etwas ändern. Natürlich sollte sie die Gelegenheit wahrnehmen, den tollen Pferdehof zu besuchen! Sie lächelte sie an. »Mach dir keine Gedanken, Em«, sagte sie. »Wirklich nicht. Wir sehen uns dann morgen.«

»Genau«, sagte Emma und wirkte erleichtert.

Georgia sah zu, wie genau in diesem Moment Lexies Stiefvater wieder in seinem schicken Auto vorfuhr und die Tür mit Schwung für die Mädchen öffnete. Er machte einen sehr gepflegten und reichen Eindruck. Wenn sie seinen Anzug und seine Schuhe betrachtete, konnte Georgia ihn sich unmöglich beim Ausmisten vorstellen!

Beim Einsteigen in den Schulbus sah Georgia sich nach dem vertrauten Gesicht von Daniel um, doch sie konnte ihn nirgends entdecken. Seufzend stellte sie ihr Handy an, und mit einem Piepsen traf sofort eine Nachricht ein.

Sorry G. mein Dad hat mich abgeholt Notfall auf der Farm, D.

Das war ja eine beunruhigende Nachricht. Georgia wusste, dass Daniel und sein Bruder Ben immer mithelfen mussten, wenn es um die Farm und den Bauernladen ging. Sie hoffte nur, es war nichts wirklich Ernstes. Als der Bus die Straße hinabratterte und die Kurve nach Redgrove nahm, war Georgia völlig in ihren Gedanken versunken. Dann konnte sie zu ihrem Glück endlich die Einfahrt zur Redgrove Farm hochlaufen und über die Weiden blicken.

»Hallo, mein Mädchen«, rief Georgia hinüber zu Lily.

Lily weidete zusammen mit Callie, einem Exmoor-Pony, auf der kleinen vorderen Koppel. Callie war jetzt pensioniert, aber früher hatte Sophie auf ihr viele Wettbewerbe gewonnen. Jetzt graste sie zufrieden Nase an Nase mit Lily, gelegentlich machte sie eine Pause, um mit dem Schweif die Fliegen zu vertreiben. Callie kümmerte sich schon seit der dramatischen Ankunft hingebungsvoll um das Palomino. Und jetzt, da Lily trächtig war – sah sie es als ihre Pflicht an, sie noch stärker als sonst zu bemuttern.

Der Abend war unerwartet warm. Georgia lockte Lily mit einer Handvoll Leckerli und streifte ihr dann das Halfter über. Sobald sie das Pony im Hof festgebunden hatte, machte sie sich daran, es zu striegeln und zu bürsten. Die Schwangerschaft hatte Lilys Fell einen Extraglanz verliehen.

Lily schloss die Augen und ließ genüsslich ihre Unterlippe hängen, während Georgia sie striegelte. Es war für Georgia immer noch erstaunlich, wie vertrauensvoll Lily nun war, wenn man ihre Vergangenheit in Betracht zog. Sie war wirklich ein ganz besonderes Pony!

Kapitel fünf

Am nächsten Tag in der Schule aß Georgia zusammen mit Lexie und Emma zu Mittag. Die beiden kicherten über irgendetwas, doch Georgia achtete gar nicht weiter darauf. Als Daniel sich zu ihnen gesellte, seine verbeulte Schultasche auf den Boden beförderte und etwas zu essen herausholte, lächelte sie ihn an. Er sah müde und ziemlich fertig aus und beteiligte sich gar nicht an der Unterhaltung, sondern starrte vor sich hin, während er an seinem Sandwich kaute.

»Daniel?«, fragte Georgia schließlich. »Alles in Ordnung mit dir?«

Daniel fuhr sich mit einer Hand durchs zerzauste Haar. »Geht schon«, sagte er. »Es ist wegen der Farm, das ist alles.«

Georgia sah ihn fragend an, und er lächelte schwach. »Wir haben im Moment ziemliche Probleme«, erklärte er. »Aber nichts, was wir nicht vorher schon geschafft hätten.«

Georgia verstand nicht viel von den Dingen, die mit

der Farm zusammenhingen, aber sie wusste, dass Daniel, sein Vater und sein Bruder Schafe und Kühe hielten. Ihr Hofladen war besonders beliebt, und die Leute kamen von nah und fern, um alles, von Fleisch und Käse bis zu Milch und Joghurt, zu kaufen.

»Hast du schon für Samstag trainiert, Georgia?«, durchdrang Lexies freundliche Stimme ihre Gedanken, und sie blickte hoch und sah, dass Lexie sie anlächelte.

»Ein wenig«, antwortete Georgia. »Mel gibt mir Reitstunden, wenn sie Zeit hat, aber meistens springe ich einfach über irgendwelche Hindernisse, wenn ich zum Ausreiten draußen bin. Wir haben letzte Woche ein paar coole Strohhindernisse gebaut, stimmt's, Em?«

Emma nickte. »Das hat solchen Spaß gemacht, Lexie. Du musst unbedingt bald mal mitkommen!«

Lexie lachte, doch es klang hohl. »Joe würde mich nie lassen.« Sie biss sich auf die Unterlippe. »Die Ponys sind viel zu wertvoll.«

»Was? Zu wertvoll zum Ausreiten?«, fragte Georgia ungläubig. »Heißt das, sie bleiben sonst immer auf dem Hof? Die ganze Zeit?«

»Genau«, bestätigte Lexie. »Für mich gibt es kein Ausreiten. Und ich muss mich und mein Pferd dieses Jahr unbedingt für den Wettbewerb zum Pferd des Jahres qualifizieren, sonst flippt Joe aus.«

Georgia war völlig verblüfft. Sie hatte von Emma gehört, dass Lexies Stiefvater sehr ehrgeizig war, doch sie konnte sich nicht vorstellen, selbst unter solchem Druck zu stehen. Ihre eigene Mutter war keine Pferdenärrin. Sie konnte einen Hufkratzer nicht von einer Hacke unterscheiden, aber sie war immer interessiert an Georgias Erlebnissen auf der Redgrove Farm. Georgia konnte sich schwer vorstellen, wie es wäre, wenn ihre Eltern sie so sehr unter Druck setzen würden, dass dadurch ihre Liebe zu den Pferden getrübt wäre.

Kapitel sechs

Der Morgen des Vorreitens brach hell und kalt mit einem schwach säuerlichen Geruch in der Luft an. Silbriger Nebel hing über den Feldern, als Georgia mit Wilsons Halfter durch das feuchte Gras lief. Sie blieb stehen, um Lily zu streicheln, die den Kopf an ihrer Steppjacke rieb und dort einen grasigen Fleck hinterließ. Georgia kicherte und wischte ihn ab, bevor sie das Halfter über Wilsons Nase streifte. Er fing gerade an, sein Sommerfell zu verlieren, und seine dunkelbraunen Flanken sahen ganz samtig aus.

»Na komm, Wilson. Wir müssen los …« Georgia fuhr mit der Hand durch seine Mähne und trieb ihn sanft an. Lily trottete neben ihnen, und Georgia streichelte ihren Hals. Ihr wurde ganz warm ums Herz vor Zuneigung zu der niedlichen, goldschimmernden Stute, und wieder stieg Aufregung in ihr auf, wenn sie nur an das Fohlen dachte. Sie konnte es kaum erwarten!

Die Fahrt zu Janey verlief ruhig. Georgia versuchte, ihre Nervosität zu unterdrücken, und grub ihre Fingernägel in ihre Handfläche, als sie versuchte, sich daran zu erinnern, was Mel ihr beigebracht hatte.

»Sitz aufrecht, blick nach vorn und lass Wilson machen«, sagte sie lautlos vor sich her. Sie wusste, dass das tüchtige braune Pony sehr erfahren war und seine Aufgaben beherrschte. Sie hoffte nur, dass sie es nicht verdarb!

Als sie in Janeys makellosen Hof einfuhren, merkte Georgia, wie sie auf einmal richtig nervös wurde. Während sie die Transportertür öffnete, atmete sie in der kühlen Luft noch einmal tief durch und sah sich auf dem Parkplatz um. Da war Lottie, die ihr letztes Jahr im Ponyclub war, bevor sie ihr Studium für Tiermedizin begann, dann ein Mädchen, das Georgia nicht kannte, mit einem munter aussehenden schwarzen Pony, das bei ihrer Ankunft wieherte, und …

O nein. Georgia stöhnte. Da war Harry, der arroganteste Junge im Ponyclub. Wie üblich lachte er laut und lehnte sich großspurig gegen seinen Pferdeanhänger. Währenddessen war seine Mutter, mit Perlen um den Hals, die größer als Murmeln waren, damit beschäftigt, sein Pferd Hector aufzutrensen und zu satteln. Als sie Harry eine Coladose reichte, entdeckte er Georgia und zwinkerte ihr zu. »Blödmann«, murrte sie leise.

Dann sah Georgia den größten Pferdetransporter ankommen, den sie je gesehen hatte. Er war so lang, dass sie kurz dachte, er käme gar nicht um die Ecke und durch das Tor. Aber mit geschicktem Manövrieren schaffte es das große silberschwarze Fahrzeug doch in den Hof. Sobald es stand, öffnete jemand die Beifahrertür: Lexie!

Selbst Harry drehte den Kopf und sah mit offenem Mund, wie Lexie anmutig aus dem Wagen stieg. Sie trug cremefarbene Reithosen und Reitstiefel, die unglaublich weich aussahen.

Harry stieß Georgia mit dem Ellbogen an und deutete auf den Anhänger. »Sponsoren und alles, was dazugehört«, kommentierte er ehrfürchtig. Georgia bemerkte die Initialen DD, die ineinander verwoben und in Silber und Schwarz auf der Seite des Lastwagens zu erkennen waren.

Ein gertenschlanker Mann verließ den Fahrersitz und blickte sich um. *Wer ist das?*, fragte sich Georgia. Es war jedenfalls nicht Lexies Stiefvater. Vielleicht war es einer der Trainer? Sie hatte gehört, wie Emma von den Angestellten auf Seven Birches erzählt hatte.

Georgia winkte Lexie kurz zu, während sie Wilson auslud, und Lexie lächelte halbherzig zurück, bevor sie sich mit ihren Jackenknöpfen beschäftigte. Sie sah blass und nervös aus.

Georgia wurde einfach nicht schlau aus Lexie. Manchmal war sie freundlich und selbstbewusst, und dann wieder, von einem Moment auf den anderen, war sie ein ganz anderer Mensch.

Aber egal. Georgia wandte sich jetzt wieder Wilson zu und löste die Riemen seiner Satteldecke. Gerade bückte sie sich, um seine dunkelgrünen Reisegamaschen abzunehmen, als sie eine vertraute Stimme hörte.

»Georgia!«

Es war Emma! Georgia sprang auf, um ihre Freundin zu begrüßen. Sie hatte keine Ahnung gehabt, dass Emma heute auch kam. »Was machst du denn hier?«, fragte sie. Das hatte überhaupt nicht ablehnend klingen sollen, doch anscheinend tat es das doch irgendwie.

»Entschuldige, Georgia«, entgegnete Emma sofort. »Ich wusste nicht, dass ich dich um Erlaubnis fragen muss.«

Georgia wich einen Schritt zurück und fühlte sich verletzt. »Nein, nein, natürlich nicht«, erwiderte sie. »So habe ich das doch nicht gemeint. Es ist bloß ... na ja, ich dachte einfach nur, du hättest heute keine Zeit, das ist alles.«

Emma musste gemerkt haben, dass sie ein wenig schroff geklungen hatte, denn ihr Ton wurde sofort weicher. »Ich wollte eigentlich auch shoppen gehen«, erklärte sie vorsichtig. »Aber Lexie brauchte etwas Unterstützung, weil ... na ja ... ihr Stiefvater ist heute nicht mit dabei, und ...« Sie lächelte verlegen, schien noch etwas sagen zu wollen und sich dann doch dagegen zu entscheiden. »Jedenfalls meinte Dad, ich sollte mitkommen, um ihr zu helfen.«

»Oh, schön«, antwortete Georgia und versuchte, möglichst normal zu klingen. »Also, wer ist denn dieser Mann bei ihr?«

Emma blickte mit zusammengekniffenen Augen gegen die morgendlichen Sonnenstrahlen. »Da drüben? Ach, das ist Mike. Oder ist es Jason?«, überlegte sie. »Ich weiß nicht, ich verwechsle die Trainer immer. Sie sehen sich alle so ähnlich.«

»Die Trainer?« Georgia traute ihren Ohren kaum. »Du meinst, es gibt *mehr* als einen?«

Emma verdrehte die Augen. »Und dann noch das andere Personal.« Sie zählte an ihren Fingern ab. »Insgesamt sind es zwei Trainer, zwei Pferdepfleger, glaube ich, oh, und Ray, der Hausmeister. Er kümmert sich ums Einzäunen und so weiter. Und dann ist da noch Lisa, sie reitet die Ponys, während Lexie in der Schule ist.«

»Wow!«, sagte Georgia insgeheim beeindruckt. Viel mehr konnte man dazu wohl auch nicht sagen. Sie spürte eine gewisse Neugierde in sich aufsteigen und konnte es kaum erwarten, Seven Birches mal besuchen zu dürfen. Es klang unglaublich! Sie hoffte nur, Lexie würde die Einladung nicht vergessen.

Als hätte Emma ihre Gedanken gelesen, sagte sie: »Lexies Stiefvater ist ziemlich eigen darin, wer zu Besuch kommen darf, weißt du. Ich glaube, er lässt mich nur, weil mein Dad irgendwas mit seinen Geschäften zu tun hat.«

»Schon okay«, sagte Georgia und fühlte sich ein wenig zurückgesetzt, auch wenn sie gar nicht genau wusste, warum.

»Was macht er denn für Lexies Dad?«, fragte sie neugierig.

Emma zuckte mit den Schultern. »Weiß ich auch nicht so genau«, antwortete sie. »Du weißt ja, Dads Fachgebiet ist Immobilienrecht, und Lexies Stiefvater macht irgendwas mit Immobilien, also …«

»Oh, klar.« Georgia nickte, auch wenn sie nicht wirklich klüger geworden war.

»Georgia«, sagte Emma zögernd. »Ich muss noch etwas mit dir besprechen.«

Georgia blickte ihre Freundin fragend an. Es klang ernst.

Emma holte tief Luft. »Lexie hat mir Reitstunden auf Seven Birches angeboten«, gestand sie schließlich.

»Oh«, sagte Georgia.

»Was meinst du?«, fragte Emma.

»Aber du nimmst doch schon bei Mel Stunden. Wie willst du denn beides schaffen?«, fragte Georgia.

»Das ist es ja«, antwortete Emma. »Ich kann nicht beides gleichzeitig. Aber weißt du, ich kann ja nicht wirklich auf Wilson reiten, wenn du die ganze Zeit trainieren musst. Also ist es doch eine gute Idee, wenn ich stattdessen auf Seven Birches reite.«

Georgia wusste nicht, was sie dazu sagen sollte.

Was Emma gerade vorgebracht hatte, traf sicher zu, dennoch stimmte Georgia dieser Gedanke wehmütig. Es hatte Spaß gemacht, mit Emma zusammen auf Redgrove zu reiten, besonders da Sophie im Moment nicht da war. Emma war gerade dabei, das nötige Selbstvertrauen auf dem Pferd aufzubauen, und Georgia würde sie vermissen. Da kam ihr plötzlich eine Idee. »Aber du brauchst ja auch gar nicht Wilson zu reiten. Mel wollte sich sowieso diesen braunen Wallach von der örtlichen Reitschule ausleihen. Der, der bald in Ruhestand gehen soll, weißt du noch?«

»Ja, hm … also, Lexie hat jedenfalls genügend Ponys, auf denen ich reiten kann«, erwiderte Emma lässig.

»Oh, natürlich«, antwortete Georgia überrascht. »Na ja, dann musst du es halt bald Mel sagen.« Sie wollte noch etwas anmerken, aber da hörte sie Lexie auch schon Emmas Namen rufen. Im nächsten Moment kam sie bereits im Schritttempo auf ihrem Pony herübergeritten.

Georgia war von dem Wallach sofort beeindruckt. Er war schneeweiß, bis auf ein paar schwarze Flecken und Streifen im Schweif, die typisch für die Appaloosa-Pferde waren und ihm ein fast außerirdisches Aussehen verliehen. Ein mexikanisches Reithalfter in zartestem Havannabraun unterstrich seine feinen Züge, als er seine kleinen Ohren aufstellte und mit Interesse auf die Hindernisse blickte, die gerade in der Außenarena aufgebaut wurden.

Lexie saß ruhig im Sattel, ihr Kontakt zum Pferd war sanft. »Ich bin so froh, dass du gekommen bist, Em«, sagte sie und ignorierte Georgia. Sie lenkte ihr Pony zur Arena, gefolgt von Emma, die einen schuldbewussten Blick in Georgias Richtung warf.

»Wir sehen uns dann, Georgia«, sagte sie und lachte über eine Bemerkung Lexies, die Georgia nicht mehr hören konnte.

Auf einmal war Georgia niedergeschlagen. Sie wusste, Emma war ein warmherziges Mädchen, das versuchte, anderen das Gefühl zu geben, willkommen zu sein, doch Georgia fühlte sich auf einmal außen vor. Und wie sehr sie sich auch bemühte, sie konnte die kleine Flamme der Eifersucht, die in ihr aufgelodert war, nicht völlig auslöschen.

Kapitel sieben

Jetzt konzentrierte Georgia sich jedoch auf Wilson. Sie tätschelte seinen schlanken braunen Hals, bevor sie ihn mit einem einfachen Trensenzaum aufzäumte und ein dunkelbraunes Schaffell unter den Huntersattel legte. Sie war gerade damit fertig, ihm die vorderen Gamaschen umzulegen, als Melanie zurückkam. Sie hatte sich kurz mit einer anderen Mutter aus dem Ponyclub unterhalten. Melanie half Georgia in den Sattel.

»Ganz ruhig, Wilson«, wisperte Georgia. Auf dem großen Wallach, der sich eher wie ein Pferd als ein Pony ritt, fühlte sie sich immer kleiner als sonst. Sie drängte ihn mit sanftem Schenkeldruck weiter und gesellte sich zum Rest der Reiter, die sich in der Mitte der Arena aufstellten.

Janey kam herein, ihre kurzen grauen Locken wippten, und sie hatte eine Reitgerte in der Hand. »Also, Kinder, hört gut zu«, rief sie mit durchdringender Stimme, und selbst Harry hörte auf, sich mit dem rothaarigen Mädchen neben sich zu unterhalten. »Ich bin heute auf der Suche nach vier geeigneten Reiterinnen oder Reitern«, fuhr sie fort und musterte alle nacheinander. »Ich wünsche euch viel Glück, und lasst uns gleich anfangen!«

Georgia holte tief Luft. Das Vorreiten verlief ziemlich unkompliziert. Nach dem Aufwärmen sollten alle Reiter einen Hindernisparcours absolvieren, einschließlich eines Wassergrabens. Georgia schluckte, als sie sich den Parcours ansah. Die Hindernisse waren etwa drei Fuß hoch, aber relativ massiv. Sie ließ Wilson im Schritt um die Arena gehen und konzentrierte sich darauf, das Tier abwechselnd entspannt und dann wieder mit Betonung auf der Hinterhand gehen zu lassen, wie Melanie es ihr beigebracht hatte.

Harry trottete neben ihr her und versuchte, sich mit ihr zu unterhalten. Georgia wiederum gab sich Mühe, ihn zu ignorieren. Sie war auch viel zu nervös, denn sie sollte als Dritte, nach Harry und Lexie, springen.

Ihre Augen wurden schmal, während sie Lexie beobachtete, wie sie auf ihrem Pony in einem Zwanzigmeterzirkel galoppierte. Man musste ihr zugestehen, dass sie eine phantastische Reiterin war. Sie hielt die Zügel leicht und locker und das Appaloosa-Pony sah entspannt und zufrieden aus. Ihr Sitz war tadellos, und sie bewegte sich keinen Zentimeter, als sie mit ihm aus dem Zirkel heraus mit einer Traversale durch die Bahn wechselte. Der Trainer, der sie begleitet hatte, legte eine niedrige Stange auf und befahl ihr darüberzuspringen.

Lexie wendete gleich neben Georgia. Georgia blickte zu ihr. Lexies Mund war zu einer schmalen Linie zusammengekniffen, und ihre dunklen Augen blitzten in ihrem plötzlich kreidebleichen Gesicht auf. Ihre Haltung war steif und ihre Ellbogen eng an den Körper gedrückt. Wenn Georgia das nicht als abwegig abgetan hätte, hätte sie es für Angst gehalten. Sie verspürte großes Mitgefühl für Lexie, als sie zusah, wie sie das kleine Hindernis nahm. Obwohl ihre Haltung immer noch wie aus dem Lehrbuch war, war all die natürliche Anmut verschwunden, während sie einen großen Bogen machte, um zurück zu dem zweiten Hindernis zu reiten, das ihr Trainer aufgestellt hatte. Wieder nahm ihr Pony es ohne Probleme, doch jetzt war es offensichtlich, dass Lexie Angst hatte. Georgia machte ebenfalls einen Bogen und sprang über das kleine Hindernis neben ihr. Lexie drehte sich zu ihr, ihr Gesicht praktisch noch bleicher als das weiße Fell ihres Ponys, und zischte:

»Halt dein Pony fern! Es erschreckt sonst River.«

Georgia war so verblüfft, dass sie vergaß zu antworten.

Dann war Lexies Trainer auch schon neben ihr, und sie verließen das Warm-up-Gelände, während er in barschem Ton seine Anweisungen gab.

Emma eilte mit der Putztasche hinterher.

Doch jetzt war gar nicht viel die Zeit, um groß nachzudenken. Lexie war die Erste, die in die Arena ritt.

»Und immer gerade bleiben!«, rief Janey zu ihr hinüber.

Eins ... zwei ... drei ... und los. River nahm das erste Hindernis perfekt. Jetzt war sie am Doppel. Eins ... zwei ... und drüber. River nahm sämtliche Hindernisse im Parcours erstklassig. Georgia bewunderte die Art und Weise, wie Lexie die ganze Zeit hindurch sanften Kontakt hielt, River niemals im Mund riss und sich fließend bewegte. Doch als River das letzte Hindernis genommen hatte und Lexie ihn wieder Schritt gehen ließ, bemerkte Georgia verblüfft, dass Tränen in Lexies Augen standen.

Lexies Trainer fasste River am Zaum und führte ihn hinaus, während Lexie stocksteif dasaß.

Georgia blickte zu Emma, die über den Zaun der Arena gebeugt dastand. »Was ist denn mit ihr los?«, fragte sie.

Emma zuckte mit den Schultern. »Lexie hat einfach nur Angst, die Erwartungen ihres Stiefvaters nicht erfüllen zu können, denke ich.«

»Hmmm.« Georgia war da nicht so sicher. Sie war überzeugt, echte Furcht in Lexies Augen gesehen zu haben, und das war für das Probereiten eines Wettkampfteams ganz gewiss nicht ideal.

Kapitel acht

Harry war mit Hector der Nächste im Ring. Der Schecke strahlte eine unerschütterliche Gelassenheit aus, während er erwartungsvoll hin und her tänzelte. Trotz seiner Größe und seiner riesigen Hufe sprang er vorbildlich und fehlerfrei. Harry war ganz gewiss kein Könner als Reiter, aber Hector machte seine Fehler mehr als wett. Selbst als Harry ihn falsch anritt oder ihm nicht genug Raum ließ, schaffte Hector es, diese Fehler auszugleichen. Wieder einmal bewunderte Georgia seine liebenswerte Art. Harry hatte großes Glück, ein so gutmütiges, treues Pferd zu haben. Harry grinste Georgia an, als er die Arena verließ.

»Viel Glück, Kleine«, meinte er augenzwinkernd.

Georgia warf ihm einen strafenden Blick zu. Harry konnte manchmal derart nerven. Daniels abgekämpftes Gesicht stand plötzlich vor ihrem geistigen Auge, und sie wünschte, er wäre an Harrys Stelle hier. Auf jeden Fall nahm sie sich vor, ihn später zu besuchen, um sich zu überzeugen, dass bei ihm alles in Ordnung war.

»Okay, Georgia!« Janeys schrille Stimme durchschnitt ihre Gedanken. »Und los mit dir, wenn du so weit bist. Ich spiele mal wieder die Glocke ... Ding-dong ... und viel Glück!«

Georgia schluckte, setzte sich gerade und trieb Wilson zum Galopp an. Sie umkreiste einmal die Arena, bevor sie sich dem ersten Hindernis, einem Oxer, näherte. Wilson stellte die Ohren auf und flog geradezu darüber, bevor er sofort den Blick auf das nächste Hindernis lenkte. Eines nach dem anderen bewältigte er spielend.

Georgia begann, sich zu entspannen, lachte und genoss die Runde. Das drittletzte Hindernis war der Wassergraben. Den hatte Georgia zu Hause nur ein einziges Mal probiert – über Melanies selbstgebastelten Graben aus schwarzer Zeltplane, die mit dem Wasserschlauch gefüllt wurde. Doch dieser Wassergraben war viel größer und entsetzlich breit.

Wilson spürte ihre Unentschlossenheit und zögerte beim Anreiten, gerade als Georgia ihm einen entschlossenen Druck mit den Fersen gab. Die unterschiedlichen Botschaften brachten ihn durcheinander, er traf nicht den richtigen Absprungpunkt und strauchelte beim Aufkommen.

Georgia hielt sich an seinem Hals fest, doch nicht fest genug, und bevor sie noch wusste, wie ihr geschah, kam auch schon der Boden auf sie zu. Sie landete auf ihrer Schulter und hatte immer noch die Zügel des verdutzten Wilson in den Händen. Sofort sprang sie wieder auf und umarmte das Pony beschämt immer und immer wieder.

Janey war sofort neben ihr. »Beine? Arme?«, fragte sie und überprüfte, dass Georgia sich nichts gebrochen hatte.

Völlig niedergeschlagen schüttelte Georgia den Kopf. Sie hatte sich nicht verletzt, aber sie hatte beim Vorreiten eindeutig versagt.

»Tja, dann wieder in den Sattel!«, kommandierte Janey. »Du willst doch nicht den Mut verlieren!«

Vorsichtig tat Georgia, wie ihr gesagt wurde, stieg wieder auf und wischte sich mit der Rückseite ihrer Hand übers Gesicht. Die anderen Reiter waren durch ihre Tränen nur verschwommen zu erkennen, doch sie meinte, Lexie hätte ihr einen mitfühlenden Blick zugeworfen, bevor ihr Gesicht sich wieder verschloss. Unter Janeys aufmerksamem Blick ritt Georgia in einem großen Bogen zurück vor den Wassergraben. Diesmal übersprang sie ihn perfekt und nahm auch die letzten beiden Hindernisse mit Leichtigkeit.

Während sie im Schritt aus der Arena ritt, versuchte Georgia, nicht zu den anderen Reitern zu blicken. Harry grinste sie an und formte mit dem Mund ein »Autsch«, doch Lexie saß still da und sagte keinen Ton. Zum Glück kam Melanie zu ihr gelaufen, nahm Wilsons Halfter und tätschelte seinen Hals.

»Mel, ich …«, begann Georgia mit zitternder Stimme.

»Mach dir keine Gedanken«, sagte Melanie bestimmt. »Die Hauptsache ist, dass du wieder aufgestiegen bist und den Parcours zu Ende geritten hast. Das hast du gut gemacht.«

Georgia spürte eine Welle der Erleichterung bei Melanies tröstenden Worten. Zusammen zäumten sie Wilson ab, und Georgia gab ihm ein Pfefferminz. Sobald er wieder sicher im Anhänger stand und mit einem Heunetz versorgt war, gingen Georgia und Melanie zurück zur Arena.

Ein zierliches blondes Mädchen beendete gerade ihre Runde auf einem Vollblut-Fuchs und räumte alle Stangen ab. Das Pferd umrundete noch mindestens fünfmal die Arena, bevor die Reiterin in der Lage war, es mit einem verlegenen Lächeln hinauszulenken. *Zumindest war ich nicht die Einzige, die Fehler gemacht hat*, dachte Georgia.

Die nächsten drei Reiter hatten nur ein klein wenig mehr Glück und beendeten ihre Runden mit zwei Verweigerungen und sechs abgeräumten Stangen. Bis jetzt waren lediglich Lexie und Harry fehlerlos gesprungen, aber außer Georgia war niemand gestürzt.

Georgia nahm seitlich in der Arena Platz, um auf Janeys Urteil zu warten. Ihre Schulter schmerzte, und sie merkte, dass sich an ihrer Hüfte wahrscheinlich ein blauer Fleck bildete. Ein Mann beugte sich jetzt über die Absperrung und beobachtete das Vorreiten. Wer war das? Er kam Georgia irgendwie bekannt vor. Und dann fiel ihr ein, wo sie ihn schon einmal gesehen hatte. Es war Lexies Stiefvater.

Als Lexie zu ihm hinüberging, sah sie unglücklich und kläglich drein. Und dabei hatte sie den Parcours perfekt gemeistert.

Die Reiter versammelten sich am Zaun, witzelten und plauderten miteinander. Emma, die Georgia beim Beenden ihrer Runde voller Mitgefühl zugelächelt hatte, stand bei Lexie und wirkte verlegen, während Joe seiner Stieftochter anscheinend einen Vortrag hielt. Wenn Georgia sich nicht täuschte, sah er wütend aus. Sie wünschte dennoch, Emma würde einfach mal zu ihr herüberkommen. Doch anscheinend wollte Emma ihre neue Freundin nicht allein lassen, da sie schon zu ihrer moralischen Unterstützung mitgekommen war.

Janey trat nun an der Seite eines älteren Mannes mit einer Schirmmütze in die Arena. Der Mann sah ganz so aus, als sei er bereits auf einem Pferd geboren. Ein plumper Jack Russel schleppte sich faul neben ihm her.

»Alle mal herhören …«, ertönte Janeys Stimme. »Das hier ist Hugh«, sagte sie. Georgia erkannte in ihm nun auch den berühmten Turnierrichter.

Auf einmal drehten sich alle Mitglieder des Ponyclubs und deren Familien erwartungsvoll zu Janey, während diese die Liste in ihrer Hand studierte.

Melanie tätschelte Georgias Schulter. »Versuch, dir keine Sorgen zu machen, Georgia«, sagte sie.

Janey trat nach vorn und räusperte sich. »Hugh und ich haben uns lange übcr dic Lcistungen der einzelnen Teilnehmer unterhalten«, erklärte sie, eine Hand in die Hüfte gestützt. »Manche von euch haben es sehr gut gemacht, andere … nun ja, sagen wir einfach, da waren wir enttäuscht.«

Georgia lief knallrot an. Sie wusste, dass sie gemeint war. Janey sprach weiter.

»Also, wir haben Folgendes beschlossen: Lexie, du bist auf jeden Fall im Team. Harry, du auch. Ihr habt eine hervorragende Runde geritten.« Janey machte eine Pause. »Wir haben außerdem entschieden, dass Lottie dabei ist.«

Lottie stieß einen kleinen Jubelruf aus. Ihr Pony, Songbird, war auch wirklich ein tolles Pferd. Georgia spürte, wie ihre Hoffnungen schwanden. Dann sah Janey sie direkt an. »Dies war eine schwere Entscheidung«, sagte sie. »Aber wir haben das vierte Teammitglied wegen seines Potentials ausgewählt. Hugh war der Meinung, dass diese Reiterin ziemlichen Mut bewiesen hat.« Janey blickte wieder auf ihre Liste, und die Spannung unter den Reiterinnen stieg ins Unermessliche, bevor sie wieder aufblickte und lächelte. »Georgia Black, du bist unser viertes Mitglied.«

»Ich?« Georgia sah sie verblüfft an. Melanie lächelte.

Sie hatte es tatsächlich ins Team geschafft! Georgia verspürte ein leichtes Schuldgefühl, als sie die Enttäuschung auf den Gesichtern der anderen Reiter bemerkte, aber dann siegte das Glücksgefühl. Sie hatte es ins Team geschafft! Sie konnte es kaum glauben!

Janey kam auf sie zu. »Georgia, auch wenn du am Wassergraben vom Pferd gefallen bist, haben wir dich ausgewählt, weil du Entschlossenheit und Stil gezeigt hast. Wir alle fallen manchmal vom Pferd – es kommt aber darauf an, wie man damit umgeht.«

Georgia konnte den restlichen Tag kaum mehr aufhören zu lächeln. Das Einzige, was ihre Freude trübte, war Emmas Verhalten. Sie hatte Georgia zwar ehrlich gratuliert, als die Namen verlesen worden waren, aber dann war sie zurück zu Lexies Box geeilt und hatte ihr geholfen, River abzusatteln. Georgia hatte versucht, sich nicht zurückgewiesen zu fühlen, als ihre Freundin um Lexie herumschwirrte und ihr Zaumzeug und Satteldecke hinterhertrug.

Lexies Stiefvater trommelte mit den Fingern auf das Steuerrad des riesigen Pferdetransporters. Es war unübersehbar, dass er loswollte. Georgia wusste, dass Emma nett sein wollte und die Einzige war, die Lexie in Redgrove kannte. Aber sie selbst hätte Emma auch gern an ihrer Seite gehabt. Sie konnte sich gar nicht erinnern, wann Emma und sie jemals getrennt gewesen waren. Es war ja nicht so, dass sie Streit hätten, aber Emma wurde ganz offensichtlich von Lexies Welt vereinnahmt – einer Welt, in die Georgia nicht passte. Dennoch – nichts würde ihr die Freude darüber, es ins Team geschafft zu haben, verderben!

Kapitel neun

An diesem Nachmittag hörte Georgia ein vertrautes Wiehern, als sie einen dankbaren Wilson zurück auf die Weide brachte. Es war ein warmer Tag, und Lily machte im Schatten des Walnussbaums ein Nickerchen, hatte ein Bein angezogen und ließ ihre Unterlippe bei geschlossenen Augen hängen. Callie lag neben ihr, die Augen ebenfalls geschlossen. Während Georgia Lilys Hals kraulte, freute sie sich darüber, in welch gutem Gesundheitszustand das Palomino war. Sie war weit entfernt von dem verwahrlosten, verängstigten Pony, das sie einst gewesen war.

Als Georgia zurück zum Hof ging, sah sie Melanie am Tor lehnen, ihre ausgewaschenen Jeans steckten in abgenutzten Lederstiefeln. Sie war dabei, die restlichen Führseile aufzurollen, doch als Georgia sich näherte, blickte sie auf und lächelte. »Ich wollte noch etwas mit dir besprechen«, kündigte sie an.

»Klingt irgendwie ernst«, erwiderte Georgia sofort.

»Nun, auf gewisse Weise ist es das auch«, antwortete

Melanie lächelnd. »Ich habe überlegt … was hältst du von einem kleinen Ausflug?«

»Einem Ausflug?«, Georgia sah sie fragend an.

»Wir müssen nach Wales«, erklärte Melanie.

»Wales!«, wiederholte Georgia atemlos. Von dort kam Lily. »Aber warum?«, fragte sie mit klopfendem Herzen und meinte, die Antwort bereits zu kennen.

»Wir sollten herausfinden, wer der Vater von Lilys Fohlen ist«, erklärte Melanie. »Bestimmt wird Eric uns helfen können.«

Georgia nickte und dachte an den alten Mann, der einst Besitzer des Gestüts war, von dem Lily kam. Sie wusste, dass dieser Besuch sinnvoll war, doch sie hatte Angst, seiner furchtbaren Enkelin Jemma zu begegnen. Jemma war diejenige, die Lily erst so schlecht behandelt hatte und sie dann auch noch hatte stehlen wollen. Sie war der letzte Mensch, den Georgia treffen wollte.

»Fühlst du dich unwohl bei dem Gedanken, Georgia?«, fragte Melanie verständnisvoll. »Denn wenn es so ist, kann ich auch alleine fahren.«

»Nein, nein, ich komme mit«, sagte Georgia.

»Du brauchst dir auch wirklich keine Sorgen zu machen«, versicherte Melanie. »Lily gehört inzwischen ganz offiziell uns. Ich habe sämtliche Papiere. Nach allem, was das letzte Mal mit der Polizei passiert ist, wird Jemma nicht noch einmal irgendetwas versuchen.«

»Ich weiß«, sagte Georgia. Sie malte mit gesenktem

Kopf einen großen Kreis mit ihrer Stiefelspitze in den Boden. »Ich habe nur Angst, dass das mit Lily zu schön ist, um wahr zu sein, und dass sie mir irgendwann doch wieder weggenommen wird.«

»Georgia«, schalt Melanie freundlich. »Das wird nicht passieren. Ich werde es nicht zulassen. Sie ist jetzt dein Pony. Okay?«

Georgia lächelte schwach. »Okay. Dann fahren wir zusammen nach Wales. Aber nur, um Eric zu besuchen!«

Melanie nickte. »Nur Eric, versprochen.«

Auf der Farm der Colemans war es ruhig, als Georgia später am Nachmittag vorbeischaute. Die Kühe waren vor dem abendlichen Melken wieder draußen auf der Weide. Georgia war überrascht, dass auf dem normalerweise recht vollen Parkplatz nur ein einziges Auto stand. Sie lehnte ihr Fahrrad an die Hauswand und klopfte an die Tür. Daniels älterer Bruder Ben öffnete ihr und fuhr sich mit einer Hand durch sein aschblondes Haar, während er barfuß auf dem abgenutzten Steinboden der Veranda stand. Er sah müde aus und lächelte kaum bei Georgias Begrüßung.

»Hey, Georgia«, grüßte er und ließ sie herein. »Daniel ist in der Küche.«

Daniel saß am Tisch und aß gerade einen Toast. Er winkte ihr zu. Die Küche – vor dem Tod der Mutter der Mittelpunkt des Hauses – wirkte im Moment ziemlich chaotisch. Verschwunden waren die glänzenden Arbeitsplatten und die frischen Blumen. Stattdessen türmten sich dort endlose Stöße von Papieren, und halbleere Kaffeebecher standen herum.

Daniel hatte tiefe Ringe um die Augen, und sein Gesicht war blass. Er lächelte schwach, doch Georgia konnte nicht anders, als einen Blick auf die Briefe zu werfen, die sich auf dem Küchentisch stapelten. Sie waren mit grellrotem Aufdruck versehen, zum Beispiel: LETZTE MAHNUNG oder WICHTIGE MITTEILUNG.

Daniel folgte ihrem Blick und schob die Briefe schnell zur Seite.

»Dan, ist alles in Ordnung?«, fragte Georgia zögernd.

»Klar ... na ja, nicht direkt«, antwortete er. »Wir haben Probleme mit dem Laden, das ist alles.«

»Mit dem Laden? Aber warum denn?«, fragte Georgia überrascht.

Der ganze Ort einschließlich der Nachbargemeinden kaufte im Laden der Colemans ein. Georgias Mutter ging regelmäßig dorthin und kaufte dort das meiste ein, was sie benötigten.

»Dan.« Ben warf ihm einen warnenden Blick zu.

»Es ist doch Georgia, Ben«, sagte Daniel und winkte ab. »Ihr können wir alles erzählen.« Er drehte sich zurück zu seiner Freundin, blätterte durch die Briefe auf dem Tisch und zog ein paar davon heraus. »Zurzeit kommen immer weniger Leute zum Einkaufen«, erklärte er. »Dad ist fast verrückt vor Sorge.« Er zeigte Georgia eine Mahnung bezüglich einer unbezahlten Rechnung des Tierarztes. »Wir können die Rechnungen einfach nicht mehr bezahlen, wenn keiner bei uns einkauft.«

»Und wie lange geht das schon so?«, wollte Georgia wissen.

Ben lachte zornig auf. »Seit dieser neue Supermarkt im Ort eröffnet hat.«

»Die sind dort so viel billiger«, erklärte Daniel und verzog das Gesicht. »Genau das passiert ja so ziemlich überall, aber wir dachten immer, hier hätten wir dieses Problem nicht. Dad ist völlig fertig.«

»Wir brauchen vielleicht einfach ein besonderes Marketing«, fuhr Ben fort und sah nachdenklich drein. »Und vor allem keine Rückschläge mehr.«

»Dan, ich fühle mich furchtbar, dass ich das nicht wusste«, sagte Georgia. »Warum hast du denn nichts gesagt?«

Daniel seufzte. »Wir hatten gehofft, es wäre bloß vorübergehend, als der Supermarkt neu eröffnet hat«, sagte er und legte die Briefe wieder auf den Stapel zurück. »Aber hoffen wir einfach, dass es bald wieder besser wird. Noch mehr Pech können wir wirklich nicht gebrauchen!« Er lächelte Georgia nun zum ersten Mal richtig an. »Aber lass uns von etwas anderem reden. Das hier ist zu deprimierend. Erzähl, wie war das Vorreiten? Ich brauche ein paar gute Neuigkeiten. Also: Hast du es ins Team geschafft? Ja oder nein?«

Trotz ihres Mitgefühls für Daniel musste Georgia jetzt grinsen. »Ja«, sagte sie, und die Neuigkeit kam so langsam auch bei ihr richtig an.

Daniel zeigte ihr die nach oben gerichteten Daumen, bevor er ihr mit einem breiten Grinsen einen anerkennenden Klaps auf den Rücken gab.

»Das ist ja echt toll, Georgia!« Er klang ehrlich erfreut, und Georgia ging durch den Kopf, was für ein guter Freund er doch war, egal, was in seinem Leben gerade passierte. »Du bist im Team, und du wirst es schaffen!«

Den restlichen Nachmittag blieb Georgia auf der Farm und half Daniel dabei, die Kisten für den Laden abzuladen und die drei Kälber, die in einem am Hof anschließenden Stall untergebracht waren, mit der Flasche zu füttern. Ihre langen Wimpern und dunklen, neugierigen Augen erinnerten sie an Lily, und zum wohl hundertsten Male fragte sie sich, wie das Fohlen wohl aussehen würde. Sie konnte es kaum erwarten!

Als Georgia zur Redgrove Farm zurückradelte, um Lily für die Nacht in den Stall zu bringen, sah sie zu ihrem Erstaunen Emma dort auf sie warten. Sie ließ die Füße gegen die Mauer baumeln, auf der sie saß. Als Georgia heranfuhr, sprang sie herunter und lief neben ihr her. »Hey«, sagte sie und klang leicht verlegen.

»Hey«, antwortete Georgia. »Was bringt dich denn hierher?«

Sie konnte nicht anders, als Emmas neue Reithose und ihre glänzenden schwarzen Stiefel zu bemerken.

Emma hob ein Führseil auf, drehte es in ihren Händen und wich dem Blick ihrer Freundin aus. »Du bist doch nicht sauer auf mich, oder?«, fragte sie schließlich und blickte immer noch nach unten.

Georgia stieß ihren Fuß in den Boden und antwortete nicht.

»Ich weiß, ich war mit Lexie beim Vorreiten, und ich war in letzter Zeit auch nicht mehr viel hier«, sagte Emma. »Aber das hängt alles damit zusammen, dass Lexie mir diese Reitstunden angeboten hat und Dad sagte, ich sollte ihr Angebot annehmen …« Ihre Stimme brach ab.

»Schon okay, Em«, sagte Georgia mit einem Seufzer. »Pass einfach nur auf dich auf, das ist alles.«

»Wieso soll ich aufpassen?«, fragte Emma. »Was meinst du damit?«

»Ich weiß auch nicht so genau«, Georgia zuckte mit den Schultern. »Ich habe nur irgendwie so ein komisches Gefühl bei Lexie. Irgendwas stimmt da nicht so ganz.«

Emma sah sofort abwehrend drein. »Mit Lexie ist alles total in Ordnung, Georgia«, erwiderte sie kühl. »Ich kenne sie schon seit Jahren. Und sie hat dich schließlich auch zu sich eingeladen, damit du dir die Ponys ansehen kannst, oder nicht?«

»Schon«, Georgia zuckte mit den Schultern, »aber Ernst gemacht hat sie damit auch noch nicht.«

»Das macht sie schon noch«, sagte Emma. »Sie hatte nur einfach viel zu tun.«

Die beiden Mädchen unterhielten sich noch ein paar Minuten, doch das Gespräch verlief stockend, und Emma entschuldigte sich bei der erstbesten Gelegenheit.

Georgia seufzte schwer, nachdem ihre Freundin fort war. Sie holte Lily herein, das goldene Fell der Stute glänzte in den letzten Sonnenstrahlen. Georgia zog eine alte Steppjacke über, die im Sattelraum hing, da es am Abend kühler wurde. Die Luft war erfüllt vom Rauch eines nahen Feuers, als sie Lily in den Stall führte und sie abrieb. Georgia kraulte Lily zwischen den Ohren, und das Pony seufzte zufrieden, senkte den Kopf und schloss die Augen unter der liebevollen Berührung.

»Ach Lily«, sagte Georgia traurig. »Gott sei Dank habe ich dich.« Sie dachte zurück, wie es noch vor ein paar Wochen gewesen war, als Emma aufgeregt verkündet hatte, dass sie anfangen wollte zu reiten und Melanie ihr Unterricht an der Longierleine gegeben hatte. Die beiden Freundinnen hatten Stunden damit verbracht, Anzeigen in Ponyzeitschriften durchzulesen, und lachend davon geträumt, wie Emma ihr eigenes Leihpony bekäme.

So viel dazu, dachte Georgia. Sie fand es total doof, eifersüchtig zu sein, aber sie konnte dieses merkwürdige Gefühl, das immer stärker wurde, nicht abschütteln. Emma und sie hatten sonst stets alles geteilt und hatten sich so nahegestanden. Doch jetzt würde Emma auf Seven Birches reiten und hatte in Lexie eine neue Freundin. Plötzlich war es, als lägen Welten zwischen ihnen.

Kapitel zehn

»Hey, Georgia, hast du vielleicht Lust, am Mittwoch nach der Schule mit auf unseren Hof zu kommen?«

Es war ein paar Tage später in der ersten Pause, und Lexie hatte sich im Pausenhof zu Georgia, Emma und Daniel gestellt. Emma muss etwas zu ihr gesagt haben, dachte Georgia und merkte, wie sie ein warmes Gefühl für ihre Freundin durchströmte, dass sie an sie gedacht hatte.

»Du könntest River mal kennenlernen und dich auf dem Hof umschauen«, fuhr Lexie fort, ohne Georgia direkt in die Augen zu sehen. »Oh, und Dan … du kannst natürlich auch mitkommen, wenn du möchtest«, sagte sie ganz beiläufig, als wäre ihr das gerade erst eingefallen.

»Oh … danke, Lexie«, sagte Georgia und wusste nicht, was sie sonst noch sagen sollte.

»Ja, danke«, kam es auch von Daniel.

Lexie sah verlegen aus, nahm ihre Tasche und eilte zur nächsten Stunde.

Zu Georgias Überraschung blieb Emma noch zurück, statt mit ihrer neuen Freundin loszulaufen. »Du kommst doch, oder? Dir gefällt es bestimmt auf dem Hof. Es ist so cool dort … so etwas hast du noch nie gesehen. Dad ist so begeistert, dass ich dort reiten kann statt auf Redgrove!«

Georgia merkte, wie langsam Wut in ihr aufstieg. »Dann ist dir Redgrove jetzt wohl nicht mehr gut genug?«, stieß sie hervor. »Bisher hatte es dir immer ganz gut gefallen!« Damit drehte sie auf dem Absatz um und marschierte los.

»Georgia!«, rief Emma ihr nach.

Doch Georgia drehte sich nicht um. Emmas Vater war ein Snob. Ein fürchterlicher, blöder Snob. Und jetzt schien es, als würde sich auch Emma in einen Snob verwandeln. Georgia hatte es langsam satt, wie sehr sie ständig von Lexie und ihrem tollen Pferdehof schwärmte …

»Und wie findest du es, Dan?«, wollte Georgia wissen, als sie am Mittwochabend die Klingel betätigt hatten und sich daraufhin die schweren Eisentore von Seven Birches öffneten. Die Tore schwangen auf, und die beiden schoben ihre Fahrräder die Einfahrt entlang.

»Tja, es ist auf jeden Fall beeindruckend.« Daniel stieß einen leisen Pfiff aus, als sie an einer Koppel nach der anderen, mehreren Außengebäuden und dem Reitplatz vorbeikamen.

»Ja, oder?« Georgia sah sich blinzelnd um und bemühte sich, nicht mit offenem Mund alles anzustarren. Entlang der geschwungenen Einfahrt standen symmetrisch geschnittene immergrüne Büsche. Der Eingang zu den Ställen wurde von einem eindrucksvollen Torbogen mit einer Turmuhr umrahmt. Rosen kletterten das Mauerwerk entlang, und in den Steinen, mit denen der Hof gepflastert war, befand sich ein Mosaik von springenden Pferden. Alles war unglaublich gepflegt und ordentlich, nichts lag herum.

Hinter dem Stallkomplex, innerhalb eines gemauerten Gartenteils, befand sich der Reitplatz in Olympiagröße. Blitzblank geputzte Sprunghindernisse standen darin, und weit dahinter konnte Georgia den Anfang eines kleinen Crosscountry-Geländes erkennen, das sich durch den Park wand.

»Wow!«, sagte sie leise.

»Ist schon toll, oder!« Emma stand plötzlich neben Georgia. Sie war in eine brandneue Steppweste gekleidet und hatte ihr Haar zu einem ordentlichen Pferdeschwanz frisiert. Dieser Tage sah sie mehr und mehr wie eine dieser schicken Reiterinnen aus, die Georgia auf ihren seltenen Ausflügen zu großen Wettkampfturnieren wie zum Beispiel in Badminton beneidete.

»Also, das ist Herbie!« Emma ging mit Georgia und Daniel weiter und zeigte ihnen ein wunderschönes graubraunes Connemara-Pony, das seinen Kopf über die Stalltür schob. Herbie beobachtete die Besucher gelassen, bevor er sich wieder seinem Heunetz widmete. Es war leicht zu erkennen, warum Emma so scharf darauf war, hier zu reiten. Gleich das erste Pony, das sie gezeigt bekamen, war das eleganteste Reittier, das Georgia je gesehen hatte – abgesehen von Lily natürlich, dachte sie sofort, ihrer Stute gegenüber für alle Zeiten loyal.

»Lexie hat ihn fünf Jahre nacheinander als *Pferd des Jahres* qualifiziert«, erzählte Emma stolz und streichelte seinen Hals. »Ich reite entweder ihn oder Maggie oder manchmal sogar River.«

»Er ist wunderschön, Emma«, sagte Georgia.

»Und er ist perfekt für Emma«, fügte eine kühle Stimme hinzu.

Georgia drehte sich um und sah Lexie in den Hof kommen. Sie sah so elegant aus wie immer, in einer teuren bunten Reithose, die Georgia aus dem örtlichen Reitsportladen wiedererkannte. Sie hatte sie selbst schon mindestens zehnmal dort anprobiert.

Lexies Stiefvater war auch dabei und nickte ihnen allen kurz zu. Lexie stellte sie Joe – wie sie ihn nannte – vor. Georgia und Daniel schüttelten ihm höflich die Hand.

Joe hielt kurz inne, als er Daniels Hand schüttelte. »Coleman, sagst du?«

»Ja«, antwortete Daniel verblüfft.

»Deinem Vater gehört die Farm ein Stück weiter die Straße hinunter?«, fuhr Joe fort und musterte Dan, der jetzt errötete.

»Ja, das ist unsere Farm«, bestätigte er und blickte zu Georgia, die unmerklich mit den Schultern zuckte.

»Die Straße hinter der Redgrove Farm.« Das sagte Joe beinahe zu sich selbst, bevor er sich auf dem Absatz umdrehte und in die Hände klatschte. »Jason!«, fuhr er den gertenschlanken Mann an, der beim Vorreiten dabei gewesen war und jetzt herübergeeilt kam. »Sorg dafür, dass Lexie heute Abend noch ihre Cavaletti-Arbeit erledigt. Ich möchte, dass River perfekt springt, verstanden?«

Daniel und Georgia blieben noch ein bisschen und sahen zu, wie Emma in der Innenarena auf Herbie ritt. Es war nicht zu übersehen, dass sie nervös war. Jason war schnippisch und schroff in seinem Unterricht, und Emma sah ziemlich verwirrt aus, während sie versuchte, seinen Befehlen zu gehorchen.

Herbie rollte mit den Augen und schlug mit dem Schweif. Er wurde immer ungeduldiger, da er ständig die falschen Hilfen bekam. Georgia war sich fast sicher, dass er ein hochgezüchtetes Dressurpony war, was bedeutete, dass er schon viel Geld in Wettbewerben gewonnen hatte und nicht daran gewöhnt war, einen Neuling als Reiter zu haben. Sie war erstaunt, dass Joe überhaupt zuließ, dass Emma ihn ritt. Wahrscheinlich tat er es, um Emmas Vater seine Dankbarkeit für den juristischen Beistand zu zeigen, den er ihm anscheinend leistete.

Georgia fühlte sich ihrer Freundin gegenüber schrecklich, als wäre sie nicht loyal – aber sie wusste, dass Emma einfach nicht genug Erfahrung hatte, um ein solches Pony zu reiten. Sie konnte kaum zusehen, als das Pony ein paar winzig kleine Sprünge machte, als Emma ihn zu einem langsamen Galopp drängte und dabei unsicher und wackelig im Sattel saß. Irgendwie überstand Emma die restliche Reitstunde, doch ihre Lippen waren blutleer, und sie war deutlich eingeschüchtert – und das war für keinen Reitneuling ein guter Anfang.

Kapitel elf

»Das war schon ziemlich merkwürdig, oder?«, rief Daniel später über seine Schulter, als er und Georgia auf den Fahrrädern in der beginnenden Dunkelheit von Seven Birches nach Hause fuhren. »Dass Lexies Stiefvater wusste, wer ich war, meine ich.«

»Ja, stimmt«, rief Georgia zurück. Um genau zu sein, war die ganze Situation ziemlich merkwürdig gewesen. Sie wusste nicht, was sie davon halten sollte, und machte sich Sorgen um ihre beste Freundin. Georgia hatte immer ihren Instinkten vertraut, und auf Seven Birches ging auf jeden Fall etwas Merkwürdiges vor, das sie aber nicht richtig benennen konnte. Warum war Lexie so daran interessiert, dass Emma eines ihrer besten Ponys ritt, obwohl sie gerade erst reiten lernte? Und warum hatte Joe ein solches Interesse an Daniel gezeigt?

Als sie um die Ecke zur Farm der Colemans kamen, hielt Daniel plötzlich an. Vor dem Bungalow parkte ein glänzend schwarzer Kombi mit getönten Fensterscheiben. Er war viel zu blankgeputzt und schick, als dass er einem von Mr Colemans Freunden gehören konnte. Hattie, der Collie der Farm, saß vor der Tür, jaulte freudig bei Daniels Ankunft und strich ihm gleich um die Beine.

Daniel legte einen Finger auf seine Lippen und winkte Georgia, ihm auf die Veranda zu folgen, wo sie den unterdrückten Klang einer Unterhaltung von drinnen vernehmen konnten. Mr Colemans Stimme war deutlich zu hören, und er klang verärgert. Außer ihm waren noch mindestens zwei andere Männer im Raum.

»Vielleicht schlafen Sie ja einfach noch mal eine Nacht darüber …«

Das war kein Akzent aus der Gegend – vielleicht aus London? Und darauf folgte etwas, was sich nach einer Faust anhörte, mit der auf den Tisch geschlagen wurde.

»Nein!« Die Stimme von Daniels Vater war fest, und er war eindeutig wütend. »Nein, nein, nein! Diese Farm ist seit fünf Generationen in dieser Familie!«

Daniel blickte zu Georgia. In seinem Gesicht standen sowohl Entsetzen als auch Sorge. Er öffnete die Tür zur Küche, worauf die Anwesenden unwillkürlich zusammenzuckten. Daniels Vater saß am Tisch und sah klein und grau aus in seinem alten karierten Hemd. Sonst hatte er immer leicht gerötete Wangen und war fröhlich. Doch jetzt sah er blass und beunruhigt aus, während er sich mit der Hand durch das blonde Haar fuhr.

Die anderen beiden Männer fläzten auf ihren Stühlen, einer schloss eine Aktentasche. Beide hatten gegeltes Haar und glänzende Schuhe. Sie wirkten an dem groben Holztisch völlig fehl am Platz. Beide blickten sie ohne großes Interesse zu Georgia und Daniel.

»Unser Angebot steht«, sagte dann einer von ihnen zu Mr Coleman und gab seinem Kompagnon das Zeichen zum Aufbruch. Er stand auf und streckte Daniels Vater die Hand entgegen. Der ergriff die Hand jedoch nicht. Grinsend fuhr der Mann fort: »Dann finden wir selbst hinaus.«

Und damit waren sie auch schon verschwunden. Lautlos fuhren sie in ihrem schwarzen Auto die Einfahrt hinaus und hätten beinahe einen Hahn überfahren, der ihren Weg kreuzte.

»Was ist denn los, Dad?«, wollte Daniel wissen und setzte sich neben seinen Vater.

Mr Coleman seufzte und ließ die Schultern hängen. »Das waren irgendwelche Makler, Dan. Sie arbeiten anscheinend für eine große Entwicklungsfirma, die unser Land haben will, um darauf zu bauen und es dann mit Gewinn wieder zu verkaufen.« Er schien Georgia gar nicht richtig zu bemerken. Wütend klang er jetzt, und seine Augen blitzten.

»Und was hast du geantwortet?«, fragte Daniel, der kreidebleich geworden war.

»Ich habe gesagt: *Nur über meine Leiche!«*, erwiderte Mr Coleman laut. »Auf keinen Fall werde ich diese Farm aufgeben. Niemals!«

»Tja, dann können sie doch nichts machen, oder?« Daniels Stimme klang besorgt.

Sein Dad seufzte und stützte den Kopf in den Händen ab. »Nein, mein Sohn, eigentlich nicht. Aber irgendwie haben sie Einblick in unsere Konten bekommen und wissen, dass der Laden momentan Verluste macht.« Er blickte auf die Papiere neben sich. »Ich weiß nur nicht, warum wir so viele Kunden verlieren. Das ist vorher nie passiert.« Er sah verwirrt und müde aus.

»Es wird alles auch wieder besser, Dad.« Doch Daniel klang nicht sonderlich überzeugt. »Das ist bestimmt nur vorübergehend … bald nehmen wir wieder mehr ein.«

Sein Vater lächelte ihn müde an und tätschelte seinen Rücken. »Ich hoffe, du hast recht, Dan. Viel mehr Rückschläge können wir uns nicht leisten.«

Kapitel zwölf

Zu Georgias Überraschung lud Emma sie am nächsten Abend noch einmal nach Seven Birches ein, um Lexie beim Reiten zuzusehen. Als Georgia mit dem Fahrrad die Einfahrt hochfuhr und ihr Spaniel Pip neben ihr lief, fühlte sie sich dennoch irgendwie unwohl. Doch zumindest war Joe nirgends zu sehen und auch nicht der einschüchternde Jason – nur Lexie, die River in der befestigten Arena ritt.

Georgia sah interessiert zu. Lexie saß leicht im Sattel und ritt flüssig, ihre Hände waren weich und gefühlvoll. River bewegte sich in völliger Harmonie mit ihr. Sie sah so viel entspannter aus, wenn sie allein war, als wenn ihr Jason barsch Anweisungen erteilte. Auf ihrem Gesicht war ein seltenes Lächeln zu sehen, als sie den Zirkel perfekt ritt. Georgia suchte nach Emma und fand sie im Stall beim Striegeln von Herbie.

»Das war wirklich beeindruckend«, sagte Georgia und lehnte sich über die Tür. »Wie Lexie geritten ist, meine ich. Sie ist eine richtig gute Reiterin, stimmt's?«

»Ja, das ist sie«, bestätigte Emma und fuhr mit dem Kamm durch Herbies schwarze Mähne. »Wenn sie nicht springen muss, ich meine … Jason und Joe, die …«, sie schwieg und beschäftigte sich mit einem nicht vorhandenen Knoten in der Mähne.

»Die was?«, fragte Georgia neugierig nach.

Emma sah nachdenklich drein. »Ich weiß auch nicht, Georgia. Es ist nicht so wie bei Mel, das ist alles. Sie zwingen Lexie zu springen, obwohl sie das gar nicht mag. Aber wahrscheinlich sind sie eben einfach streng.«

Georgia befürchtete, dass das Ganze vielleicht schlechte Auswirkungen auf Emmas Spaß am Reiten hatte. »Aber es macht dich doch nicht nervös, oder?«

»Nein … nein«, antwortete Emma. »Es ist nur, na ja, manchmal mache ich mir Sorgen um Lexie.«

»Hat sie Angst?« Georgia dachte daran, wie sie Lexie unter dem wachsamen Auge ihres Stiefvaters hatte springen sehen. Aber Lexie war eine so begabte Reiterin, wovor sollte sie Angst haben?

»Nicht direkt Angst«, sagte Emma. »Ach, ich weiß auch nicht. Vergiss, dass ich überhaupt etwas gesagt habe. Jedenfalls ist es so, dass sie einfach nicht nein sagen kann, wenn ihr Stiefvater etwas von ihr verlangt.«

»Und was sagt ihre Mutter dazu?«, fragte Georgia.

»Die ist immer in London beim Shoppen«, sagte Emma.

»Oh.« Georgia tat Lexie leid. »Komisch, dass ihr Stiefvater wusste, wer Dan war«, sagte sie dann, als ihr der gestrige Abend wieder einfiel.

»Ich glaube, jeder kennt den Hofladen«, meinte Emma mit einem Schulterzucken.

»Vielleicht«, sagte Georgia, obwohl sie nicht überzeugt war. Sie konnte das eigenartige Gefühl nicht abschütteln, das sie in Bezug auf Lexies Stiefvater hatte.

Als Emma ihre Handschuhe und den Helm holte, kam Lexie zu ihnen. Sie sagte hallo zu Georgia, bevor sie River festband und seine Riemen lockerte.

»Hast du immer noch Lust, heute Abend zu springen, Emma?«

Emma sah Lexie erstaunt an. »Was, ohne Jason?«, fragte sie unsicher.

»Es ist besser, wenn er *nicht* hier ist«, erwiderte Lexie kühl. »Du kannst River reiten.«

»Em...«, begann Georgia und verbiss es sich dann. Sie glaubte, dass ihre Freundin als Neuling noch nicht bereit für River war. Aber dies war Lexies Hof, und Emma ritt jetzt hier. Georgia hatte nicht das Recht, sich einzumischen.

Emma drehte sich zu ihrer Freundin. »Entschuldige, Georgia, aber wäre es okay, wenn du gehst? Es lenkt mich irgendwie ab, wenn zu viele Leute zusehen.«

»Okay«, sagte Georgia langsam und versuchte, sich nicht anmerken zu lassen, dass sie das verletzte. Sie wusste, dass Emma noch nicht zum Springen bereit war und ganz sicher nicht auf einem Pony, das so lebhaft war wie River. Sie hatte auch das Gefühl, dass sie Lexie nur beeindrucken wollte. Am liebsten hätte Georgia sie geschüttelt und gebeten, nach Redgrove zurückzukommen. Dort würde Melanie sie weiter auf dem freundlichen und geduldigen Wilson unterrichten. River war zwar gehorsam, aber auch sehr unruhig.

Niedergeschlagen nahm sie ihr Fahrrad und rief nach Pip, der zwischen den Büschen herumschnüffelte.

»Du weißt, dass Mel dir immer noch Reitstunden geben könnte, wenn du möchtest«, sprudelte es aus Georgia heraus, noch bevor sie sich beherrschen konnte.

Emma sah daraufhin schuldbewusst drein. »Ich weiß, Georgia, aber jetzt reite ich nun mal hier. Redgrove ist okay, aber ich möchte richtig reiten lernen, und das ist meine Chance dafür.« Doch während sie das sagte, sah sie Georgia nicht in die Augen, und es klang wie einstudiert.

»Aber Redgrove ist perfekt!«, entgegnete Georgia, sofort in der Defensive.

»Was Emma meint, ist, dass sie hier auf den besten Ponys reiten und es richtig lernen kann, statt immer nur mit einer Longierstunde auf einem lahmen Gaul abgefertigt zu werden«, warf Lexie ein. Ihre Worte trafen Georgia wie ein Messerstich.

»Aber so war es doch gar nicht, oder, Em?«, fragte Georgia und lief rot an. Sie drehte sich zu ihrer Freundin. »Melanie ist eine gute Lehrerin. Sie hat dich langsam aufgebaut, und Wilson ist kein lahmer Gaul!«

Emma sah verlegen drein. »Ich weiß, Georgia«, sagte sie leise. »Aber ich bin mit dir auf Redgrove immer nur im Kreis getrottet. Hier kann ich richtig reiten und alles.«

»Aber River ist für dich noch zu schwer!«

Sofort bereute Georgia ihre Worte. Emma drehte sich mit funkelnden Augen zu ihr. »Ach, du bist ja immer so viel besser, ja?« sagte sie barsch. »Du bekommst ein Pony für dich allein, du darfst für einen Wettkampf vorreiten, und jetzt meinst du auch noch, du könntest mir sagen, was ich kann oder nicht. Tja, zu deiner Information: Lexie würde mich nicht ihr bestes Pony reiten lassen, wenn sie glauben würde, es sei zu schwer für mich!« Emmas normalerweise blasse Haut war rosa angelaufen.

Georgia fühlte sich, als hätte sie eine Ohrfeige bekommen. Sie sprang auf ihr Fahrrad und fuhr so schnell die Einfahrt hinunter, wie sie nur konnte. Tränen strömten über ihre Wangen. Vielleicht stimmte es, dass sie die meiste Aufmerksamkeit auf Redgrove bekam. Melanie ließ sie im Turnier auf ihrem besten Pony reiten, während sie ihr gleichzeitig auch Lily leihweise überließ. Doch andererseits hatte Emma gerade erst mit dem Reiten angefangen. Georgia wusste, dass es dabei sehr wichtig war, das Selbstbewusstsein erst langsam aufzubauen. Und Melanie hatte auch schon angefangen, ein anderes Pferd für Emma zu organisieren.

Georgia biss frustriert die Zähne zusammen und versuchte, nicht mehr zu weinen. Lexie hatte wirklich Macht über Emma bekommen und schien entschlossen, Georgia und ihre beste Freundin auseinanderzubringen.

Kapitel dreizehn

Georgia trat so kräftig in die Pedale, wie sie nur konnte, und fuhr, so schnell es ging, nach Redgrove, wo sie mit einem besorgten Wiehern von Lily begrüßt wurde. Sie ließ ihr Fahrrad im Hof fallen, rannte über die Koppel und warf ihre Arme um die kleine Palomino-Stute. Schluchzend legte sie den Kopf an ihre Mähne, atmete tief den Pferdegeruch ein und fühlte sich sofort getröstet. Sie beschloss, mit Lily ein Stück zu gehen, um ihren Kopf freizubekommen. Zumindest würde es ihr die Zeit vertreiben, aber sie war sich ziemlich sicher, dass es ihr danach auch besserginge. Nach Hause wollte sie noch nicht – wenn ihre Mutter ihre geröteten Augen und ihr blasses Gesicht bemerkte, würde sie nur Fragen stellen.

Den Arm zum Trost um Lilys Hals gelegt und begleitet von Pip, der vor ihr hersprang, marschierte Georgia den Weg entlang zu der großen Weide unterhalb der Redgrove Farm. Von der Weide aus führte sie ein kurvenreicher Pfad am Wald entlang, der an das Land der Colemans angrenzte.

Georgia war so in ihre Gedanken vertieft, dass sie erschrak, als Lily plötzlich stehen blieb und nervös schnaubte. Pip blieb einige Schritte vor ihr ebenfalls stehen. Mit gesträubtem Nackenhaar ließ der Hund ein leises Knurren hören.

»Komm schon, Lily«, sagte Georgia und sah sich um. »Da ist doch nichts.«

Sie zog leicht an Lilys Führseil und ging weiter über den Hügel. Lily tänzelte von Seite zu Seite, den Blick auf etwas im Tal gerichtet.

Georgia blinzelte in das abnehmende Abendlicht. Sie hatte sich getäuscht – da war doch etwas. Sie konnte sechs oder sieben Männer im Tal sehen, alle in Anzügen und Gummistiefeln, die sicher vorher noch nie auch nur einen Schlammspritzer gesehen hatten.

Georgia verbarg sich, so gut sie konnte, und versuchte zu erkennen, was da vor sich ging. Es sah so aus, als würden die Männer das Feld abmessen, da sie mit einer Art Messband hintereinander herliefen. Einer der Männer hielt ein geschäftsmäßig aussehendes Klemmbrett in der Hand. Aber dies hier war das Land der Colemans, da war sich Georgia sicher. Was taten diese Männer hier? Sie verspürte ein wachsendes Unbehagen, als einer von ihnen in ihre Richtung blickte. Er rief etwas, was Georgia nicht verstehen konnte, dann eilten die Männer zurück zu den parkenden Autos. Georgia war sich sicher, eines davon schon einmal gesehen zu haben. Sie erinnerte sich noch gut an das dunkle Auto, das in der Einfahrt der Colemans gestanden hatte.

In der zunehmenden Dämmerung ging sie eilig zurück zum Hof und schrieb Dan mit zitternden Händen eine SMS, um ihn zu fragen, ob er zu Hause war.

»Nein, niemand hat mir irgendetwas davon gesagt«, schimpfte Mr Coleman wütend. Er saß am Küchentisch. Die Aufregung der letzten Ereignisse war ihm deutlich an seinem Gesicht abzulesen. Dunkle Augenringe zeigten, dass ihn die ganze Sache nachts nicht schlafen ließ.

Daniel stand an dem alten Kohleherd und rührte in Gedanken verloren etwas um, was bereits angebrannt roch. »Das müssen wirklich diese Makler von neulich gewesen sein«, vermutete er. Sein Vater runzelte die Stirn und begann, die Briefstapel auf dem Tisch zu durchsuchen, als fände er dort vielleicht eine Antwort.

Daniel nahm Georgia am Arm und führte sie ins Wohnzimmer. Ihr Collie, der zusammengerollt auf dem Sofa lag, gähnte und blinzelte, während er sich langsam ausstreckte. »Wir haben Probleme, Georgia«, gestand Daniel leise. Er machte eine Pause und streichelte geistesabwesend den Hund. »Es gab eine anonyme Beschwerde – jemand behauptete, Dad kümmere sich nicht richtig um seine Kühe.« Er brachte es kaum über die Lippen.

»Was?!« Georgia war fassungslos. »Aber das ist doch völliger Blödsinn!«

»Natürlich.« Daniel legte einen Finger auf die Lippen und deutete zur Tür. »Aber da läuft gerade eine ziemlich üble Kampagne, und irgendwas bleibt immer hängen. Man hat gedroht, damit zur Zeitung zu gehen. Wir glauben, dass das der Grund dafür ist, dass unsere Kundschaft ausbleibt. Unser guter Ruf ist alles, was wir haben, und die Verkäufe gehen ohnehin schon seit Eröffnung des neuen Supermarkts zurück.«

Georgia lief es eiskalt über den Rücken. Sie konnte es einfach nicht verstehen. Mr Coleman liebte seine goldfarbenen Jersey-Kühe, so wie sie selbst Lily liebte. Es war, als ob jemand absichtlich versuchte, die Colemans zu sabotieren. Sie konnte sich nicht vorstellen, wer oder warum, aber auf jeden Fall war da etwas im Gange. Da war sie sich ganz sicher …

Die Schlagzeile in der örtlichen Zeitung am nächsten Tag bestätigte ihre schlimmsten Befürchtungen.

»Vorwürfe gegen örtlichen Hofladen«, schrie es ihnen in fetten Buchstaben über einem Foto einer verloren aussehenden schwarzweißen Kuh entgegen.

»Dad hat nicht einmal schwarzweiße Kühe«, sagte Daniel wütend und sammelte so viele Zeitungen ein, wie er konnte und knallte sie auf die Theke des örtlichen Zeitungsladens. »Jeder weiß, dass wir Jersey-Kühe haben.«

Mr Spencer, der Eigentümer des Ladens, räusperte sich und sah ihn mitfühlend an. »Ich kann sie leider nicht davon abhalten, die Zeitungen zu verteilen, mein Junge, tut mir leid«, sagte er mit seiner rauen Stimme.

»Schon okay, Mr Spencer.« Daniel legte noch weitere Zeitungen auf den wachsenden Stoß auf der Theke. »Ich kaufe die alle, wenn das in Ordnung ist.«

Mr Spencer begann sie zu zählen. »Verbrenn sie am besten, das würde ich jedenfalls tun«, sagte er energisch. »Du weißt, dass wir alle deinen Dad unterstützen, nicht wahr?«

»Ja«, sagte Dan müde, und seine Schultern sackten nach unten. »Aber erzählen Sie das mal der anderen Kundschaft. Inzwischen kaufen nur noch die Leute aus dem Ort bei uns, aber das reicht nicht!«

Georgia blätterte die Zeitung durch. Da war eine große Anzeige des neuen Supermarkts und eine Art Werbung für eine Entwicklungsgesellschaft, deren Sinn Georgia nicht ganz verstand. Das Foto zeigte einen Mann im Anzug beim Händeschütteln mit dem Supermarktleiter. Das spöttische Lächeln und das nach hinten gegelte Haar des Mannes erkannte sie sofort wieder. Das war einer der Männer, die kürzlich auf der Farm gewesen waren!

Sie zeigte Daniel das Foto, während er in seinen Taschen nach Geld zum Bezahlen der Zeitungen suchte. Er studierte das Foto ebenfalls und verzog das Gesicht, als ihm klarwurde, wer das war. »Delta Developments«, las er mit gerunzelter Stirn die Bildunterschrift. »Tja, die sollen es bloß nicht wagen, noch einmal auf unsere Farm zu kommen!«

Kapitel vierzehn

Regen peitschte gegen den Pferdeanhänger, während Melanie langsam über die schmalen Straßen fuhr. Es war Samstagmorgen, und sie waren auf dem Weg zum Training für die Herbstmeisterschaft. Georgia starrte düster durch die Windschutzscheibe, die Knie zur Brust hochgezogen. Die Scheibenwischer bewegten sich in Höchstgeschwindigkeit und quietschten laut, während sie damit kämpften, der Sintflut standzuhalten. Es war kein guter Tag zum Reiten. Zum Glück hatte Janey eine Innenhalle und Mel warme Ställe. Lily hatte es gemütlich in ihrem Stall. Sie war mit einer brandneuen Wolldecke und einem vollen Heunetz versorgt worden, bevor sie losgefahren waren.

Harrys Pferdeanhänger parkte bereits vor der Reitschule, als sie in Janeys Hof fuhren. Seine Mutter, von Kopf bis Fuß in Ölzeug gekleidet, eilte um den Transporter herum, um Hectors Zaumzeug zu holen. Regen tropfte von ihrem breitkrempigen Hut. Georgia entdeckte Harry im Wagen sitzend. Die Füße auf dem Armaturenbrett und einen Jack-Russell-Welpen neben sich zusammengerollt, spielte er auf seinem Handy.

»Weichei«, sagte Georgia laut, als Harry sie spöttisch angrinste. Er war ja so verwöhnt!

Ein paar Minuten später wärmte Georgia Wilson bereits im Außenbereich auf, ihr langer Regenmantel war schnell durchnässt und schwer. Sie konzentrierte sich so sehr darauf, das Pony gegen den starken Wind zu führen, dass sie die Gestalt, die neben ihr eine fahrige Acht ritt, fast nicht gesehen hätte. Die beiden Pferde wären beim Richtungswechsel beinahe zusammengestoßen. Es war River.

»Pass auf, Lexie!«, rief Georgia.

Wilson blieb abrupt stehen, als das Appaloosa-Pony zur Seite tänzelte. Die Reiterin schob ihre Kapuze zurück. Es war Emma.

»Em!«, rief Georgia aus. »Was tust du denn hier?«

Emma hielt River an. Sie sah trotzig, aber auch ängstlich aus und saß steif im Sattel, hielt die Zügel fest, fast verkrampft in den Händen.

»Emma?«, fragte Georgia nach. »Ist alles in Ordnung? Was ist denn los?«

»Lexie ist krank«, antwortete Emma, ihre Stimme war bei dem Wind und Regen kaum zu vernehmen. »Sie ist im Anhänger und fühlt sich nicht gut. Ich habe angeboten, schon mal das Aufwärmen zu übernehmen.«

Georgia öffnete den Mund und schloss ihn aber sofort wieder. *Misch dich nicht ein,* befahl sie sich entschieden. Es kam ihr doof vor, aber sie wusste inzwischen, dass Emma superempfindlich war, wenn es um ihre neue Freundin ging.

Das Training verlief an diesem Tag gar nicht gut. Georgia konnte sich überhaupt nicht aufs Reiten konzentrieren. Sie machte sich Sorgen wegen Daniels Farm, und Emmas unbeholfener Ritt auf River hatte sie völlig durcheinandergebracht. Wilson war ein so williges Pony, aber selbst er konnte Georgias ungeschickte Fehler nicht ausgleichen. Georgia brachte es nicht über sich, zu Melanie zu blicken, als sie an die Seite ritt.

Sie muss so enttäuscht sein, dachte Georgia. *Sophie würde niemals so reiten. Ich lasse Wilson im Stich.*

Als Georgia ein weiteres Markierungshütchen umstieß, nahm Janey sie zur Seite. »Ich glaube, heute ist nicht dein Tag, Georgia«, sagte sie energisch. »Ich denke, du solltest erst noch mal zu Hause trainieren.«

Georgia blickte zu Melanie, die mit ernstem Gesicht nickte, und hätte am liebsten losgeheult. Noch schlimmer wurde es, als Emma sie nur flüchtig anlächelte, während sie River, zusammen mit Lexie – die schließlich doch noch aufgetaucht war, aber die ganze Zeit kein Wort gesagt hatte –, zurück zum Anhänger brachte.

»Jetzt bist du das einzig Gute in meinem Leben«, sagte Georgia düster, als sie Lily für die Nacht abrieb. Sie hatten gerade einen Spaziergang hinunter zur Weide gemacht, wo Georgia, wie es ihr vorkam, stundenlang auf einem umgestürzten Baumstamm gesessen und dem kleinen Pony ihre Sorgen erzählt hatte.

Dennoch hatte es Georgia gutgetan, sich dort aufzuhalten. Hierher war sie zum ersten Mal mit Lily ausgeritten, noch bevor sie wusste, dass die Stute trächtig war. Georgia konnte sich gar nicht entscheiden, worauf sie sich mehr freute – darauf, wieder auf Lily reiten zu können, oder auf Lilys Fohlen. Hoffentlich wurde das Fohlen ein Palomino, genau wie seine Mutter.

Georgia legte ihre Wange jetzt an Lilys Hals und atmete tief ihren Geruch ein. Unwillkürlich stiegen ihr doch wieder Tränen in die Augen. Nicht nur, dass sie Emmas Freundschaft verlor – oder zumindest fühlte es sich momentan danach an –, sie musste auch noch mit ansehen, wie Daniel sich mehr und mehr zurückzog, seit diese blöden Gerüchte über die Farm die Runde machten. Und um dem Ganzen noch die Krone aufzusetzen, schaffte sie selbst es nicht einmal mehr, ordentlich zu reiten, und ließ damit Sophie und Wilson im Stich. Es war wahrscheinlich nur noch eine Frage der Zeit, bevor Janey sie ersetzte. Georgia seufzte.

»Ach Lily«, sagte sie. »Was soll ich denn nur tun?«

Doch Lily hatte keine Antwort für sie. Alles, was sie

von ihr bekommen konnte, war ein sanfter Stupser, als Georgia ihr gute Nacht sagte und sie noch einmal umarmte, um dann widerstrebend den Stall zu verlassen.

Die Collie-Hündin der Colemans winselte immer noch jämmerlich, als Georgia am folgenden Morgen in aller Frühe die Farm erreichte, nachdem sie einen panischen Anruf von Dan bekommen hatte. Vor Schreck über die Verzweiflung und das Entsetzen in seiner Stimme hatte Georgia ihre Mutter gebeten, sie zur Farm zu fahren, um schneller dort zu sein. Georgias Mutter hatte einen Blick auf das ungewöhnlich blasse Gesicht ihrer Tochter geworfen und keinen Moment gezögert.

»Was ist denn passiert?«, rief Georgia sofort, nachdem sie aus dem Auto gestiegen war.

»Zuerst hat die arme Hattie sich heute Morgen an einem Stacheldrahtzaun aufgeschnitten«, berichtete Daniel und zeigte ihr den Verband an der rechten Vorderpfote der Collie-Hündin. Über seinen Hund gebeugt, kauerte Daniel vor der Eingangstür des Hofladens. »Aber das ist noch längst nicht alles.« Seine Augen waren glasig vor Tränen, und er streichelte die zitternde Hattie mit roboterhaften Bewegungen.

»Was ist denn noch passiert?«, fragte Georgia entsetzt, während sie durch die Türöffnung in den Laden blickte. Überall herrschte Chaos, Regale waren umgestürzt, Vorräte lagen herum. Milch war auf dem Boden vergossen. Mr Coleman bahnte sich seinen Weg durch das Chaos, begleitet von Ben, der ungläubig den Kopf schüttelte.

»Wir haben heute früh alles so vorgefunden«, sagte Daniel. »Es muss jemand eingebrochen sein.« Er stand auf und legte tröstend eine Hand auf die Schulter seines Vaters. »Es ist furchtbar, Dad, aber es wird schon wieder. Dafür haben wir ja die Versicherung.«

Mr Coleman blickte auf, während er versuchte, die Ladenkasse aufzustellen, die auf den Boden geworfen worden war. Die Sorge auf seinem Gesicht war unübersehbar. Er fuhr sich mit der Hand durchs Haar. »Das wird leider nicht so einfach wieder, Dan.« Seine Stimme brach.

Daniel horchte bei dem verzweifelten Ton in der Stimme seines Vaters auf. Mr Coleman setzte sich auf eine der umgeworfenen Milchkannen, die den Laden bisher immer so fröhlich geschmückt hatten. »Als die Kundschaft wegblieb, die Verkäufe sanken und das Geld weniger wurde, mussten wir trotzdem alle möglichen wichtigen Rechnungen bezahlen …« Seine Stimme brach ab. »Ich musste irgendwo Geld einsparen.«

Daniel sah aus, als wäre ihm schlecht. »Du hast die Versicherung nicht mehr bezahlt?«

»Genau«, sagte Mr Coleman und stützte den Kopf in den Händen ab. »Verstehst du?«, sagte er mit brechender Stimme. »Wir sind erledigt.«

»Aber was wird denn nun passieren, Mum?« Georgia hatte die meiste Zeit der Heimfahrt geschwiegen, bis sie in ihre Einfahrt eingebogen waren. Sie hatten den Colemans noch geholfen, so gut sie konnten. Nachdem jeder mit einem Becher Tee versorgt war und sie so viel wie möglich von den Vorräten aus dem Laden gerettet hatten, waren sie schließlich wieder gefahren.

Ben hatte am Telefon die Versicherungsgesellschaft gebeten, ihnen in Anbetracht ihrer langjährigen Zusammenarbeit zu helfen, aber da war nichts zu machen.

Georgia hatte Daniel noch einmal fest umarmt, bevor sie gefahren waren.

»Ich komme bald und schaue mir Lily an«, hatte er gesagt, seine Stimme war leise und traurig gewesen. »Ich brauche zwischendurch mal eine Pause von all dem.«

Georgias Mutter stellte jetzt den Motor ab und drehte sich zu ihrer Tochter. »Ich weiß es auch nicht, Liebes«, antwortete sie traurig. »Wenn guten Menschen schlimme Dinge passieren, ist das einfach nicht in Ordnung.« Sie beugte sich zu Georgia und umarmte sie und hielt sie einen Moment lang ganz fest. »Bitte komm mit mir nach Redgrove, Mum«, sagte sie mit gedämpfter Stimme.

»Natürlich.« Mrs Black lächelte. »Ein Besuch bei der werdenden Mutter ist schon lange überfällig.«

Kapitel fünfzehn

»Jetzt haben sie ein Angebot abgegeben.« Daniel flocht Lilys Mähne. Es war an einem Abend ein paar Tage später. Er hatte den ganzen Tag kaum etwas gesagt, was seine Worte nun noch wichtiger machte.

Georgia, die gerade Lilys Schweif bürstete, blickte auf. »Wer?«, fragte sie, obwohl sie zu ihrem Entsetzen die Antwort bereits zu kennen meinte. »Wer hat ein Angebot abgegeben?«

»Diese Typen von der Projektentwicklungsgesellschaft, Delta Developments«, sagte Daniel bitter. »Die sind wie Geier, warten nur darauf, uns den Todesstoß zu geben.« Er tätschelte Lilys Hals. »Es gibt praktisch keine Möglichkeit mehr für Dad, das Angebot jetzt noch abzulehnen. Unsere Schulden sind zu hoch, und die Bank drängt ihn, das Angebot anzunehmen.« Er wischte sich eine Träne aus dem Augenwinkel.

»Aber es muss doch irgendetwas geben, das wir tun können«, sagte Georgia, doch sie wusste, das war leichter gesagt als getan.

Daniel schüttelte den Kopf. »Ich liebe diese Farm, Georgia. Mum hat sie geliebt und auch unser Großvater. Dad liebt sie. Ben wollte die Farm übernehmen, und ich hätte ihm geholfen.«

»Ach Dan.« Georgia brach es fast das Herz. Aber was genau konnte sie schon tun oder sagen, damit es ihm besserging?

»Emma?« Georgia hatte nun schon seit Tagen nicht mehr richtig mit ihrer besten Freundin sprechen können – sie hatten lediglich ein paar nichtssagende Sätze in der Schule ausgetauscht. Sie hatten beide so getan, als wäre nichts, aber die Atmosphäre zwischen ihnen war sehr angespannt. Es war die längste Zeit, die sie jemals ohne einander verbracht hatten. Georgia war nervös, als sie in die gepflegte Sackgasse am schicken Ende des Ortes fuhr, wo zwei glänzende Sportwagen in der Einfahrt standen.

»Hey, Georgia.« Emma trug Reitkleidung. »Dad will mich gerade bei Lexie absetzen.« Sie zögerte und fügte dann hinzu: »Das mit Dan tut mir leid. Ich habe gehört, was passiert ist.«

Georgia drehte ihren Schal in den Fingern. »Ja, es ist ziemlich schlimm«, sagte sie. Dann versuchte sie, etwas fröhlicher zu klingen, und fragte: »Gefällt dir das Reiten auf Seven Birches immer noch?«

Emma blickte auf und schien über die Frage etwas

überrascht. »Ja, ja, ich denke schon«, sagte sie. Ihre Stimme schwankte nur leicht, aber Georgia griff es sofort auf.

»Emma?«

»Lass das«, entgegnete Emma ärgerlich. »Ich weiß, du willst, dass ich nach Redgrove zurückkomme, aber ich hätte dort kein Pony wie Herbie oder River. Vielleicht ist es manchmal schwierig, aber …« Sie blickte sich um. »Außerdem sagt mein Dad, ich soll dort bleiben.«

»Dein Dad?«, sagte Georgia. »Aber warum denn?«

Doch Emma hatte keine Gelegenheit, darauf zu antworten, denn in diesem Moment tauchte ihr Vater auf, der wie immer in einen grauen Nadelstreifenanzug gekleidet war. Er sprach mit leiser, gedämpfter Stimme in sein Handy. »Hören Sie«, sagte er, seine Stimme war zwar ruhig, klang aber verärgert. »Das war nicht das, wozu ich geraten …« Als er die Gesichter der Mädchen sah, beendete er das Gespräch abrupt und lächelte freundlich.

»Hallo, Georgia«, sagte er, bevor er sich zu seiner Tochter drehte. »Bereit zum Reiten, Emma?«, fragte er und klang aufgesetzt fröhlich.

»Klar, Dad«, sagte Emma. »Bleibst du noch, um Joe zu sehen, nachdem du mich abgesetzt hast?«

Das Gesicht ihres Vaters verdunkelte sich. »Nein«, sagte er. »Diesmal nicht. Es gibt andere Dinge, um die ich mich kümmern muss.«

Emma warf Georgia einen entschuldigenden Blick zu und stieg ins Auto. »Wir sehen uns«, sagte sie.

»Aber ich ...«, Georgia öffnete den Mund, um noch etwas zu sagen, doch Emma hatte bereits die Beifahrertür geschlossen. Georgia sah dem Auto nach, als es davonfuhr. Sie hatte überhaupt keine Gelegenheit gehabt, mit ihrer Freundin über das, was gerade passierte, zu reden. Jedes Mal, wenn sie es versuchte, kam irgendetwas dazwischen. Georgia stieß einen tiefen Seufzer aus und machte sich auf den Rückweg.

»Na, wie wäre es denn nun mit dem Ausflug nach Wales?«, fragte Melanie.

Die Stimmung auf der Redgrove Farm war etwas gedämpft, als Georgia sich an diesem Abend am Küchentisch zu den anderen setzte. Sophie war übers Wochenende da und saß am Holztisch, blaue und pinkfarbene Strähnen im Haar. Ihre Füße steckten in modernen Schaffellstiefeln, und sie hörte sich interessiert die neuesten Berichte über die erschreckenden Ereignisse aus dem Ort an.

»Komm, Georgia. Sehen wir nach Wilson, bevor es dunkel wird«, schlug sie dann vor.

»Gern.« Georgia war Sophie gegenüber anfänglich ein wenig zurückhaltend und schüchtern gewesen, doch ihre Freundin fasste jetzt ihre Hand, und sie rannten hinaus zu den Ställen.

»Wilson! Wilson!«, rief Sophie, warf die Arme um ihr Pferd und vergrub ihre Nase in seiner Mähne. Das braune Pony wieherte vor Freude, als es seine Herrin sah. »Er sieht wirklich gut aus, Georgia.« Sie lächelte. »Und wie läuft das Training für die Herbstmeisterschaft?«

Georgia verzog das Gesicht. »Nicht so besonders«, gestand sie wahrheitsgemäß. »So wie ich zur Zeit reite, lasse ich Wilson, glaube ich, im Stich.«

»Was erzählst du denn da?«, sagte Sophie und stupste Georgia an der Schulter an. »Du bist die beste Reiterin, die ich kenne!«

»Ist ja nicht wahr«, wehrte Georgia ab, doch sie errötete vor Freude über das Kompliment. Sophie hakte sich bei ihr unter, während Georgia ihr vom letzten Training im Team erzählte. Sie gingen weiter, um Lily zu begrüßen, die mit Callie an ihrer Seite zu ihnen trottete.

Sophie hörte weiter zu, während sie Lilys goldfarbenen Hals streichelte. »Hör mal«, sagte sie, sobald Georgia zu Ende erzählt hatte. »Wir alle machen diese Phasen durch. Ich glaube an dich und Mum auch, sonst hätte sie dich Wilson niemals reiten lassen. Und denk doch nur an die Zukunft, die du mit Lily haben wirst.« Sie lächelte herzlich. »Das nächste Mal, wenn ich für ein paar Tage zu Hause bin, könnte ich ja mit dir trainieren, was meinst du? Nur du und ich?« Sie schob noch einen Ratschlag nach. »Weißt du, Georgia, manchmal musst du einfach alle Sorgen vergessen und nur reiten. Bestimmt ist das Problem, dass dir gerade viel zu viel im Kopf herumspukt.«

Georgia lächelte ihre Freundin dankbar an. »Da könntest du recht haben. Ach, vielen Dank, Sophie, es wäre toll, wenn du mir helfen könntest!«

»Und im Augenblick, denke ich, ist es mal Zeit für einen Ortswechsel, meinst du nicht auch?«, sagte Sophie. »Komm schon. Lass uns losgehen und Mum sagen, sie soll euren Ausflug nach Wales planen.«

Melanie tat so, als müsse sie sich die Ohren zuhalten, als die beiden Mädchen lautstark plaudernd zurück in die Küche kamen, doch sie lächelte dabei.

»Wann willst du denn nun mit Georgia nach Wales fahren, Mum?«, fragte Sophie auch gleich.

Ihre Mutter wiegte den Kopf. »Wie wäre es nächstes Wochenende? Georgia … was sagst du?«

Georgia nickte dankbar. Sophie hatte recht. Ein Ortswechsel war genau das, was sie brauchte.

Kapitel sechzehn

Wie verabredet, fuhr Melanie am nächsten Sonntag mit Georgia auf dem Beifahrersitz des Geländewagens über die Autobahn Richtung Severn Bridge. Georgia erinnerte sich an ihre letzte Fahrt nach Wales im Schulbus. Das war, bevor sie in den Bergen die schicksalhafte Begegnung mit Lily gehabt hatte.

»Was hast du denn da?«, fragte Melanie mit einem Blick auf Georgias Hand.

»Fotos«, erklärte Georgia und hielt die Aufnahmen hoch, die sie Eric Williams, Lilys Züchter, zeigen wollte.

Melanie lächelte. »Was für eine nette Idee.«

Lily war Erics bestes Pony gewesen, bevor er sich aus Krankheitsgründen hatte zurückziehen müssen. Er hatte große Hoffnungen in das Pony gesetzt. Doch dann hatte seine Enkelin Jemma, als nächste Besitzerin des Ponys, es sehr schlecht und geradezu grausam behandelt, so dass Lily völlig verstört nach Redgrove Farm gekommen war. Es wäre schön, ihm zeigen zu können, welche Fortschritte Lily gemacht hatte – und ihr wunderschönes Geheimnis mit ihm zu teilen. Lily hatte immer noch einen besonderen Platz in Erics Herzen.

Schließlich, nachdem sie meilenlang über die kurvigen Bergstraßen gefahren waren, erreichten sie Erics kleines Häuschen auf einer Anhöhe außerhalb eines kleinen Bergarbeiterdorfes. Georgia war froh, endlich mal aus Redgrove wegzukommen, doch sie hatte sich davor gescheut, Daniel allein zu lassen. Jetzt, da die Projektentwickler seinem Vater ein offizielles Angebot unterbreitet hatten, sah es immer mehr danach aus, als müsse er die Farm verkaufen.

Eric stand an der Tür, auf seinen Stock gelehnt und einen gelben Labrador zu seinen Füßen, als sie vor seinem Haus vorfuhren. Alle Bedenken Georgias, nach Wales zu kommen, verschwanden, als er ihr das breiteste Lächeln schenkte, das sie je gesehen hatte. Georgia rief sich wieder in Erinnerung, wie sehr Lily ihren früheren Besitzer geliebt hatte.

»Kommt herein, kommt herein.« Eric bat sie ins Haus, dessen behagliche Wärme dem kalten Oktoberwind vorzuziehen war. Die kleine, gemütliche Küche war mit alten Fotos von Ponys bei Wettkämpfen nur so übersät. Dazu gab es zahllose Rosetten und Schleifen, die meisten trugen die Aufschrift »1. Platz«. Georgia wurde sofort von einem Foto angezogen, das am prominentesten Platz auf dem Sideboard stand und eine wunderschöne Palomino-Stute und ein winziges champagnerfarbenes

Fohlen zeigte. Georgia wusste sofort, dass Lily das Fohlen war, auch wenn ihr Fell mit zunehmendem Alter etwas dunkler geworden war. Die riesigen Augen und der kleine Kopf verrieten sie schon zu so jungen Jahren. »Wunderschön«, stieß Georgia atemlos hervor.

Nach zwei Tassen Tee und vielen Erzählungen zeigte Georgia ihre eigenen Fotos von Lily. Eines stammte aus der Zeit, bevor sie von dem Fohlen wussten, und zeigte Georgia, wie sie Lily auf der großen Koppel ritt, ein anderes zeigte die Stute im Stall zusammen mit Callie.

»Also ihr sagt, sie ist trächtig?« Eric betrachtete die Fotos sehr lange schweigend, bevor er sich mit den Daumen über die Augen fuhr. Als er wieder sprechen konnte, hörte man an seiner Stimme, wie sehr ihn das bewegte. »Sie war mein Liebling«, flüsterte er. »Ich bin wirklich froh, dass sie bei euch ist.«

»Wir lieben sie«, antwortete Georgia schlicht und einfach.

Sie lächelten einander an – Jung und Alt verstanden sich ohne große Worte.

Melanie räusperte sich. »Ist denn hier alles in Ordnung, Mr Williams? Ich meine, mit Ihrer Familie.«

Eric lächelte sie wehmütig an. »Nun, nach all den unschönen Vorfällen in Bezug auf Lily hat Jemma einen Monat in einer Institution für straffällig gewordene Jugendliche abgeleistet«, sagte er traurig. »Ihre Mutter führt immer noch das Gestüt, aber sobald sich die Sache herumgesprochen hatte, wissen Sie …« Seine Stimme brach ab, und er blickte wieder auf die Fotos von Lily, zweifellos dachte er zurück an die schönen Tage auf Carlamu, als er selbst noch jung und voller Energie gewesen war.

Plötzlich, mit einer Geschwindigkeit, die sein Alter Lügen strafte, stand er auf. Sein Hund bellte aufgeregt. »Wie auch immer«, rief er aus und klatschte in die Hände. »Meine Lily ist trächtig! Es gibt derzeit nur einen Hengst hier, und er ist ein richtiger Champion. Ich denke, ihr werdet begeistert sein. Habt ihr Stiefel an?«

Melanie und Georgia folgten Eric, der mit seinem Hund und auf den Stock gestützt durch das hohe Gras voranging. Schließlich erreichten sie die weiter oben liegenden Weiden um Carlamu. Das herrliche Gestüt mit dem schönen gepflasterten Hof lag unter ihnen im Tal. Eric stützte sich auf seinen Stock und stieß einen langen Pfiff aus.

Georgia hielt den Atem an, als daraufhin alle Ponys gleichzeitig die Köpfe hoben und die Ohren aufstellten. Dann wieherte ein muskulöser rötlich grauer Hengst und scharrte mit den Hufen auf dem Boden, bevor er auf sie zudonnerte. Georgia wusste sofort, dass er es sein musste.

»Ruhig, mein Junge, ganz ruhig«, besänftigte Eric ihn,

als der Rote abrupt bei ihm anhielt, leise wieherte und an seinen Händen schnüffelte.

»Carlamu Rowan«, sagte Eric stolz und streichelte das Gesicht des Ponys.

»Wow …«, riefen Melanie und Georgia wie aus einem Munde.

Rowan war perfekt, gutaussehend und stark, hatte aber unglaublich sanfte Augen. »Das ist euer Deckhengst«, fuhr Eric fort, als Rowan ruhig neben ihm stand. »Ich habe Rowan vor acht Jahren selbst gezüchtet, von einer anderen Linie, von der auch Lily abstammt«, erklärte er. »Mit Lilys Erbe und Rowan als Deckhengst kann euer Fohlen nur ein Champion werden!«

Als Melanie und Georgia in den Geländewagen stiegen, um nach Hause zu fahren, drehte Georgia sich noch einmal zu Eric. »Vielen Dank!«, flüsterte sie. »Danke, dass wir kommen durften, aber noch wichtiger: Danke, dass wir sie behalten dürfen.«

Eric lächelte. »Sie ist etwas Besonderes, diese Stute.« Er stützte sich auf seinen Stock. »Ich hätte es nicht anders haben wollen. Dennoch spüre ich, dass die Dinge im Moment für dich nicht so gut gehen. Hast du Schwierigkeiten zu Hause?«

Georgia nickte zögernd, völlig verblüfft, dass er das bemerkt hatte. Sie hatte nichts von Daniel oder ihrem Streit mit Emma erwähnt.

»Tja, denk an meine Worte«, fuhr Eric fort. »Alles wird gut werden. Lily ist aus einem bestimmten Grund in dein Leben getreten. Sie wird dir die Antworten bringen, du wirst schon sehen.«

»Glauben Sie wirklich?«, fragte Georgia.

»Ob ich es glaube?«, fragte Eric. »Ich weiß es! Auf Wiedersehen, Georgia. Melanie.« Er lächelte, schloss die Autotür und klopfte noch einmal auf das Wagendach, als sie losfuhren. Georgia war völlig sprachlos.

Kapitel siebzehn

Die nächsten Wochen vergingen wie im Flug. Sophie hatte ihr Versprechen gehalten und sich bei ihrem nächsten Besuch zu Hause die Zeit genommen, Georgia geduldig zu unterrichten.

»Du schaffst das, Georgia«, sagte sie aufmunternd, als diese gerade eine perfekte Runde auf Wilson geritten hatte. »Du musst nur alles andere vergessen, wenn du reitest.«

Georgia wusste, dass sie recht hatte. Als sie auf Wilson den Parcours abritt, fühlte sich das Reiten besser an als seit langem.

Sie war in der Lage gewesen, dieses Selbstvertrauen zum Teamtraining mitzunehmen, und jetzt war der Morgen der Herbstmeisterschaften gekommen. Vor ihr lag die Team Challenge.

Georgia stöhnte, als sie sich umdrehte und ihren Wecker abstellte. Müde öffnete sie ein Auge. Vier Uhr dreißig am Morgen. Es war schrecklich früh! Aber sie musste aufstehen, um alles vorzubereiten.

Georgia zog sich die Daunendecke nochmals für einen kleinen Moment über den Kopf. Es regnete wieder, und ihr Fenster ratterte, als der Wind durch ein winziges Loch im Rahmen heulte und hinein- und wieder hinausfuhr. Es klang absolut nicht einladend!

Als Georgia schließlich die Treppe hinunterging, war ihre Mutter auch schon auf. Sie fütterte Pip und trank dann am Küchentisch einen Kaffee. Mrs Black wäre unglaublich gern mitgekommen, um Georgia zu unterstützen, aber ein wichtiger Kunde hatte um ein Treffen gebeten, um einen neuen Auftrag zu besprechen, und er war nur für diesen einen Tag in der Gegend. Georgias Mutter hatte das Treffen aufschieben wollen, aber Georgia hatte sie überzeugt, das nicht zu tun. Sie wusste, dass sie die uneingeschränkte Unterstützung ihrer Mutter besaß, und gleichzeitig konnten sie es sich nicht leisten, mögliche Kunden für die Bilder ihrer Mutter zu verlieren.

»Alles in Ordnung, Liebes?«, fragte Mrs Black und betrachtete ihre Tochter besorgt, weil die kleiner und blasser denn je aussah. Georgia nickte, obwohl ihr die Nervosität zu schaffen machte.

Sie fuhren die kurze Strecke zur Redgrove Farm schweigend, und Georgia wurde immer nervöser. Zu ihrem freudigen Erstaunen wartete Daniel vor Lilys Stall auf sie.

»Dan!«, stieß sie hervor, sobald ihre Mutter sie noch

einmal umarmt und ihr Glück gewünscht hatte und sie aus dem Auto gestiegen war.

»Hey, Georgia.« Er brachte ein schwaches Lächeln zustande.

»Was machst du denn hier?«, fragte sie. »Nicht, dass ich mich nicht freuen würde, dich zu sehen, das ist ja klar!«

»Ich wollte gern mitkommen, um dich zu unterstützen«, sagte er.

Georgia war so gerührt, dass sie gar nichts antworten konnte. Stattdessen warf sie voller Dankbarkeit ihre Arme um ihn. Er erwiderte die Umarmung ganz fest, und Georgia spürte, dass er zitterte.

»Delta Developments will morgen die Farm übernehmen«, flüsterte er an ihrer Schulter.

»Morgen?«, stieß Georgia entsetzt hervor. Sie zog sich aus der Umarmung zurück und sah Daniel fragend an. Sie hatte von der Möglichkeit gewusst, doch sie hatte nicht erwartet, dass es so schnell gehen könnte.

»Ja«, nickte Dan. »Mein Vater kämpft zwar bis zum bitteren Ende, aber eigentlich kann er wohl nicht mehr viel machen.«

Er schwieg, und auch Georgia sagte nichts, sondern umarmte Daniel noch einmal lange.

»Aber jetzt hör mal«, sagte er schließlich, löste sich von ihr und lächelte sie herzlich an. »Hast du nicht eine Meisterschaft zu gewinnen?«

Als Melanie kurz darauf Wilson zum Anhänger führte, hörte Georgia ein leises Wiehern aus dem Stall kommen, den Callie und Lily teilten. Die beiden Pferde beobachteten interessiert die Vorbereitungen. Georgia streichelte Lilys Nase. Etwas war ein wenig anders an ihr, aber sie hätte nicht sagen können, was.

»Mel?«, rief sie nervös.

Melanie kam herüber und betrachtete die Palomino-Stute. Ihr Bauch war in den letzten Wochen noch etwas größer geworden, und auch ihr Euter hatte sich vergrößert, doch laut Berechnung des Tierarztes war der Geburtstermin frühestens in zwei Wochen.

Melanie tätschelte Lily, ging in die Box und besah sich das Pony genauer. »Es geht ihr gut, Georgia. Sie sieht entspannt aus. Ich würde sagen, sie hat noch Zeit.«

»Aber Simon wird sie doch heute im Auge behalten, oder?« Georgia knetete beunruhigt ihre Finger. Sie hasste es, Lily zu verlassen, selbst wenn es für einen wichtigen Wettkampf war.

Melanie lächelte. »Aber natürlich«, versprach sie und nickte in die Richtung ihres Mannes, der durch das Küchenfenster zu sehen war, wie er am Herd stand und Eier briet. »Sie ist in guten Händen. Aber ich denke, wir lassen sie und Callie heute lieber im Stall. Was meinst du?«

Georgia blickte zum Himmel. Der nächtliche Sturm war vorbei, aber es war immer noch stockdunkel. Es würde ein nasser, stürmischer Tag werden, das stand fest. Sie nickte und umarmte Lily ein letztes Mal. »Ich denke auch, dass das besser ist.«

Es war eine lange Fahrt zu den Meisterschaften. Daniel schlief praktisch sofort ein, aber Georgia war zu nervös und saß kerzengerade da. Ihr Handy piepte, und sie zog es heraus. Die SMS kam von Sophie:

Vergiss nicht, was ich dir gesagt habe. Wir alle glauben an dich – Lily am allermeisten! Reite für sie und vergiss alles andere.

Georgia durchlief ein warmes Gefühl, und ihre Zuversicht wuchs. Eines war sicher. Sie würde ihr Bestes geben.

Am Austragungsort der Herbstmeisterschaften fanden auch oft internationale Dressurwettkämpfe statt. Entsprechend zierten Fahnen aus allen Ländern der Welt die lange Einfahrt. Ein Wachmann in einer Kabine öffnete bei ihrer Ankunft das elektrische Tor per Knopfdruck und lächelte sie durch das offene Fenster an.

»Viel Glück heute!«, rief er.

Daniel und Melanie grinsten und bedankten sich. Georgia nickte nur. Ihr war so mulmig, dass sie lieber gar nicht den Mund aufmachte.

Harry Blakes Anhänger stand bereits auf dem Parkplatz vor ihnen. Lexies Transporter mit dem inzwischen allzu bekannten DD-Logo stand rechts daneben. Der Platz füllte sich rasch mit großen Pferdeanhängern, Transportern und glänzenden Geländewagen. Freunde und Familienmitglieder der Teilnehmer eilten unter gestreiften Schirmen umher, tranken Kaffee aus Pappbechern und plauderten angeregt. Als Melanie den Wagen links neben den Blakes parkte, sah Georgia zu ihrer Genugtuung, wie Harry in diesem Moment aus dem Auto sprang, ziemlich grün im Gesicht, und sich die Hand vor den Mund hielt. Er war also auch nervös!

Es dauerte nicht lang, und die Fishers kamen mit ihrem Hänger an. Lottie, so gutgelaunt wie eh und je, winkte Georgia zu und zog eine »Ich-bin-ja-so-nervös«-Grimasse, die Georgia auch nicht wirklich beruhigte. Jetzt war das ganze Team vor Ort, auch wenn sie Lexie selbst noch nicht entdeckt hatte.

Wo sie wohl war?

Georgia brachte Wilson in seinen Tagesstall und wollte gerade sein Heunetz aus der Kiste ziehen, als sie mit jemandem zusammenstieß, der panisch in die entgegengesetzte Richtung rannte. Es war Emma, ihr Gesicht blass und ihr Haar zerzaust.

»Emma?«, rief Georgia aus. »Was ist denn los?«

Emma atmete schwer. »Es geht um Lexie!«, stieß sie hervor und lehnte sich an, um Luft zu schnappen. »Sie ist verschwunden!«

Kapitel achtzehn

»Verschwunden? Was um Himmels willen meinst du?« Melanie führte Emma zum Wagen. »Setz dich«, befahl sie, während Daniel ihr Tee aus einer Thermoskanne eingoss und Georgia ihr eine Decke über die Schultern legte. »Und jetzt erzähl uns alles.«

Dankbar nahm Emma den Tee entgegen. Ihre Kleidung war tropfnass, und sie sah völlig erfroren aus.

»Also …« Sie holte tief Luft. »Wir waren schon ziemlich früh hier. Ich habe Lexie geholfen, River in den Stall zu bringen, und sie sagte, sie würde nur etwas zu trinken holen. Aber das war vor über einer halben Stunde. Seitdem hat sie niemand mehr gesehen!«

»Mit wem seid ihr denn heute da?«, fragte Melanie.

»Nur mit Jason«, antwortete Emma. »Lexies Stiefvater ist geschäftlich unterwegs. Lexie hatte ihm gesagt, dass sie nicht mehr reiten möchte, aber Joe akzeptiert das nicht. Er hat sie wieder total gedrängt. Und jetzt hatte sie vielleicht einfach genug! Georgia, ich mache mir solche Sorgen, dass sie etwas Dummes anstellt!«

Georgia streckte den Arm aus und drückte die Hand ihrer Freundin.

»Aber nicht doch!« Melanie überlegte blitzschnell. »Sie hat einfach nur Angst vorm Springen, das ist alles. Das war eigentlich nicht zu übersehen.«

»Was meinst du damit?«, fragte Emma.

»Ist dir nicht aufgefallen, wie ängstlich sie immer beim Training aussah?«, antwortete Melanie. »Das war doch ganz offensichtlich, dass sie Angst vorm Springen hat.«

Also hatte ich recht, dachte Georgia. *Warum habe ich denn nichts gesagt?*

»Hat sie ein Handy?«, fragte Melanie.

»Ja.« Emma holte ihr eigenes aus der Tasche. »Ich habe schon mindestens zwanzigmal versucht, sie anzurufen. Es geht immer sofort die Mailbox dran.«

Daniel meldete sich plötzlich zu Wort. »Was bedeutet das für das Team?«

Melanie sah grimmig drein. »Wir brauchen vier Reiter, um teilzunehmen. Ohne den vierten werden wir disqualifiziert.« Sie sah Georgia traurig an. »Und ihr habt alle so hart gearbeitet.«

»Als sie jünger war, ist das auch schon mal passiert«, erzählte Emma und tippte dabei wie wild in ihr Handy. »Als ihre Mutter und ihr Vater sich getrennt haben. Damals ist sie auch einfach davongelaufen!«

Als sie losgingen, um Janey und den Rest des Teams

zu informieren, bemerkte Georgia, dass River nervös und unruhig wirkte. Wilson hingegen kaute gelassen an seinem Heu. Hector machte sogar ein Nickerchen.

Melanie hatte alle schnell von der neuen Situation unterrichtet, und Janey sprach jetzt eindringlich mit einem Turniersteward. Harry ging wütend auf und ab und wartete auf das Ergebnis der Unterredung. Lottie kauerte deutlich niedergeschmettert auf einem Strohballen. Emma setzte sich neben Georgia und versuchte es sofort wieder mit ihrem Handy. Ihr Gesicht war blass vor Sorge.

Auch wenn Georgia bei der Vorstellung, wieder nach Hause fahren zu müssen, ohne am Wettkampf teilgenommen zu haben, ziemlich niedergeschmettert war, machte sie sich gerade mehr Sorgen um Emma, die sich irgendwie selbst die Schuld zu geben schien.

»Sie müssen leider auf jeden Fall eine Mannschaft aus vier Reitern haben, Madam.« Die Stimme des Stewards drang durch Georgias Gedanken. »Das sind die Regeln, und dagegen kann ich absolut nichts tun.«

»Tja, das war's dann ja wohl.« Harry warf wütend seinen Hut in eine Kiste, die vor Hectors Stall stand. »Es ist vorbei.«

Lottie fing leise an zu weinen, und Georgia seufzte.

Plötzlich sprang Emma auf. »Lexie hat zurückgeschrieben!«, schrie sie.

»Und was hat sie zu ihrer Rechtfertigung zu sagen?«,

fragte Janey ungeduldig und drehte sich vom Steward weg.

»Ähm, sie sagt, dass es ihr leidtut und dass sie jetzt wieder im Transporter ist und sich umzieht.« Emma scrollte nach unten und blickte konzentriert auf das Display. »Sie sagt, sie trifft euch alle dann in der Arena.«

Georgias Herz machte einen Sprung, und Harry stieß einen Jubelruf aus.

»Also gut«, sagte Janey sichtlich erleichtert. »Es ist keine Zeit zu verlieren. Alle sofort aufzäumen und aufwärmen!«

Während das Team loslegte, sah Georgia, wie Jason mit Rivers Zaumzeug und Sattel in den Stall kam. Er lehnte das Hilfsangebot von Emma ab, die daraufhin einen Moment verlegen dastand. Als Georgia Wilsons Gurte festzog, suchte sie Blickkontakt mit ihrer Freundin.

Emma wich ihr jedoch aus und murmelte: »Ich sehe mich mal nach Lexie um.« Im nächsten Moment rannte sie schon zum Transporter.

Georgia schüttelte den Kopf. Irgendetwas war merkwürdig an der ganzen Sache, aber jetzt hatte sie keine Zeit, darüber nachzudenken. Sie nahm sich vor, so bald wie möglich mit Emma in Ruhe zu reden. Doch jetzt musste sie sich ganz aufs Reiten konzentrieren.

Das Team hatte bereits wertvolle Zeit verloren. Die vier mussten in ihrer zugeteilten Reihenfolge springen, was bedeutete, dass Lexie als Letzte dran war. Georgia hoffte nur, dass sie dann bereit wäre und nicht wieder kneifen würde. Auch wenn die Hindernisse nicht so hoch waren wie die, mit denen sie geübt hatten, wusste Georgia doch, dass der Stress, vor Publikum zu reiten, nicht zu unterschätzen war.

Sie vergaß ihre eigene Nervosität, während sie weiter über Lexie nachdachte. Jason hatte River inzwischen aufgezäumt. Aus seinem verärgerten Gesichtsausdruck wurde deutlich, dass er nichts von Lexies Benehmen hielt. Wahrscheinlich machte er sich außerdem Sorgen, was sein Boss sagen würde, wenn er herausfand, dass Lexie den Wettkampf beinahe geschmissen hätte.

Seufzend ertappte Georgia sich dabei, wie ihre Gedanken schon wieder abschweiften. Sie ermahnte sich noch einmal, nicht weiter darüber nachzudenken und sich nur auf das bevorstehende Turnier zu konzentrieren.

In dieser Kategorie musste jeder von ihnen sieben Sprünge absolvieren und danach einen kurzen individuellen Teil, in dem die Wettkämpfer die verschiedenen Gangarten zeigten – einschließlich eines Galopps auf der langen Seite. Lottie war die Erste in der Arena. Der Regen hatte wieder zugenommen, und sowohl Lottie als auch ihr Pony mussten gegen den Regenguss anblinzeln, während Lotties Mutter die Pferdedecke von der Hinterhand des Ponys nahm.

»Viel Glück!«, sagte Janey und tätschelte den Hals des Ponys. »Ihr schafft das!«

Georgia konzentrierte sich darauf, dass Wilson trotz des unwirtlichen Wetters ruhig und versammelt blieb. Sie bemerkte, dass Lexie immer noch nicht aus dem Transporter gekommen war. River warf unruhig den Kopf, scharrte auf dem Boden und tänzelte seitlich weg, während Jason versuchte, ihn ruhig zu halten. Rivers Verhalten und insbesondere seine Nervosität verhießen für Lexie keine guten Startbedingungen.

»Georgia!« Ein Ruf unterbrach ihre Gedanken. Es war Janey, die in einer Regenjacke und mit einem Regenhut auf dem Kopf aus der Arena kam. »Fünf Minuten, Georgia«, rief sie und hob die Hand, »bis Harry an der Reihe ist.«

Lottie war hinter ihr und ließ die Zügel locker. Sie sah erleichtert aus, was wohl bedeutete, dass sie es gut gemacht hatte.

»Keine Fehler!« Sie strahlte Georgia an und zeigte ihr den nach oben gerichteten Daumen.

»Du begibst dich lieber schon mal hinunter zum Eingang, Georgia«, wies Janey sie an. »Du willst doch nicht deinen Einsatz verpassen!«

Lotties gutes Ergebnis hatte Georgias Laune gehoben und die Gedanken an Lexie verdrängt. Die Minuten verflogen, und Harry war nun an der Reihe.

»Viel Glück!«, rief Georgia ihm zu.

Harry drehte sich zu ihr um und grinste, doch sein Gesicht war blass.

Er ist auch nervös!, dachte Georgia. Zum ersten Mal verspürte sie einen Hauch von Mitgefühl für ihn. Sie sah zu, wie er Hector in die Arena lenkte und sich die Tore hinter ihm schlossen. Melanie hatte eine Pferdedecke über Wilsons Kruppe gelegt, um ihn warm zu halten. Georgia spürte, dass er unter ihr immer noch ruhig und versammelt war. Sie hätte nicht sagen können, ob es jetzt die Nerven waren oder die Kälte, weshalb ihr die Zähne klapperten. Sie tätschelte den verlässlichen Braunen am Hals und hoffte, dass sein Selbstvertrauen auf sie abfärbte.

Harry beugte sich auf Hector nach vorn, um Georgia auf den Rücken zu klopfen, als er die Arena verließ. Nun war sie an der Reihe.

Melanie drückte aufmunternd Georgias Bein oberhalb ihres Stiefels. »Vergiss nicht, Georgia, was immer geschieht, wir sind stolz auf dich«, sagte sie lächelnd.

Georgia schluckte, ein Knoten formte sich in ihrer Kehle. Daniel war auf ihrer anderen Seite, den Arm um Wilsons Hals gelegt. Sie war so froh, all diese Unterstützung zu haben, egal, wie sie abschneiden würde. Sie atmete tief durch. Während der nächsten Minuten war alles andere egal. Die Farm und die Probleme mit Lexie, all das zählte nicht mehr. Jetzt gab es nur noch sie und Wilson – und den Wettkampf.

Kapitel neunzehn

Stille herrschte, als Georgia in die Arena ritt. Die Stadionplätze waren alle besetzt – diese Herbstmeisterschaft war ein Großereignis unter den Pferdeliebhabern. Wilson schreckte bei den aufwändigen Blumendekorationen an den ersten Hindernissen leicht zurück, bevor Georgia ihn zum Galopp antrieb.

Es waren nur sieben Sprünge. Georgia erinnerte sich daran, dass sie zu Hause schon weit mehr geschafft hatten, dennoch hatte sie ein flaues Gefühl im Magen.

»Ganz ruhig, Wilson«, schmeichelte sie. »Ganz ruhig.«

Der Mann mit der unverkennbaren Kopfbedeckung, der Melone, nickte ihr zu, und ihre Runde begann.

Es ging über das erste Hindernis, einen Oxer, und geradewegs zum nächsten, einer Kombination. Wilson sprang über die niedrige Buschhecke und genauso problemlos über die Planken, bei denen es vorher schon eine Reihe von Verweigerungen gegeben hatte. Dann mussten sie eine scharfe Kurve drehen und über den gefürchteten Wassergraben – bei diesem Hindernis war Georgia bei der Teamauswahl vom Pferd gestürzt.

»Nur zu, mein Junge!«, flüsterte sie Wilson zu, der daraufhin mit den Ohren zuckte. Sie wusste, dass sie mit voller Geschwindigkeit darauf zureiten musste und keinen Moment zögern durfte.

Sie drängte ihn vorwärts, saß ganz ruhig und bewegte sich mit ihm, als wären sie eins. Über ein weiteres Hindernis und dann eine zweite Kombination und dann noch über eine einzelne Buschhecke, bevor sie auf das letzte Hindernis zuritt, eine unechte, aber eindrucksvolle Steinmauer.

Nach einer halben Parade ging Georgia mit Wilson in die letzte Kurve. Es war beinahe geschafft. Die Mauer nahmen sie praktisch wie im Fluge, als sei sie nicht mehr als ein Stöckchen auf dem Boden. Georgia schwankte zwischen Lachen und Jubeln, als das Publikum begeistert applaudierte.

Da der schwierigste Teil vorbei war, genoss sie es, bei der Einzelprüfung Wilsons verschiedene Gangarten zu zeigen. Zuerst den Mitteltrab über die Diagonale, dann im Galopp um die ganze Bahn, wobei Wilsons weitausholende Bewegungen sie blitzschnell übers Gelände trugen.

»Unglaublich, unglaublich!« Melanie konnte ihre Begeisterung nicht verbergen, als Georgia die Arena verließ.

»Du warst so wunderbar, Wilson!« Georgia ließ sich nach vorne fallen und umarmte den Hals des Braunen ganz fest. Melanie warf eine Pferdedecke über seine Kruppe, um den Regen abzuhalten. Gleich im Anschluss reichte sie Georgia ihre Regenjacke.

»Du hättest es nicht besser machen können, Georgia!«, lobte sie. »Ich bin so stolz auf dich!«

Nun ritt Lexie in die Arena. Sie saß merkwürdig steif auf River, und ihre Hände fassten verkrampft seine Zügel. Georgia warf ihr einen aufmunternden Blick zu, doch ihr Reithelm war so tief in die Stirn gezogen, dass es unmöglich war, ihr Gesicht zu sehen.

River galoppierte nur zögernd, und er schien nicht so auf Lexie zu reagieren wie sonst. Sein Gang wirkte abgehackt. Der Steward mit der Melone nickte, und Lexie ritt auf das erste Hindernis zu. Sie saß hölzern im Sattel und gab River offensichtlich völlig unterschiedliche Signale, was Georgia vorher noch nie bei ihr gesehen hatte. Trotz ihrer unterdrückten Angst war sie immer ganz natürlich geritten.

Georgia schnappte nach Luft. Etwas stimmte hier nicht! River näherte sich dem Hindernis zu schnell, dadurch kam er ins Rutschen, zog im letzten Moment scharf zur Seite und warf Lexie ab. Sie fiel mit einem hörbaren dumpfen Schlag in den weichen Sand der Arena.

Das Publikum hielt die Luft an, als die Reiterin still

auf dem Rücken dalag. Ihr Reithelm war nach oben gerutscht und im Bruchteil einer Sekunde, bevor sie ihn wieder nach unten ziehen konnte, sah Georgia, dass es gar nicht Lexie war! Es war Emma!

Georgia stieg von Wilson, gab Melanie seine Zügel in die Hand und rannte in die Arena.

»Emma!«, rief sie leise aus, als ihre Freundin sich stöhnend hochrappelte.

Jemand hatte River eingefangen und führte ihn zu ihr zurück.

»Ich fürchte, damit scheidest du aus, Lexie«, sagte der Richter freundlich, ohne zu merken, dass es überhaupt nicht Lexie war. »Möchtest du noch einmal aufsitzen?«

Emma schüttelte den Kopf, ihre Unterlippe blutete, weil sie sich beim Sturz daraufgebissen hatte. Sie weinte.

»Emma, mach dir keine Sorgen!« Georgia legte den Arm um ihre Freundin und führte sie aus der Arena. »Alles in Ordnung mit dir? Was hast du dir denn nur dabei gedacht, Lexies Platz einzunehmen?«

Emma hob ihr tränenüberströmtes Gesicht und sah Georgia an. »Ihr wart alle so enttäuscht, dass das Team nicht teilnehmen konnte, also dachte ich, dass ich an ihrer Stelle reite. Ich wusste, dass sie ihre Kleidung für den Wettbewerb im Transporter gelassen hatte. Und weil ich River vorher schon geritten habe, dachte ich, ich versuche es einfach ...« Emma machte eine Pause, um einen zitternden Schluchzer auszustoßen. Georgia wollte sie umarmen. Doch Emma schüttelte den Kopf und wich zurück. »Irgendwas muss passiert sein, Georgia. Lexie hat etwas herausgefunden«, sagte Emma leise. »Es tut mir leid, ich erkläre es später. Ich muss los.«

Und ohne einen Blick zurück, lief sie am Steward vorbei und hinaus in den Regen.

Georgia blieb sprachlos und wie angewachsen stehen und wusste gar nicht mehr, was sie denken sollte. Sie musste mit dem Rest der Mannschaft darüber reden und auch mit Melanie und Daniel. Was Emma getan hatte, war unglaublich tapfer, aber auch dumm gewesen. Alles Mögliche hätte geschehen können. Sie hätte sich selbst böse verletzen können, genau wie River hätte verletzt werden können.

Und was spielte Lexie für eine Rolle in all dem? War es ein Teil des Planes gewesen, dass Emma auf River trainiert hatte? Hatte sie von Anfang an, als sie Emma zum Wettkampf mitgenommen hatte, vorgehabt zu verschwinden? Warum sonst hatte sie ihre Kleidung im Transporter zurückgelassen? Und was war es, das sie herausgefunden hatte?

Da trat jedoch ein anderer Steward zu ihnen.

»Beritten zurück in die Hauptarena, bitte«, wies er sie kurz und knapp an, »zur Preisverleihung.«

Emma war bereits gegangen, und Jason hatte River

mit wütendem Gesicht aus der Arena geführt. Anscheinend konnte er sich bereits denken, was sein Boss sagen würde, wenn er erst erfuhr, dass ein Neuling eines seiner wertvollen Pferde beim Wettkampf geritten hatte.

Georgia hörte, wie Janey in ihrer typischen direkten Art zu dem Steward sagte: »Eine unserer Reiterinnen ist ausgeschieden. Ich bezweifle, dass wir bei der Preisverleihung anwesend sein müssen.«

»Wie lautet der Name des Teams?«, fragte der Steward und sah auf seine Liste.

»Round-Barrow«, antwortete Janey.

»Round-Barrow ...« Der Steward blickte auf sein Klemmbrett. »Ob Sie es glauben oder nicht, Sie stehen jedenfalls auf der Liste. Bitte begeben Sie sich umgehend in die Hauptarena!«

»Wirklich?«, sagte Georgia. Sie drehte sich um und sah die ungläubigen Blicke von Harry und Lottie. Alle drei hatten sie eine fehlerfreie Runde absolviert, dennoch schien es unfassbar, dass sie einen Preis bekommen würden, da eine aus ihrem Team ausgeschieden war.

Sie konnten ihr Glück kaum glauben, und keiner von ihnen sprach viel, als sie in Windeseile ihre Pferde aufzäumten und ihre Kleidung richteten. Sobald alle drei aufgesessen waren, ritten sie zurück zur Arena, wo die anderen Teams bereits mit dem Einreiten zur Siegerehrung begannen.

Melanie rannte neben Georgia her, bis sie vor der Arena anlangte, und wedelte mit einer Kopie des Regelbuchs. »Hier steht, dass es darauf ankommt, ob alle vier angetreten sind. Selbst wenn jemand stürzt oder ausscheidet, kann man immer noch ausgezeichnet werden. Wir hatten drei fehlerfreie Runden, also … wer weiß!«

Georgia stieß einen leisen Pfiff aus. »Das wäre so toll!«, flüsterte sie.

Kapitel zwanzig

Die Atmosphäre im Stadion war wie elektrisiert, als das Round-Barrow-Team einritt. Die drei Ponys spitzten erwartungsvoll die Ohren und schienen mindestens eine Handbreit zu wachsen, als sie im absoluten Gleichschritt nebeneinander gingen.

Die drei Teamkameraden grinsten einander an, und Georgia schob ihre Sorge um Emma und Lexie für den Augenblick beiseite. Der Steward lenkte die Teams so, dass sie sich an der langen Seite der Arena aufreihten. Einige der Ponys tänzelten unruhig, und manche stiegen sogar kurz auf die Hinterhand. Doch Hector, Wilson und Songbird waren völlig ruhig und standen absolut still.

Ein Mann mit einer dunklen Krawatte und eine Frau in einem schicken, glitzernden Abendkleid verteilten die Preise an die Teams auf den ersten drei Rängen. Es war ein eigenartiger Anblick an einem regennassen Nachmittag in einer Reitarena. All das trug zu Georgias wachsender Aufregung bei. Vielleicht bekamen sie tatsächlich doch noch einen Preis!

Endlich wurden die Plätze vergeben. Über den Lautsprecher wurden die Teams in umgekehrter Reihenfolge aufgerufen – vom neunten Platz an aufwärts. Mit jedem Aufruf erschallte ein kleiner Jubel im Stadion, und danach erfolgte die Übergabe der Rosetten an die glücklichen Teammitglieder. Georgia konnte es kaum fassen, als sie zum vierten Platz gelangten und immer noch nicht aufgerufen worden waren.

Der vierte Platz ging an einen Ponyclub aus der Nachbarschaft. Das Round-Barrow-Team hatte sich tatsächlich unter den ersten drei platziert!

»Und Bronze geht an Edgeworth Hunt!«

Jubel brach in der Arena aus.

Georgia hielt den Atem an.

»Silber im diesjährigen Working-Hunter-Team-Challenge geht an ... den Round-Barrow-Ponyclub!« Die Worte kamen laut und deutlich über den Lautsprecher.

Melanie und Janey jubelten beide laut, während alle drei Teammitglieder ihre Arme um die Hälse ihrer Ponys legten. Sie waren so begeistert, dass sie kaum die Verkündung des ersten Platzes hörten, der an ein Team ging, das vier fehlerfreie Runden absolviert hatte.

Die Ehrenrunde für die Teams auf den ersten drei Plätzen gehörte zu dem Aufregendsten, was Georgia je erlebt hatte. Der Mann mit der dunklen Krawatte und die Dame im Glitzerkleid hatten ihnen riesige Rosetten in Silber und Weiß überreicht und eine Schärpe. Das

Round-Barrow-Team ritt direkt nach dem Gewinnerteam zu lauter Popmusik im Galopp rund um die Arena, und das Publikum klatschte begeistert.

Georgia und Lottie strahlten einander an und verdrehten die Augen in gespielter Abscheu über die Musik. Doch es war ein Moment, den Georgia nie vergessen würde. Sie wünschte nur, Emma wäre hier. Sie hatte den Steward gefragt, ob sie ihr auch eine Rosette mitbringen dürfte, und er gab ihr liebenswürdigerweise eine. Sie klopfte vorsichtig auf ihre Jackentasche, in der sie sich befand. Emma verdiente sie für ihren tapferen Versuch. Was sie getan hatte, war waghalsig gewesen, doch glücklicherweise war nichts Schlimmes passiert. Und sie hatte es aus Freundschaft getan. Ohne sie hätte das Round-Barrow-Team gar nicht teilnehmen dürfen, geschweige denn Silber gewinnen können!

Melanie blickte besorgt zum Himmel, als sie Wilson einluden und die Heimfahrt antraten. Es hatte den ganzen Tag nicht mehr aufgehört zu regnen, und der Parkplatz hatte sich beinahe in einen Fluss verwandelt, während die müden Ponys und Reiter zurück zu ihren Transportern trotteten. Wilson hatte bereits zwei Decken übergelegt bekommen, aber er war nur allzu eifrig bereit, die Rampe hochzugehen und ins Trockene zu gelangen.

»Ich hoffe nur, die Straßen sind nicht überflutet«, sagte Melanie besorgt und drehte den Schlüssel im Zündschloss. »Alles in Ordnung mit dir, Dan?«, fragte sie, als er sich schnell auf den Beifahrersitz neben Georgia setzte. Er drehte sich zu Melanie und nickte, zu müde, um noch etwas zu sagen. Georgia nahm seine Hand und drückte sie. Sie wusste, wenn er zurück zur Farm kam, musste er sich der Tatsache stellen, dass sein Zuhause verkauft werden würde. Es war deutlich, dass diese furchtbare Wirklichkeit ihn gerade mit voller Wucht traf.

Die Fahrt nach Hause war lang, und der Himmel verdunkelte sich immer bedrohlicher. Keiner sprach – jeder war in die eigenen Gedanken vertieft. Die Autobahn war stärker befahren als sonst, und Melanie musste langsam auf der rechten Spur in einem nicht enden wollenden Strom von Scheinwerfern dahinkriechen. Schließlich wurde die Stille unterbrochen, als Georgias Handy klingelte. Alle zuckten zusammen.

»Das ist Sophie«, sagte Georgia mit einem stirnrunzelnden Blick auf das Display. Sie drücke den Annahmeknopf. »Hallo?«

»O Georgia, Gott sei Dank!« Sophies Stimme klang abgerissen, und in Georgia stieg sofort Panik auf. »Seid ihr bald da?«

»In etwa einer halben Stunde, denke ich. Sophie … was ist denn los?« Georgia bemühte sich, ruhig zu bleiben.

»Es ist der Fluss!« Sophies Stimme hob sich um mindestens zwei Oktaven. »Er ist übers Ufer getreten. Es wird nicht mehr lange dauern, und die Ställe werden überschwcmmt. Und Georgia ...«

»Ja ...« Georgia schlug das Herz bis zum Hals.

»Ich glaube, Lily ist kurz davor, das Fohlen zur Welt zu bringen!«

Niemals war eine Fahrt so langsam vorangegangen. Während Melanie vorsichtig den Transporter zurück zur Redgrove Farm fuhr, wurde der Schaden, den der Sturm angerichtet hatte, immer deutlicher. Überall war die Zerstörung zu sehen – gefallene Äste, Ziegel, die von den Dächern geweht wurden. Auf den Feldern glitzerte das dort stehende Wasser, wo der Fluss übers Ufer getreten war.

Daniel hielt immer noch Georgias Hand, als sie endlich in die Einfahrt nach Redgrove einbogen.

»Schnell!«, drängte Melanie Georgia, doch das war unnötig – sie sprang bereits aus dem Wagen, sobald sie im Hof anhielten. Die untere Weide war ein reißender Strom, und das Flutwasser schwappte schon an den Rand des gepflasterten Hofs.

Simon, im Overall und mit Gummistiefeln, traf im Hof bereits Vorkehrungen. Sein normalerweise fröhliches Gesicht war angespannt vor Sorge, als er Sandsäcke an den Rand der Ställe trug, die das Wasser abhalten sollten.

»Lily!« Georgia raste hinüber zu dem Palomino, das sich unruhig im Stall bewegte. Sie wieherte, als sie Georgia sah. Callie stieß ebenfalls ein schrilles Wiehern aus, da sie zweifellos die gespannte Atmosphäre im Hof witterte.

Melanie holte Wilson aus dem Hänger, nahm ihm seine Gamaschen ab und brachte ihn in die dritte Box. »Wie schlimm ist es?« Sie drehte sich zu Simon, ihre Stimme war leise.

Simon fuhr sich besorgt mit der Hand durchs Haar. »Es ist sehr schlimm«, antwortete er. »Richtig schlimm …«

Kapitel einundzwanzig

»O Lily, Lily«, rief Georgia und umarmte die Stute. Schuldgefühle überwältigten sie. Sie hätte Lily einfach nicht verlassen dürfen, und sie wünschte, sie hätte ihrem Instinkt vertraut, als sie am Morgen festgestellt hatte, dass etwas an dem Palomino anders war. Kein Ruhm und keine Rosette reichten an die Liebe heran, die sie für dieses Pony empfand.

»Alles in Ordnung«, versicherte Melanie ihr und legte ihre Hand auf Georgias Arm. »Aber sie wird ihr Fohlen früher als erwartet bekommen, Georgia.« Besorgt blickte sie nach draußen auf das steigende Flutwasser. Sie hatten eine lange Nacht vor sich.

Simon ging gerade die Einfassung des Hofs ab, als sie aus dem Stall traten.

»Melanie!«, rief er, die Sorge in seiner Stimme war unüberhörbar.

Die Flut hatte jetzt den Rand von Wilsons Stall erreicht, und Simon beobachtete alarmiert, wie das Wasser unter der Tür hindurchfloss.

»Wir müssen sie herausholen«, sagte Simon entschieden.

Georgia, Melanie und Daniel drehten sich zu ihm. Sie wussten, dass er recht hatte. Der Hof würde in Kürze überschwemmt werden, und wenn Lily dann ihr Fohlen bekam, war eine schlimmere Situation kaum vorstellbar. »Aber wie sollen wir das machen?«, fragte Georgia. »Wir haben ja nicht genug Transporter.«

Selbst Melanie, die normalerweise immer völlig ruhig und überlegt handelte, wirkte panisch, als Lily wieder anfing, mit den Hufen zu scharren. Die Stute stupste mit der Nase gegen ihre Flanken, während leichter Schweiß auf ihrem Hals ausbrach.

Georgia war außer sich. »Das darf doch alles nicht wahr sein, nicht ausgerechnet heute Abend!«

Plötzlich schnippte Daniel, der bisher ganz ruhig gewesen war, mit den Fingern. Er strahlte Georgia an. »Ich hab's!«, rief er aus, als alle zu ihm blickten. »Es ist vielleicht ein wenig verrückt, aber ich denke, ich weiß, wie wir Lily transportieren können. Dad hat einen tiefliegenden Anhänger mit einer niedrigen Rampe. Wir wohnen weniger als fünf Minuten entfernt, und wir haben einen sauberen Stall, in dem sie ihr Fohlen zur Welt bringen kann. Wir benutzen ihn normalerweise für verwaiste Kälber. Wir liegen oberhalb des Tals, also besteht auch nicht die Gefahr, dass wir überschwemmt werden.«

»Ich weiß nicht«, sagte Melanie schließlich. »Es ist einfach so riskant, Lily zu bewegen. Jeder weiß, dass man trächtige Stuten ab einem gewissen Zeitpunkt nicht mehr transportieren sollte, und schon gar nicht, wenn sie kurz vor der Geburt sind.« Sie schloss die Augen und rieb sich die Nase, während sie über Daniels Vorschlag nachdachte. Es war eine verrückte Idee, doch andererseits war alles besser, als dass Lily ihr Fohlen hier im überschwemmten Hof zur Welt bringen musste.

Plötzlich tauchte wie durch ein Wunder der Tierarzt auf. Er watete durch das knöcheltiefe Wasser im Hof.

»Ich habe ihn angerufen, Mum«, sagte Sophie und reckte ihren Kopf über die Stalltür.

Der Tierarzt machte sich schnell ein Bild von der Situation, da entfuhr Georgia ein kleiner Aufschrei, als das Wasser auf Lilys Stall zuzufließen begann. Nebenan hörte man Wilson schnauben, während Callie schrill wieherte. Es war keine Zeit mehr zu verlieren. Daniel hatte bereits seinen Vater angerufen, der schon mit dem Anhänger auf dem Weg war.

Mit einem grimmigen Nicken erlaubte der Tierarzt, Lily zu verlegen, doch nur, wenn er selbst im Anhänger mitfahren konnte.

»Und ich bitte auch«, sagte Georgia und umklammerte fest Lilys Führseil. Sie wollte sie nicht mehr aus den Augen lassen.

»Gute Idee«, meinte der Tierarzt. »Wir müssen sie so ruhig wie möglich halten.«

In diesem Moment erleuchteten Scheinwerfer den Hof, und Georgia durchfuhr eine große Erleichterung. Es war Mr Coleman in seinem Landrover, der mit dem dringend benötigten Anhänger kam.

»Hierher, Mädel«, dirigierte er sie, als Georgia Lily herausführte, die Beine bereits bandagiert, damit sie für die kurze Fahrt so sicher wie möglich war. Melanie hielt Wilson und Callie, die beunruhigt schnaubten, als sie durch das steigende Wasser zu dem Anhänger geführt wurden, der neben dem Haus parkte.

Die Flut reichte schon beinahe bis zu Callies Sprunggelenken. Die beiden Pferde hatten die Nüstern weit aufgebläht und wieherten schrill.

»Komm, meine Gute!« Georgia umarmte ihr Pony, während sie es die niedrige Rampe des Anhängers hochführte. Ihr fiel wieder ein, wie sie Lily aus dem Fluss in Wales hatten retten müssen. Damals hatte Lily instinktiv gewusst, dass Georgia und Daniel ihr halfen, genau wie sie es auch jetzt wusste. Lily sah Georgia aus ihren riesigen dunklen Augen an und rieb die Nase an ihrer Hand.

Kapitel zweiundzwanzig

»Wie lang dauert es denn noch?«, rief Georgia ungeduldig.

»Nicht mehr lange«, sagte Mr Coleman. Er war ein besonnener und ruhiger Fahrer. Lily verlagerte hin und wieder ihr Gewicht von der einen auf die andere Seite, stand ansonsten aber ruhig da, während der Viehtransporter den unbefestigten Weg entlangfuhr. Sie waren jetzt sicher dem Flutwasser entkommen, das den Innenhof von Redgrove umschlossen hatte. *Arme Melanie und armer Simon*, dachte Georgia. Sie betete, dass sie Wilson und Callie gut herausgebracht hatten und hoffentlich ihr Haus nicht auch noch überflutet werden würde.

Sobald der Landrover die Farm erreicht hatte, sprang Daniel vom Beifahrersitz und öffnete die Tür zum Kälberstall. Er war wunderbar sauber und trocken.

»Willkommen in Eurem neuen Gemach, Madam«, rief er mit einem Grinsen, als Georgia und der Tierarzt Lily vorsichtig ausluden.

»Da haben wir sie aber gerade noch rechtzeitig hergebracht«, meinte Mr Coleman und beugte sich über die Stalltür. Er sah völlig erschöpft aus.

»In jeder Beziehung«, stimmte der Tierarzt zu. »Eine Minute länger, und wir hätten ein Floß gebraucht, um von Redgrove wegzukommen.« Er musterte die kleine Stute, deren Atem schneller ging. »Ganz ruhig, meine Gute, ganz ruhig.«

Die Minuten verstrichen. Georgia hatte in ihrem Buch gelesen, dass die Geburt innerhalb einer halben Stunde, nachdem die Stuten die typischen Anzeichen gezeigt hatten, begann. Inzwischen waren etwa zwanzig Minuten vergangen.

Abgesehen von Lilys Schnauben und gelegentlichem Stampfen war es im Stall völlig still, als ob alle die Luft anhielten. Nur einmal wurde diese Stille unterbrochen, als der dunkelgrüne Transporter mit Wilson und Callie in den Hof fuhr.

Daniel stand auf, um die Ponys in andere Boxen zu bringen, bevor er zurück zu Georgia lief, die immer wieder flüsterte: »Bitte, Lily, bitte.«

Ihre Zähne klapperten, und sie war bis auf die Knochen durchnässt, doch das war ihr egal. Alles war unwichtig bis auf Lily und ihr Fohlen. Daniel legte einen alten Anorak um ihre Schultern, und sie lächelte ihren Freund dankbar an. »Ich habe deine Mum schon angerufen, sie ist auf dem Weg.«

Georgia nickte. Daniel war so umsichtig, und das, obwohl sein eigenes Leben gerade völlig auf den Kopf gestellt wurde. Sie würde sich freuen, ihre Mutter mit dabeizuhaben. Sie wollte gern dieses wichtige Ereignis mit ihr teilen.

In diesem Augenblick stöhnte Lily und ließ sich auf den Boden sinken. Sie lag auf der Seite, und ihre Flanken hoben und senkten sich schwer.

»Alles in Ordnung, alles in Ordnung«, beruhigte der Tierarzt Georgia, als er ihr besorgtes Gesicht sah. »Das ist völlig normal. Es ist gut. Das Fohlen kommt zwar etwas früher zur Welt, aber ich denke, es wird alles gutgehen.« Er legte einen Finger auf seine Lippen und winkte Georgia zu sich.

Melanie und Sophie standen mit Daniel und seinem Vater draußen. Eine Mischung aus Sorge und Begeisterung stand in ihren Gesichtern, während sie zusahen. Alle hofften inständig, dass die Geburt gut verlief.

Georgia spähte in die Dunkelheit und versuchte zu erkennen, worauf der Tierarzt deutete. Da sah sie es! Ein winziger Huf, der nach unten zeigte!

»Ein gutes Zeichen«, flüsterte der Tierarzt, um Lily nicht zu stören. »Sie müssen nach unten zeigen und einer leicht vor dem anderen.«

Georgia glaubte, ihr Herz würde ihr gleich aus der Brust springen, so heftig klopfte es. Sie hörte einen unterdrückten Seufzer von den anderen vor dem Stall, die alle so gespannt und hingerissen waren wie sie selbst.

»Gut machst du das, sehr gut«, ermutigte der Tierarzt Lily immer wieder. Ihr Hals war jetzt ganz glatt vor Schweiß, und ihr Atem kam abgerissen. Ganz sicher konnte es jetzt nicht mehr lange dauern!

Mit einem einzigen Pressen tauchte eine kleine rosa Nase auf, gefolgt von dem schlaksigen, schlüpfrigen Körper des schönsten Fohlens aller Zeiten.

Georgia unterdrückte einen begeisterten Ausruf, als das Fohlen schließlich geboren war und sanft auf dem sauberen weichen Stroh landete.

Der Tierarzt säuberte rasch die Nüstern des Fohlens, und sofort kam ein kleiner, katzenartiger Laut aus der Kehle des Fohlens.

Lily war zu erschöpft, um sich zu bewegen, und lag weiter auf der Seite. Sobald sie jedoch den Laut ihres Fohlens hörte, stemmte sie sich hoch, wieherte und rief laut nach ihrem Fohlen.

»Ein Hengstfohlen!«, verkündete der Tierarzt. »Und ein recht kräftiger Kerl obendrein!«

Georgia blickte hoch. An der Tür standen strahlend Daniel, Mr Coleman, Melanie und Sophie – alle waren durch die Geburt zu Tränen gerührt, und zu Georgias Freude befand sich neben ihnen auch ihre Mutter. »Ich bin gerade noch rechtzeitig hergekommen, Liebes«, sagte sie. »Und ich bin so froh darüber. Das war das Wunderbarste, was ich je gesehen habe.«

Tränen liefen über Georgias Wangen, als sie ihrer

Mutter zunickte und sich dann wieder umdrehte, um zuzusehen wie Lily ihr Fohlen trockenleckte. Der Kleine versuchte bereits, sich auf die Beine zu stemmen. Sein Fell hatte die Farbe von Herbstlaub.

»Er ist so wunderschön!«, seufzte Georgia, unfähig, den Blick von dem Paar zu wenden.

Vorsichtig ermutigte der Tierarzt das Fohlen zu saugen, dann verließ er leise den Stall, versicherte Georgia vorher jedoch, dass sie ihn jederzeit anrufen könnte.

Melanie gähnte. Es war ein langer, langer Tag gewesen.

»Bitte, darf ich bei ihr bleiben«, bat Georgia und blickte von ihrer Mutter zu Melanie und dann zu Mr Coleman.

»Warum mit alten Gewohnheiten brechen?«, sagte Mrs Black lächelnd und bezog sich damit auf Lilys erste Nacht auf Redgrove Farm, als sie Koliken gehabt hatte. Georgia war damals die ganze Nacht bei ihr geblieben. »Das heißt, wenn es in Ordnung ist, Melanie?«, fragte sie.

Melanie nickte lächelnd. »Das ist es. Aber Mutter und Fohlen brauchen jetzt etwas Ruhe.«

»Der Heuboden ist gleich daneben«, sagte Daniel. »Wir könnten sie von dort oben im Auge behalten, ohne sie zu stören.«

»Ich möchte auch gern bleiben, Mum«, sagte Sophie.

Melanie lachte, sah gleich darauf jedoch wieder besorgt drein. »Dann fahre ich wohl mal lieber wieder. Wer weiß, wie es bei uns inzwischen aussieht und wie Simon mit der Flut klarkommt.«

»Ich behalte alles hier im Auge«, versicherte Daniels Vater den beiden Müttern. Er beobachtete dabei noch immer das Fohlen und lächelte zum ersten Mal seit Wochen.

»Das wäre wirklich sehr nett«, sagte Mrs Black. »Ich kann nach Hause fahren und Decken und etwas zu essen holen.«

»Nicht nötig – wir haben genügend Decken im Haus, und ich mache auch noch Suppe für alle warm. Es ist schön, wenn meine Jungen und ich heute Nacht ein wenig Gesellschaft haben«, fügte Mr Coleman etwas traurig hinzu.

»Vielen, vielen Dank, Mr Coleman«, bedankte sich Georgia. Was würde sie nur ohne all ihre unglaublich tollen Freunde tun?

Kapitel dreiundzwanzig

Der Morgen dämmerte schon fast, als Georgia von einem Geräusch wach wurde. Schnell spähte sie nach unten.

Lily stand ruhig in ihrem Stall und wachte über ihr Fohlen. Alles schien in Ordnung zu sein. Sophie schlief neben Georgia auf dem Heuboden, zusammengerollt in einem Nest von Decken, die Kapuze ihres Sweatshirts mit dem Aufdruck des Hockey-Clubs ihrer Universität hatte sie gegen die nächtliche Kühle bis über die Nase gezogen. Daniel lag ausgestreckt in der anderen Ecke, die Hände hinter dem Kopf verschränkt, und atmete gleichmäßig.

»Georgia, Georgia!« Das Flüstern von unten war schwach, aber die Stimme vertraut.

»Emma? Bist du das?« Auch im Schlaf hatte Georgia all ihre Sinne angespannt, für den Fall, dass irgendetwas mit Lily oder dem Fohlen sein sollte. In all der Aufregung des vergangenen Abends hatte Georgia ihre Sorgen um Emma verdrängt. Doch noch vor dem Einschlafen hatte sie daran gedacht, wie schade es war, dass ihre beste Freundin bei der Geburt des Fohlens nicht hatte dabei sein können. Jetzt setzte sie sich auf und spähte in die Dämmerung, in der Hoffnung, dass es wirklich ihre Freundin war.

Sie war es tatsächlich! Emma kletterte auf den Heuboden. Und es war noch jemand bei ihr!

»Lexie?«

Lexie war ganz in Schwarz gekleidet, ihr braunes Haar unter einer dunkelgrauen Baskenmütze. Sie war blass, ihre grünen Augen wirkten dadurch noch größer, und sie sah aus, als hätte sie geweint.

»Ich habe versucht, dich anzurufen, Georgia, konnte dich aber nicht erreichen. Also habe ich bei Melanie angerufen, und sie hat mir erzählt, was passiert ist. Georgia, bitte hör zu …«

Emmas Stimme war eindringlich, als sie von Georgia zu Daniel blickte, der aufgewacht war und herüberkroch, um zu hören, was los war. »Lexie hat euch was zu sagen.«

Lexie stieß einen unterdrückten Schluchzer aus und ließ sich ins Heu fallen, wodurch Sophie aufwachte, die blinzelte und sich verblüfft umsah.

Lexie weinte jetzt richtiggehend und vergrub ihr Gesicht in ihren Händen.

»Was ist denn los?«, fragte Georgia sanft und voller Mitgefühl.

»Es ist ... es ist ...«, stieß Lexie hervor, unfähig, die Worte herauszubringen.

»Was denn, Lexie?«, drängte Daniel.

Sie schluckte und blickte zu ihm hoch, die Tränen liefen ihr über die Wangen.

»Es ist mein Stiefvater Joe. Ich habe herausgefunden, dass er hinter der Übernahme der Farm steckt!«

Georgia wurde mit einem Mal ganz schwindelig. Daniel war kreidebleich geworden, und Sophie sah völlig verwirrt aus. Sie versuchte zu verstehen, was diese Neuigkeiten bedeuteten.

Eine ganze Weile sagte niemand ein Wort, bevor Daniel schließlich flüsterte: »Was hast du da gerade gesagt?« Seine Hände zitterten.

»Ich habe es selbst erst kurz vor den Meisterschaften herausgefunden«, erklärte Lexie jämmerlich. »Deshalb musste ich auch so plötzlich weg. Joe ließ mich mehr und mehr trainieren. Er wollte mich aus dem Weg haben und kam nicht mehr zu den Wettkämpfen. Ich dachte anfänglich, es sei nur, weil er wollte, dass ich Springreiterin werde, genau wie er. Aber dann sah ich vor ein paar Wochen den Entwurf einer Verkaufsanzeige für River auf seinem Laptop. Also habe ich mich kürzlich, als Joe draußen war, um mit Jason zu sprechen, noch einmal in seinem Büro umgeschaut. Ich wollte wissen, ob die Anzeige immer noch da war ...«

Daniel schüttelte verständnislos den Kopf. »Was hat denn der Verkauf des Ponys mit unserer Farm zu tun?«

»River sollte verkauft werden«, schluchzte Lexie und senkte den Kopf, »um einen Teil der Schulden zu bezahlen. Joes Firma steckt in großen Schwierigkeiten. Er musste also billig Land kaufen, damit er es mit Gewinn an den Supermarkt im Ort verkaufen konnte. Es war schon alles abgemacht.«

»Und was ist mit den Gerüchten, die über uns verbreitet wurden?«, fragte Daniel grimmig.

Lexie nickte beschämt. »Das kam alles von Delta Developments«, sagte sie und klang zutiefst unglücklich.

»Und der Einbruch?« Daniel hatte die Augen geschlossen, als könne er gar nicht glauben, was er da hörte.

Lexie begann wieder zu weinen. »Ich möchte gern glauben, dass Joe nicht dahintersteckt, doch …« Ihre Stimme brach ab.

»Aber natürlich!«, sagte Daniel jetzt. »Das DD auf deinem Transporter! Das steht für Delta Developments, nicht wahr?«

»Ja.« Lexie schniefte. »Joe sitzt im Aufsichtsrat. Es ist seine Firma.«

»Und River?«, fragte Georgia.

»Ich sollte bei der Meisterschaft auf River gewinnen, damit sich dadurch … so wollte es mein Stiefvater …

sein Wert vervielfältigen würde.« Sie schniefte erneut. »Aber ich konnte es einfach nicht tun. Es hätte bedeutet, dass ich ihn für immer aufgeben muss.«

Emma warf jetzt etwas ein. »Lexie wollte mich nicht in Gefahr bringen oder dem Team die Chancen verderben«, erklärte sie. »Aber sie wusste, dass River ohne sie nicht springt und damit die Käufer abgeschreckt würden.«

»Ich war aber nicht nur egoistisch«, sagte Lexie. »Deshalb ließ ich Emma vorher bereits ein paarmal auf ihm reiten. Ich dachte mir schon, dass sie vielleicht versuchen würde, meinen Platz im Team einzunehmen. So hättet ihr im Wettkampf immer noch eine Chance, und ich würde euch nicht alle im Stich lassen. Ich weiß jetzt, dass das blöde war und ich Emma und River in Gefahr gebracht habe. Ich war dumm, aber ich wusste einfach nicht, was ich sonst hätte tun sollen.«

»Ist schon in Ordnung, Lexie«, sagte Emma und umarmte ihre Freundin.

Georgia verspürte einen leichten Stich der Eifersucht, aber dann rügte sie sich selbst. Sie war so damit beschäftigt gewesen, über sich und ihre Chancen im Team oder Lilys Fohlen nachzudenken, dass sie gar nicht bemerkt hatte, wie schlecht es Lexie ging. Genauso wenig war ihr klar gewesen, dass Emma ihre Freundschaft gar nicht aufgeben, sondern nur einer anderen Freundin helfen wollte. Was nichts anderes war als das, was Georgia auch für Daniel tun würde. Sie senkte den Kopf. Auf einmal ergab alles einen Sinn.

Georgia merkte, wie ein starkes Gefühl von Zuneigung für ihre beste Freundin in ihr aufstieg. Emma hatte versucht, das Richtige zu tun. Umgekehrt war Georgia selbst jedoch enttäuscht gewesen, dass Emma nicht dauernd für sie da war. Sie drückte Emmas Hand, die sie im Gegenzug dankbar umarmte. Später wäre immer noch genug Zeit, über alles zu reden. Jetzt war jedoch erst mal die Zukunft der Coleman Farm das Wichtigste.

»Eines verstehe ich nicht … Seven Birches …«, fing Georgia an und wusste aber nicht so recht, wie sie erklären sollte, was sie meinte. Doch Lexie schien es bereits zu verstehen.

»Joe muss immer das Beste haben«, sagte sie, »ob er es sich leisten kann oder nicht.« Sie kaute an ihrem Daumennagel. »Er hat sich mit dem Kauf dieses Anwesens übernommen. Aber er wollte eben unbedingt, dass ich in seine Fußstapfen trete und eine berühmte Reiterin werde. Seine Kunden sollten gleich den richtigen Eindruck bekommen …«

»Und du hast es gehasst«, warf Georgia ein, als sie sich an Lexies kreidebleiches Gesicht und ihren ängstlichen Gesichtsausdruck beim Springen erinnerte.

»Ja«, gab Lexie zu und knetete ihre Finger. »Ich hasse es, bei Wettkämpfen reiten und springen zu müssen.

Alles, was ich möchte, ist, ohne Sattel zu reiten und eins mit meinem Pony zu sein.«

»Aber du siehst so entspannt aus, wenn du reitest«, sagte Georgia.

»Nur bei den normalen Gangarten«, sagte Lexie. »Anders als du springe ich einfach nicht gern ...« Sie wischte sich eine Träne von ihrer Wange. »Alles, was ich immer wollte, war, River ungesattelt zu reiten, ohne an Wettkämpfen teilzunehmen. Aber mein ganzes Leben lang hat Joe mich ständig dazu gedrängt und gezwungen.«

»Ich hoffe, du kannst mir verzeihen, dass ich dir Emma weggenommen habe, Georgia«, fügte sie hinzu und sah sie aus großen Augen an. »Sie war die einzige Freundin, die ich in meinem ganzen Leben je hatte. Ich hatte nie die Art von Freundschaft, wie ihr beide sie habt.«

Georgia lächelte Lexie verständnisvoll an. Wie sehr hatte sie sich getäuscht, als sie geglaubt hatte, Lexie hätte alles, was man sich erträumen konnte. Georgia und ihre Mutter mochten zwar nicht reich sein, und Lily war auch nur geliehen, aber sie hatte sich noch nie in ihrem Leben glücklicher gefühlt!

»Also gut!« Daniel klatschte in die Hände, so dass Georgia zusammenzuckte und aus ihren Gedanken hochschreckte. »Das mit River müssen wir auf später verschieben, aber wir werden uns Gedanken machen, Lexie«, versprach er ihr. »Doch zuerst ... müssen wir die Farm retten!«

Emma sah verlegen drein. »Ehrlich gesagt, brauchst du dir darüber keine Sorgen mehr zu machen«, sagte sie. »Mein Dad kümmert sich darum«, fügte sie geheimnisvoll hinzu. »Lexie und ich waren gestern Abend noch bei ihm. Er hat die Beweise, dass deswegen eingebrochen wurde und auch die Gerüchte absichtlich gestreut wurden, damit dein Dad die Farm verkaufen muss. Er kommt nachher zu euch, um die Übernahme zu verhindern!«

»Wirklich?« Dans Augen wurden groß. »Ich kann es gar nicht glauben! Ich muss sofort los und es Dad erzählen!«

Es hatte keinen Sinn mehr zu versuchen, wieder einzuschlafen. Stattdessen nahmen Emma und Georgia die Gelegenheit wahr, die Leiter hinunterzuklettern und nach Lily zu sehen, während Sophie sich um Lexie kümmerte. Daniel hatte sich sofort auf den Weg gemacht, um seinem Vater und seinem Bruder die Neuigkeiten mitzuteilen.

Das Hengstfohlen zuckte nur ab und zu im Schlaf, während es ruhig zu Lilys Hufen lag. Auch wenn Lily deutlich zeigte, dass sie ihr Neugeborenes beschützte, schlug der cremefarbene Schweif des Palominos zufrieden hin und her.

»Es ist wunderschön«, flüsterte Emma.

»Ja, nicht wahr?«, antwortete Georgia. Sie meinte, nie

etwas Schöneres gesehen zu haben. Lily blickte auf und wieherte bei Georgias Anblick leise zur Begrüßung.

Emma schob ihren Arm durch den ihrer Freundin. »Ich wünschte, ich hätte bei der Geburt dabei sein können.«

»Ich habe dich so vermisst«, antwortete Georgia.

»Ich weiß, und es tut mir leid.« Emma wirkte richtig aufgewühlt. »Ich war eifersüchtig, dass du auf Redgrove immer die ganze Aufmerksamkeit bekommen hast. Aber ich hätte zuerst mit dir darüber reden sollen.« Sie sah verlegen und beschämt aus. »Zuerst fühlte es sich richtig gut an, auf Seven Birches zu reiten. Ich habe dich zwar auch vermisst, aber ich hatte das Gefühl, ich müsste für Lexie da sein. Sie war so unglücklich, wollte mir aber nicht sagen, warum, und ich dachte, sie würde etwas Dummes anstellen, wie …«

»Weglaufen?«, warf Georgia ein.

»Ja«, Emma lächelte. »Aber inzwischen weiß ich natürlich mehr.«

Kapitel vierundzwanzig

Es war immer noch nicht richtig hell, als die beiden Mädchen hinüber zum Farmhaus der Colemans gingen. Daniel, sein Vater und sein Bruder standen, in eine Unterhaltung vertieft, vor dem Haus. Georgia vermutete, dass Daniel sie von ihrer morgendlichen Routinearbeit mit den Tieren weggeholt hatte. Sie sahen aus, als hätten sie nicht viel geschlafen, aber Mr Coleman wirkte schon viel lebhafter und selbstbewusster. Es war, als hätte man ihn davon erlöst, das Gewicht der halben Welt auf seinen Schultern zu tragen.

»Guten Morgen, ihr zwei«, begrüßte Mr Coleman sie. »Wir waren gerade auf dem Weg ins Haus. Die Leute von Delta Developments müssten jeden Augenblick da sein. Wir sollten den Vertrag gleich heute Morgen unterzeichnen.«

Während Mr Coleman eine Kanne Tee machte, bat er Emma, ihnen genauer zu erzählen, was Lexie und sie herausgefunden hatten.

»Also, fassen wir das noch einmal zusammen«, sagte

er dann. »Lexies Vater ist der Geschäftsführer von Delta Developments, und während sie versuchten, unsere Farm zu übernehmen, haben sie uns gleichzeitig überall angeschwärzt?«

»Genau«, antwortete Georgia. »Nachdem Sie gesagt hatten, dass Sie nicht verkaufen, wollte man Sie damit unter Druck setzen.«

»Anscheinend hätte Joe das Land nur ganz kurze Zeit behalten, um es dann gleich weiterzuverkaufen«, erklärte Emma.

»Das ist eine ganze Menge, was da zu verdauen ist.« Mr Coleman seufzte schwer, während er die Teekanne zum Küchentisch brachte. »Das Problem ist, dass die Bank mich die Farm wahrscheinlich trotzdem nicht behalten lässt. Ich muss immer noch verkaufen, um alle Rechnungen zu bezahlen.«

»Ganz so ist es nicht.« Ein Gesicht erschien an der Küchentür.

»Dad!« Emma sprang auf.

»Hallo, mein Schatz«, begrüßte er sie lächelnd und stellte seinen Aktenkoffer auf den Tisch. Er trug eine rote Krawatte zum Nadelstreifenanzug und sah sehr nach Anwalt aus. »Ich habe mir Einblick in die Geschäfte der Firma verschafft«, berichtete er. »Wie Sie gehört haben, ist Lexie gestern zu mir gekommen. Sie ist den ganzen Weg mit dem Taxi gefahren, während sie eigentlich am Wettkampf teilnehmen sollte. Es dauerte nicht lange, bis ich mich von dem überzeugen konnte, was sie mir erzählt hat.« Einen Moment lang sah er fast verlegen aus. »Ich bin sehr enttäuscht, dass ein alter Geschäftspartner und Freund von mir sich so unehrlich verhalten konnte. Doch das hat er definitiv. Ich habe die Beweise, und mit Ihrer Erlaubnis, Mr Coleman, sollte ich in der Lage sein, Ihnen aus dieser unangenehmen Situation herauszuhelfen.«

Daniels Vater wollte gerade antworten, als eine schwarze Limousine draußen vorfuhr und die Hühner auseinandertrieb. Hattie fing an, wütend zu bellen. Es waren die ihnen bereits bekannten Männer von Delta Developments. Schnell tippte Emmas Vater eine Nummer in sein Handy, entschuldigte sich und ging in den Flur, um dort mit leiser Stimme zu telefonieren.

Die beiden Besucher klopften an die Küchentür und traten einfach ein, ohne eine Aufforderung abzuwarten.

Einer der Männer streckte Daniels Vater eine Hand hin und sagte: »Also, Mr Coleman, ich hoffe, Sie sind bereit, die Verträge zu unterzeichnen?«

Dans Vater lehnte den Handschlag ab und schüttelte den Kopf. Ruhig stand er auf und sagte in normaler Lautstärke, aber sehr energisch: »Meine Herren, ich möchte Ihnen jetzt gern die Tür zeigen. Es wird heute keinen Vertrag geben.« Die beiden Männer sahen empört aus, und einer öffnete den Mund, um etwas zu entgegnen. Mr Coleman winkte ab, und da betrat auch schon

Emmas Vater wieder den Raum. »Wenn Sie aber darauf bestehen zu bleiben, dann sind Sie vielleicht interessiert daran, was ein guter Freund Ihnen zu sagen hat.« Er deutete auf Emmas Vater, der eine dünne schwarze Akte aus seinem Aktenkoffer holte.

Zum ersten Mal sah Georgia, wie die arroganten Blicke der Männer sich in Unsicherheit verwandelten.

Emmas Vater lächelte. Es war ein sehr kühles Lächeln. »Ich denke, die Polizei könnte sich sehr für den Inhalt dieser Akte interessieren, meinen Sie nicht auch?«, sagte er und öffnete diese. »Verleumdungen, um Kunden abzuschrecken, ein Einbruch, oh, und nicht zu vergessen: die finanzielle Situation der Firma und Ihre Vereinbarung mit dem Supermarkt.«

Sprachlos wichen die beiden Männer zur Küchentür zurück. Sie sahen inzwischen besorgt aus und umklammerten ihre Aktenkoffer ganz fest.

»Bitte lassen Sie sich ruhig Zeit, meine Herren«, fügte Mr Clark hinzu, als ein Polizeiauto in die Einfahrt fuhr und damit der schwarzen Limousine den Weg versperrte. »Ich glaube, da möchte noch jemand mit Ihnen reden ...«

»Gib mir ein High five, Dad!«, jubelte Emma, sobald die Polizei die Männer vom Hof eskortiert hatte. Man hatte angekündigt, die Machenschaften von Delta Developments haargenau aufzuklären. Emmas Vater hatte

Mr Coleman versprochen, dass er die Farm nicht verlieren würde.

Lexie und Sophie waren gerade noch rechtzeitig ins Haus der Colemans gekommen, um die guten Neuigkeiten zu hören, und Daniel und Ben umarmten die Mädchen begeistert. Es herrschte richtige Feierstimmung in der Küche. Nur Lexie blieb still in der Ecke sitzen, die Arme um Hattie gelegt. Georgia setzte sich neben sie.

»Was du getan hast, war echt richtig mutig, weißt du«, sagte sie vorsichtig.

»Nicht unbedingt mutig.« Lexie schüttelte den Kopf. »Es war einfach nur das Richtige. Ich weiß nicht, wie Mum das alles aufnehmen wird«, fügte sie dann hinzu. »Sie ist den hohen Lebensstandard gewöhnt, und so viel steht jedenfalls fest: Von jetzt an geht es erst mal abwärts.«

»Es wird bestimmt alles gut«, sagte Georgia und umarmte sie. »So ist es immer, wenn man das Richtige getan hat.«

Lexie biss sich auf die Unterlippe und vergrub ihr Gesicht in Hatties Fell. »Eigentlich ist alles, was ich möchte, River zu behalten. Aber ich habe Angst, dass ich ihn auch verliere ...«

Wie in den meisten Dörfern verbreiteten sich die Neuigkeiten wie ein Lauffeuer. Das betraf nicht nur den Erhalt der Coleman Farm, sondern auch die dramatische Rettung von Lily und ihrem ungeborenen Fohlen. Im Laufe des Vormittags fuhren bereits einige neugierige Kunden bei den Colemans vor, um sich das Fohlen und Lily anzusehen. Ben öffnete den Laden gegen Mittag und servierte heiße Suppe. Melanie und Simon befanden sich auch unter den Besuchern, um sich sowohl nach Lily und ihrem Fohlen als auch nach Callie und Wilson umzusehen.

»Tut uns leid, dass wir nicht früher zurück sein konnten«, entschuldigte sich Melanie und blickte zu Lily. »Das Wasser ist Gott sei Dank nicht bis zum Haus vorgedrungen und inzwischen auch bereits wieder zurückgegangen. Aber auf dem Hof herrscht ein ziemliches Durcheinander.« Sie sah müde aus, doch sie lächelte.

Simon tätschelte Lily. »Aber zumindest haben wir alle Pferde rechtzeitig in Sicherheit bringen können, und ansonsten sind wir auch ausreichend versichert.«

»Das sind gute Neuigkeiten«, sagte Georgia. Dann umarmte sie Melanie ganz spontan. »Ich freue mich ja so für Lily! Wir haben ihr noch ganz lange zugesehen. Sie ist die beste Mutter der Welt!«

Simon strahlte.

»Sie hätte umgekehrt auch niemand Besseres finden können als dich, Georgia«, sagte Melanie und strich ihr durchs Haar.

Georgia errötete erfreut. Jetzt kam Daniel zu ihnen herüber.

»Wenn es deinem Vater recht ist, Dan, werden wir die beiden erst in ein paar Tagen nach Hause holen – wenn das Fohlen etwas kräftiger ist«, sagte Simon.

»Das ist ihm bestimmt recht.« Daniel grinste. »Lily ist hier mehr als willkommen, und es gibt jede Menge Leute, die sie sehen möchten!«

In diesem Moment zupfte ein kleines Mädchen an Georgias Arm und blickte zu ihr hoch. »Bist du die Besitzerin von Lily?«, fragte sie und strahlte sie mit ihrer Zahnlücke an.

»So ähnlich«, antwortete Georgia lachend.

»Krieg ich dann bitte dein Autogramm?«

Die Mutter des Mädchens lächelte. »Sobald sie von dem Fohlen gehört hat, das während der Überflutung geboren wurde, wollte sie unbedingt hierherkommen«, erklärte sie.

»Seht ihr!«, sagte Dan lachend. »Lily bringt uns unser Geschäft zurück.«

»Sie ist eben die Beste!« Georgia strahlte. »Sie ist die Allerbeste!«

Kapitel fünfundzwanzig

Danach vergingen die Tage wie im Fluge. Es mussten mindestens hundert Leute zur Farm gekommen sein, um Lily und ihr Fohlen zu bewundern. Ben und Dan hatten alle Hände voll zu tun, um ihre zurückkehrende Kundschaft zu bedienen. Im Hofladen war mehr los gewesen als jemals sonst – besonders nachdem sich die Neuigkeiten über die gescheiterte Übernahme und all die Gemeinheiten verbreitet hatten. Es waren natürlich immer noch Rechnungen zu bezahlen, aber die Bank hatte ihnen das Darlehen verlängert, und es sah ganz so aus, als ob alles wieder ins Lot käme.

Eines Abends, als alle Ponys wieder zurück auf Redgrove Farm waren und das Fohlen sich an sein neues Zuhause gewöhnt hatte, schlüpfte Georgia in den Stall, um nach ihnen zu sehen. Sie legte ihre Arme um das kleine Palomino, und Lily wieherte erfreut. Selbst das Fohlen stupste Georgia liebevoll an, bevor es wieder aufgeregt herumsprang.

Daniel, der zu Besuch gekommen war, hatte gerade

Wilson und Callie hinaus auf die kleine Koppel neben dem Hof gebracht. Keines der Ponys entfernte sich sehr weit. Sie ließen Lilys Stalltür nie ganz aus den Augen, als wollten sie ihre Freundin beschützen.

»Hey, meine Süße«, flüsterte Georgia, und Lily schnaubte zufrieden.

In dem Moment beugte Daniel sich über die Stalltür und musste leise lachen, als das Fohlen den Kopf gegen seine Hand legte und seinen flaumigen Schweif hin und her schlug. »Er ist wirklich perfekt«, sagte er.

Georgia lächelte und setzte sich neben Lily ins Stroh. Daniel kam herein und setzte sich neben sie.

»Ich kann immer noch nicht ganz glauben, dass wir die Farm behalten können«, sagte er und schüttelte den Kopf.

»Verstehe ich.« Georgia grinste. »Es ist einfach toll.«

»Hat der Kleine eigentlich schon einen Namen?« Daniel streichelte die Nase des Fohlens, während es neugierig an Daniels Gummistiefeln schnüffelte, bevor es schnell wieder wegsprang. Es suchte immer wieder die Sicherheit bei Lily, die es sanft liebkoste.

»Sein Name ist Secret«, sagte Georgia stolz. »Ich finde, das passt irgendwie. Es bedeutet *Geheimnis*, und schließlich gab es jede Menge Geheimnisse. Ich habe es Eric geschrieben, als ich ihm die Fotos schickte, und er findet auch, dass es ein guter Name ist.«

»Es ist wirklich ein toller Name«, stimmte Dan zu, und

zusammen saßen sie da und betrachteten Lily und den frisch getauften Secret, bis die Sonne wieder einmal hinter Redgrove Farm unterging.

»Ich hoffe, bei ihr kommt alles in Ordnung«, sagte Georgia, während sie mit Emma am folgenden Wochenende im Schritt über die Feldwege ritt. Sie meinte Lexie. Die Haydens hatten ihren Hof wieder aufgeräumt, und auch wenn es immer noch einige Flutschäden zu beseitigen gab, hatte Melanie ihr Versprechen gehalten und ein Leihpony für Emma organisiert. Es war ein gedrungener Wallach, der regelmäßig bewegt werden sollte.

Lexie war am Montag nach der Überschwemmung nicht mehr in der Schule gewesen und die ganze restliche Woche auch nicht. Emma hatte nicht mehr mit ihr gesprochen.

»Das hoffe ich auch«, sagte Emma. »Sie wollte mich anrufen, sobald sie kann.«

Es hatte sich herumgesprochen, dass Joe wegen der Machenschaften der Firma eine saftige Geldstrafe erwartete. Vielleicht musste er sogar ins Gefängnis. Die Firma stand jedenfalls vor dem finanziellen Ruin. Ein »Zu Verkaufen«-Schild hing an den Toren von Seven Birches, und der Hof sah verlassen und leer aus.

»Aber für die Farm der Colemans geht es bergauf«, stellte Emma fest.

»Auf jeden Fall«, pflichtete Georgia ihr bei.

Die Regionalzeitung hatte die ganze Woche über die Geschichte berichtet, und diesmal war Daniel stolz, die Schlagzeilen auf dem Ständer des kleinen Zeitungsladens zu lesen. Mr Coleman hatte noch nie so viele Briefe und Karten mit guten Wünschen bekommen.

Als Emma und Georgia zusammen zur Redgrove Farm zurückritten, wirbelten die Hufe ihrer Ponys bunte Laubhaufen in der Einfahrt auf.

Als sie um die Kurve kamen, erlebten sie eine Überraschung. Auf der Steinmauer saß eine vertraute Gestalt und winkte ihnen zu. Ein kleiner Pferdetransporter parkte in der Einfahrt. Auf seiner Seite stand »EB Pferdetransport«. Eine blonde Frau saß auf dem Fahrersitz.

»Lexie?«, rief Emma erstaunt und eilte zu ihrer Freundin, um sie zu umarmen.

Lexie trug Jeans, einen alten Hoodie und sah wie ein ganz normaler Teenager aus. Völlig anders als sonst, als sie stets wirkte, als sei sie gerade zu einem wichtigen Turnier unterwegs.

»Hey«, grüßte sie und lächelte beide Mädchen an. »Ich wollte mich noch verabschieden.« Sie deutete auf den Transporter und ihre Mutter, bevor sie die Seitentür des Anhängers öffnete.

Ein Appaloosa-Pony, das Reisegamaschen trug und eine dunkelgrüne Pferdedecke umgelegt hatte, musterte sie gelassen, während es sich aus einem Heunetz bediente.

»River!«, stieß Georgia hervor. »Du kannst ihn behalten!«

»Ja, genau«, sagte Lexie stolz. »Als Mum alles über Joe und seine Schulden herausgefunden hatte, trennte sie sich endgültig von ihm. Es war eigentlich schon eine ganze Weile zwischen ihnen vorbei. Nachdem Mum und ich einmal wirklich lange miteinander über alles geredet hatten, entschied sie sich dafür, die Besitzerin von River zu werden. Aber alles andere haben wir verloren.« Jetzt sah Lexie wieder traurig drein. »Herbie und die anderen mussten verkauft werden, aber Janey hat uns zumindest geholfen, ein gutes Zuhause für sie zu finden.« Sie malte mit der Fußspitze einen Kreis in den Staub. »Joe war nicht ganz schlecht, wisst ihr«, sagte sie. »Er wollte nur einfach immer zu viel, und dann geriet alles außer Kontrolle. Ich hoffe, er kommt klar.«

Es herrschte ein Moment der Stille zwischen den drei Mädchen, den Emma brach, indem sie fragte: »Wohin gehst du denn jetzt?« Sie hatte die Koffer bemerkt, die sich im Inneren des Transporters stapelten.

»Zurück nach Yorkshire«, erklärte Lexie. »Wir bleiben im Haus von Mums Eltern, bis wir wieder auf die Beine kommen. River wird in einem Reitstall untergebracht, der recht gut sein soll. Ich darf mich jetzt auf natürliche Reitkunst spezialisieren und River ohne die meisten Hilfsmittel reiten. Auf jeden Fall muss ich nie mehr springen.« Lexie lächelte, ein kleines wehmütiges Lächeln, bevor sie beide Mädchen fest umarmte. »Lasst uns in Kontakt bleiben, okay?«, sagte sie. Dann stieg sie in den Wagen und setzte sich neben ihre Mutter, die ihnen kurz zuwinkte, bevor sie den Motor anließ.

»Irgendwie komisch, oder?«, meinte Emma später, als sie am Abend den Hof fegten. Sie lehnte sich auf ihren Besen und blickte auf die Ponys in ihren Boxen – Wilson mit seinem Hood über dem Hals, Callie mit flauschigem Winterfell und Lily und ihr Fohlen, die beide blaue Pferdedecken umgelegt hatten. Die Ponys verzehrten friedlich ihre abendliche Ration, und danach warteten noch volle Heunetze auf sie. Secret trank mit geschlossenen Augen bei seiner Mutter. Er war bereits ein ganzes Stück gewachsen! »Ich meine, wie jemand so viel haben kann und doch so wenig …«

Georgia nickte und verstand sofort, was sie meinte. Sie erinnerte sich an ihre eigenen Gedanken über Lexie in jener Nacht, in der Secret geboren worden war.

Spontan umarmte sie ihre beste Freundin. Es war so schön, dass Emma wieder regelmäßig zurück auf dem Hof war und sie wieder alles mit ihr teilen konnte.

In diesem Moment kam Daniel durchs Tor, ein breites Grinsen im Gesicht. In letzter Zeit war er immer bester Laune.

Da es Freitagabend war, wollten sie zusammen ins Kino gehen und danach Pizza essen. Georgia konnte es kaum erwarten, mit ihren beiden besten Freunden einen tollen Abend zu verbringen.

»Komm schon, Georgia!«, sagte Emma und räumte den Besen weg. »Deine Mum wird gleich da sein, um uns abzuholen.«

»Ich treffe euch gleich vorne«, sagte Georgia. »Ich will nur noch Lily und Secret gute Nacht sagen.«

»Also alles wie immer«, meinte Emma lachend und verdrehte gespielt die Augen. »Hey, Dan, wer als Erstes am Tor ist!«

Und die beiden rannten los, ihr Gelächter schallte durch die Nacht.

Vorsichtig öffnete Georgia die Tür zu Lilys Stall, ging hinein und umarmte ihr Pony. Secret kam zu ihr gesprungen und stupste sie spielerisch an. Georgia konnte es kaum glauben, wie sicher er schon auf seinen dünnen kleinen Beinen stand. Er schien so voller Energie!

Das Palomino schnüffelte vorsichtig an ihr und blies dann seinen süßlichen warmen Ponyatem in ihr Haar.

»Danke, Lily, für alles«, flüsterte Georgia. »Eric hatte recht. Du bist wirklich aus einem besonderen Grund in mein Leben gekommen. Und wie er mir prophezeit hat … egal, was geschieht und wie schlimm manches zu sein scheint, irgendwie hilfst du mir immer, einen Weg zu finden.«